蘇東坡之把酒謝天

易照峰 著

主要人物表

蘇　軾（一〇三七—一一〇一）　字子瞻，號東坡居士。四川眉山人。宋嘉祐二年（一〇五七年）進士。最高官為內丞相。

蘇　轍（一〇三九—一一一二）　蘇軾弟，字子由。與兄同年進士。最高官副丞相。

歐陽修（一〇〇七—一〇七二）　字永叔，號醉翁，諡文忠。江西盧陵（今吉水）人。宋天聖七年（一〇二九年）進士，是蘇家恩人。

趙　頊（一〇四八—一〇八五）　宋神宗，詔命王安石變法之皇帝，曾希望重用蘇軾，又終於捕蘇軾入獄並令蘇軾躬耕東坡五年。

王安石（一〇二一—一〇八六）　字介甫，封荊國公。著名變法宰相，與司馬光和蘇軾既是政敵又是文友，關係極微妙複雜。

司馬光（一〇一九—一〇八六）　字君實，贈溫國公，諡文正。宋仁宗寶元初年（一〇三八）進士，大學問家，編《資治通鑑》。

王　詵　字晉卿，畫家，駙馬都尉，宋神宗趙頊之姐夫。一生與蘇軾交好。

蘇小妹 蘇軾妹，聰慧美豔，三難新郎，與秦觀結髮。烏台詩案發生，秦觀被連累抄家，小妹時患肺病，壽夭而終。

王閏之 蘇軾第二任妻子，王弗之堂妹。生蘇迨、蘇過，四十六歲病故於京都汴梁，時蘇軾在朝為「內丞相」。

王朝云 曾名胡笳、大月，京城歌伎，後為蘇軾私家歌伎，被蘇軾納妾，數十年無悔。四十二歲病逝於惠州。

楊　威 蘇家自蘇洵父親起之老管家，武功卓絕，在蘇軾蒙冤下獄時，他假雷神之名處死奸佞李定等，為蘇軾報了仇。

小　琴 原名羌笛，係蘇家歌伎，曾為蘇軾暗妾，在蘇軾蒙冤入獄時千方百計營救於他。後遁入空門。

陳　慥 字季常，號方山子。陝西鳳翔知府陳希亮之子，武功超群。看破朝廷腐敗，放棄入仕，蘇軾作《方山子傳》讚譽他。

秦　觀（一〇四九—一一〇〇）字少游，又字太虛，號淮海居士，江蘇揚州高郵人。蘇門四學士之一，蘇軾妹丈。

蜀僧去塵　四川高僧。蘇軾發蒙老師道士張簡易的師父。去塵乃與蘇軾終生有密切關係之高僧，是禪佛教善的代表人物。

參寥上人　杭州高僧。係佛界與蘇軾終生交往的關鍵人物，多次幫蘇軾化險為夷。直至蘇軾臨終，參寥才向其透露全部底細。

陶德配　歐陽修之外甥女婿，其曾幫助蘇軾完成杭州修井、修河等勛業工程。他的徒子徒孫與蘇軾的交往直達蘇軾晚年。

呂惠卿　字吉甫，福建泉州晉江人。是北宋大奸臣，後被其親生兒子呂坦揭破其奸佞面目而身敗名裂。

章　惇　字子厚，與蘇軾同年進士，是見風使舵之奸佞小人。後落一個「終身廢棄不用」的罪臣下場。

楊楊、柳柳、鶯鶯、盼盼、瓊芳　與蘇軾有過關係的妓女。

全書出場人物共四百餘人，除上述簡介者外，尚有曾鞏（唐宋八大家之一）、文同（墨竹畫大師）、梅聖俞（才俊高官）、范純仁（范仲淹之子）、邵雍（易學泰斗）、黃庭堅、晁補之、張來（三人為蘇門學士）、陳師道、李之儀（二人為蘇門君子）、王安國、王安禮（二人為王安石之弟）、沈括（《夢溪筆談》作者）、程頤（程朱理學主帥），以及大奸相蔡確、蔡京等。

目錄

楔子

孽緣入世風流情種　天機得識文星下凡

宋朝景祐三年十二月十九日上午，蘇洵的髮妻程夫人懷孕足月發作，疼痛難忍。在一陣死去活來的陣痛之後，忽然平息，全身感到一陣清涼。她在似睡非睡的朦朧之中，只覺天空中起了一縷五彩祥雲，蒸騰奔湧，竟遮住了太陽，雲端裏飄出一個紅髮菩薩，慈眉善目，右手擎著一支如椽巨筆，揮舞而下，直朝她身體撲來……

程夫人猛然驚醒，恍惚間又不見了菩薩。這時，一陣撕肝裂膽般的痛楚再次向程夫人體內襲來，於是一聲清亮震耳的哇哇啼叫，報到了這位曠代文豪——蘇軾，來到了人間。

程夫人將夢幻情景悄悄告訴了丈夫蘇洵。蘇洵喜道：

「此乃吉兆也，此兒便是文曲星下凡了。夫人看清了菩薩右手握著一支大筆，可曾看清那左手裏握有何物？」

程夫人迷惑地說道：

「左手握的像是一個婦人用的姻脂盒。」

蘇洵頓有所悟地歎道：

「唉，禍福相倚。此兒既是文曲星下凡，一定是錦心繡口、滿腹璣珠而大有發達。但只怕是帶著風流孽緣入世，要了卻一段情緣，總不要落入孽障之中方好。」

說完，便搬出三百年前祖傳的雷琴放在蘇軾身邊說：

「讓雷神爺幫我兒驅邪扶正吧！」

以後果如蘇洵所言，蘇軾小小年紀就能吟詩作畫、填詞撰文，好似不假思索，揮筆立就，令蘇洵不勝欣喜。

蘇軾十二歲時，在老家後園裏玩耍，突然得一怪石，通體像一條魚，敲敲作鐘磬響，裏外都有細沙般的星星，中間自然凹下，四邊漸漸隆起，儲放墨水不會自行乾枯。蘇軾拿給父親看，蘇洵好不歡喜，說：

「這是『天硯』，說明軾兒與文字有緣，賞給你吧！」

蘇軾十四歲時，經過眉山一青樓妓院，裏面妓女彈琴哼唱的歌詞十分鄙俗，蘇軾便寫了一首詩遞了進去。詩曰：

冰肌玉骨自清涼，繡簾明月浮暗香。孟昶宮中藏花蕊，國破何曾忘情長。

樓內妓女接過一看，驚喜不已，只道是來了個風流大才子。於是紛紛整裝飾容，爭著出來相會。一見蘇軾，竟還是個孩子，不知他為何如此善解男女風情，全都驚詫不已。

一天，母親程氏教蘇軾讀《東漢史．范滂傳》。范滂是個大賢臣，被奸佞陷害，皇上派人來抓捕他時，他本可以逃走。但為了不連累他人，他竟慷慨受縛。范母鼓勵他說：

「孩子！你作得很好，捨身取義，比什麼都強！」

蘇軾聽母親給自己講了這故事後說：

「娘！若是我也遇到這種事，我也會學范滂。娘您同意嗎？」

程夫人說：

「兒哪！你能做范滂，我就不會做范母嗎？」

轉眼多少年過去，蘇軾兄弟已雙中進士，蘇洵也授了京官。偏是母親程老夫人仙逝，蘇洵率兒女們為亡妻守孝三年，又該返回京都去了。

送行的是蘇氏兄弟的啓蒙老師張簡易，及一群佛、道朋友：巢元修、楊世昌等。到一處三叉路口，送行的人便止步告別了。

張簡易是天慶觀的道士。他在道觀中開辦學堂。蘇軾、蘇轍都是在此學堂裏啓蒙入學。如今兩學生雙雙中了進士。張簡易簡直是心花怒放。他爬著山向天慶觀走去。在山頂上，還看得清蘇家進京的一隊馬車，正在風塵僕僕，趕路前行。張簡易情不自禁地向遠處招手高呼：

「天助我也！我的兩個學生，成了一雙進士，世人誰還有我這等殊榮？哈哈哈哈……」

「阿彌陀佛！」身旁一個低沈的聲音道：「簡易，你如此張揚，只恐對你的學生仕途不利啊！」

張簡易聞聲回頭，看見師父蜀僧去塵大師已飄然立在自己身旁，忙噗通一聲跪拜於地，道：

「師父在上，請寬恕弟子浮躁之罪。師父佛法無邊，您的徒孫此番進京後的玄機，還請師父明示。並請師父保佑您徒孫一生平安！」

蜀僧去塵道：

「子瞻是你的學生，你是我的徒弟，但子瞻並非我的徒孫。他此生坎坷曲折，甚至會遭遇沒頂之災。簡易，我已九十歲了，子瞻才二十五歲，我難過百歲，怎麼保他？」

張簡易一驚，「啊！」地叫出聲來，道：

「那時子瞻才到三十多歲，他後半生將靠誰？」

「靠他自己，行善積德，為民請命，方能沖淡災禍，終求平安。」此話剛完，倏忽不見了蜀僧去塵的身影。

張簡易便朝著京都方向跪拜道：

「悠悠蒼天，請多保佑，保佑我的學生蘇子瞻一生平安！」

蘇軾子瞻一生與禪佛有緣的來龍去脈，以及他怎樣度過既坎坷曲折又風流倜儻的一生，那得從他進京趕考時說起……

宜秋門外洽購大宅 考場之內乖巧通神

宋朝仁宗趙禎嘉祐二年。西元一〇五七年。

京都汴梁（河南開封）城裏，春天已悄悄來臨。屋簷口早沒了晶瑩的冰柱，簷邊滴著斷續的水珠；街道上堆堆殘雪，孤零零已顯敗勢；河邊的岸柳欲笑還羞，小綠點剛剛綻露冒出。

京城宜秋門內，有個頗大的南園。主人雖是書香門第，卻不熱衷於仕途，更恥於從商牟利。早已在偏遠的鄉間覓得山清水秀的家園，主人戴公早已率家人移居而去，這裏只留一個老管家袁圃看管，相機尋找買家，好把南園出手。

蘇洵帶著大兒子蘇軾、二兒子蘇轍以及僕人楊威，此時正在這南園裏，由戴府老管家袁圃領著，作一次過細的踏察。究竟能不能買得下來，眼下還很難說。

這自然有個原因。去年春上，蘇洵帶著兩個兒子離開四川眉山縣老家，由陸路出發，穿褒斜穀（今陝西勉縣西北）翻過秦嶺，五月到達汴京。同年秋天參加了開封府的府考，蘇軾、蘇轍兩兄弟同時通過考試成了「貢生」，就是要進貢給皇上的才子。但必須通過今年春天的朝廷考試，合格者才成爲進士。進士是文人學子的最高稱呼，第一名俗稱狀元，第二名榜眼，第三名探花。

蘇家已接到通知，明天就是廷試的日子。兄弟倆只要有一個高中進士，這南園就買定了。否則，還得回老家去苦讀三年，等待下一個大比之年的到來；這南園自然就毋須買了。

宜秋門附近，有數不清的古柳高槐，雖然現時這兩種落葉喬木都只剩光杆，柳枝上卻已綻出盎然春意；可以想見，這裏夏秋間是多麼的蔭涼。

蘇洵今年四十七歲，老成持重，走路十分沈穩。他中等偏上的個子，稍爲瘦削的面龐，一雙微微向外倒豎的亮眼，配一對濃密寬闊的一字眉；唇上唇下，鬍鬚已現灰白。和天下父母望子成龍的心思一樣，他深信兩個兒子不會辜負自己的期望；但仍少不了一份擔心，怕在科場上發生意外的失誤。所以他不主張今天來看房子，希望兩個兒子心無旁騖，不要耽誤這最後溫習功課的時機，可是拗不過兩個血氣方剛的兒子。

大兒子蘇軾比自己高出半個頭，方方正正國字臉，濃濃密密絡腮鬍，眼睛出奇地晶光閃亮，迸放著智慧的光芒。他今年二十二歲，身架十分結實，只因身體很高才不顯得膀大腰圓。

二兒子蘇轍比哥哥小三歲，身子也同樣的結實。他臉上沒有絡腮鬍，眼睛卻和哥哥一樣的明亮，前額寬廣，高聳的額頭顯得極爲睿智。除身體稍瘦一些，氣質和形體幾乎和哥哥一模一樣。

兄弟倆聽到明天正式會考的消息，沒有半點驚慌，反而好似到了勝利在握的當口，兩人是如此地充滿信心，幾乎是異口同聲地說：

「爹！這下子不必遙遙無期傻等了，明天就有喜訊。今天我們再去仔細看看南園吧！早就該買下了。」

蘇洵猛然一驚，微有慍怒地說：

「就這最後一天溫習功課，還不靜下心來看看書？」

蘇軾爽朗一笑說：

「爹！靠一天工夫就能考上進士，還要那十年寒窗幹什麼？」

蘇轍比他哥哥說得更直白：

「爹！結巴子不是越急越說不出話嗎？你讓哥哥和我輕鬆過一天，明天准考個好成績，爹又不是不知道，我兄弟倆讀書讀到哪個份上了。」

蘇洵微微點點頭。他對兩個愛子的才華學識瞭如指掌，他們說的也不無道理。於是半是喜悅半是擔心地帶他們倆兄弟來看南園。

僕人楊威是蘇洵父親請了的老管家，年齡比蘇洵還大兩歲，自然是蘇家辦大事的參謀人物，蘇洵也就帶他來了。

南園確實太好了。地域寬敞，有三畝大的地方；和園外一樣，長著高槐古柳，更有森森古柏掩映，各種花木點綴其間。別看現時大部分是落了葉的枯樹，袁圃一一指出春、夏、秋三季的繁華：有萱草、有篁竹、有石榴、有葡萄、有牽牛、有桃梅李杏……

突然，蘇軾歡叫了：

「哈哈！好一個去處：池塘水不淺，護岸有桃花。喲！這桃花果眞是急性子，不等老杆發葉，已經枝頭開花了！還有這九曲小橋，多有風味，直插塘湖亭中。有道是：曲徑通幽。這裏倒是曲徑觀魚了。」

袁圃當然不會放過這個機會，馬上介紹說：

「蘇大相公果然慧眼識珠。眼下春還早，湖塘裏魚兒躲著呢。一旦夏天來了，這滿塘到處是金鯉銀鯽，別提有多好看了。」

一行人隨著袁圃踏上九曲小橋，向偌大的湖塘八角亭走去。

蘇洵雖仍是老成持重的神態，卻已在捋鬚首肯了，話外有音說：

「這地方是不錯，就看你兄弟倆是不是眞想買下來了。」

這寓意很明顯：激勵兩個兒子考中進士，否則談何買房。

蘇轍趁機提醒蘇軾：「哥！我知道你是個快才，你就以眼前這桃花塘水的景致，作一首詩吧。讓爹高興高興！」

蘇軾滿口答應：

「行！稍等等。」昂起頭來，朝岸上桃花瞧了兩眼；低下頭來，往塘裏清水看了兩眼；習慣地抬起左手，用厚大的手掌摸著稍帶捲曲的絡腮鬍，從右耳下摸到下頷打止，又用手指背面從左耳下摸到下頷打止，似乎就這兩摸就完成了一個構思，很快就念出了一首五言絕句：

詠桃

爭開不待葉，
密綴欲無條。
傍沼人窺鑒，
驚魚水濺橋。

袁圃聽完猛一驚詫，脫口就喊：

「天才！天才！蘇大相公如此才思敏捷，這南園是找到眞正的主人了。」隨即低下頭來，喟然長歎：

「唉！我家公子若有你一成的才學，我家老爺也不會把這南園出手了。」

蘇洵心中一頓：買這南園，是不是乘人之危？忙接話說：

「哦！聽袁管家的意思，戴公賣這房產似有什麼難言之隱。你不妨說出來聽聽，能幫上忙我一定幫忙。蘇某絕不奪人所愛。」

袁圃自知失言，忙掩飾道：

「沒有什麼，沒有什麼。蘇老爺你要看上了南園，只管買下好了。」

蘇洵說：「袁管家為尊者諱言，令人欽佩。不過你要不說清楚，我是不敢貿然買了。」

袁圃著急起來：「我說我說。其實也不是什麼醜事。我老爺家是書香門第，心地純良。可是命運不濟，大少爺聰明伶俐，十三歲時得病夭折了。如今二少爺也已八歲，很是頑劣，一句『子曰：學而時習之』，教他三天六夜記不住。我家老爺灰心了：認命吧，前世作孽今世還！年近六旬，不可能再有兒子。他說後繼無人，再住這南園要丟盡祖宗的臉面。」

蘇洵說：「對不起，冒犯了。你家老爺其情可感。請代我向他老人家致歉。我們回去再商量商量，如果兩個犬子眞打算在京城住下來，我們除了這南園，誰的房子也不買！」

袁圃說：「請兩位相公下決心買下這南園吧！有什麼要道歉呢？我家老爺知道是大才子買去了，感謝還來不及呢。」

楊威以買主僕人身分附和賣主僕人說：

「將心比心，袁兄說的是實話，老爺少爺想買這房子不必擔心。」

蘇家主僕四人回到臨時住處，蘇轍頑皮說：「爹！今天我們還吃『三白飯』？都已經吃了一年了。」

蘇洵說：「『三白飯』怎麼虧待你了？一碟『白鹽』調口味，一鍋『白飯』飽肚子，一碗『白蘿蔔』好佐餐！我們三個誰也沒吃瘦啊！這三白飯不完全是為了節省幾個錢，還為了錘煉我們的意志。窮而後工，這是普天下的道理。這總比當年越王勾踐臥薪嘗膽好得多吧？我都能挺得住，你們還能不行？以後還吃不吃三白飯，就看你們兄弟兩個的本事了。」

蘇軾胸有成竹地說：「爹！你放心！我保證這是最後一餐『三白飯』！」善解人意的楊威，早把一碟白鹽、一盆白飯、一缽白蘿蔔擺在桌面上了。

第二天朝廷考試，那自有朝廷的氣派。

首先那考卷就非同凡響。

考卷由特製的宣紙製成。寬一尺二寸，長一丈零八寸。全卷分爲三個部分：前面部分二尺二寸，由考生塡好自己的姓名、籍貫、上溯祖宗三代的情況，這部分塡好後要密封起來，不能讓人知道是誰的卷子，以避免徇私舞弊；後面部分一尺八寸，是留給至少九人閱卷簽章的地方，考生不能污損；中間部分六尺八寸，就是考生應題作文的地方。要求工整的楷體書寫，不得有任何墨污塗改。

考卷長一丈零八寸不是隨便確定的數字，那是歷朝歷代多少文人學士探索的結果，他們認爲整個世界都按「一」部《易經》中「八」卦闡釋的陰陽消長規律在運行。所以「一百零八」成爲一個傳統的定數，連寺裏的鐘聲都是敲一百零八響。

當朝皇帝仁宗趙禎，此時已在位三十五年，對這一期的科考十分重視。特委派文壇領袖歐陽修爲主考。歐陽修此時是禮部的主官禮部尙書，禮部的職責是掌管禮儀、祭祀、宴樂、貢舉人才等等。當時作爲中央政權的朝廷，只設六個部：吏部、戶部、禮部、兵部、刑部和工部。歐陽修能主持六部之一的禮部工作，可見其職位之高。他的副手副主考官是梅聖俞，同是禮部的大員，還是當時文壇赫赫有名的「梅直講」，是國子監（中央大學）的特級教授，全國都只有四人，可見這副主考也非同凡響。

當時的廷考先不出考題，等考生將自己的姓名、籍貫等塡好並密封之後，再由主考官坐鎮，副主考官宣讀考題，並講解有關要求與規則。

能夠參加廷考的，都是全國各州各府去年秋天考出來的頂尖人物。坐在禮部特有的大考場裏，每人一桌一屜，每桌隔開尺許，別說互相之間看不見所寫的內容，就是彼此之間講悄悄話都講不成，根本無法徇私舞弊，全憑自己的眞本事了。

蘇軾、蘇轍有著並不令人沮喪的家史。曾祖蘇杲，贈太子太保，娶宋氏爲妻，追封昌國太夫人；祖父蘇序，贈太子太傅，娶史氏爲妻，追封嘉國太夫人；父親蘇洵，眼下還是布衣，但有志於治學，已帶了二十二篇文章進京，只等這次廷考結束以後將文章向禮部投進。蘇氏兩兄弟將這些情況都如實地塡在考卷的開頭部分，並按照規定密封起來了。其實他們也都知道，曾祖父的太子太保和祖父的太子太傅，都是有名無實的虛銜，不僅與當時太子沒有任何關係，而且事實上還是布衣。但是有了這祖宗幾代人的虛官就足夠了，不會妨礙他們考取進士。

這時，主考官歐陽修和副主考梅聖俞相跟著走進了考堂。歐陽修曾經當過副宰相，有顯赫聲名，此時已經五十一歲；瘦削的面龐，長鬚半白，目光有神，威不可犯。他朝考堂上的人全部掃視一遍，一句話也沒有說，在考堂正前方的太師椅上坐下來。太師椅上雕飾著獅虎爭鬥的景象，好不威武。歐陽修儘管一言未發，但他的莊重威嚴，名望人品，都已深深嵌入了每個考生的心中。官事官辦，官有官威，這和早年他寫〈醉翁亭記〉自稱「醉翁太守」的形象，簡直不可同日而語。

梅聖俞比歐陽修還大五歲，但他不蓄長鬚，只留短髭，反而看不出多少老態來。年紀大些，官卻小些；文名不算小，卻不如歐陽修大；於是他只是個副主考官。他的面相極有特點：上額特別寬，從額以下逐漸斜削，使整個臉面呈現一個倒三角的圖形；但由於下巴不是太尖而是豐肥飽滿，所以他這刀削臉給人的印象極佳，那就是威而不露。

梅聖俞的本名叫梅堯臣，聖俞是他的字。但由於這「聖俞」兩字與皇上訓示叫做「聖諭」諧音，人們反把他的本名「堯臣」給忽略了，都樂得尊稱他爲「聖俞公」。何況這「聖俞」二字從小就給他帶來了很大的名氣！

那是他十四歲讀書時，一個方舉人要抬走他的讀書石。他說：「聖俞讀書石，誰人敢抬走？」方舉人把「聖俞」當成了皇帝的「聖諭」，嚇得屁滾尿流了。

此次，皇上頒下詔書，命歐陽修當主考、梅聖俞當副主考。歐陽修找梅聖俞商量考題說：

「聖俞公！許久以來，文風的『太學體』發生了變化。本來，前朝提倡『太學體』是爲了革除『輕佻浮躁』的積習，倡導『鄭重典雅』；可如今卻走向了『險怪奇澀』的極端。未知聖俞公以爲然否？」

梅聖俞年齡大卻是官職低，此時極有分寸地說：

「歐陽公如此稱呼老夫，在下實是愧不敢當。關於當代文風，歐陽公的話是一語中的。如今的莘莘學子，生怕被人看低，一個比一個更追求文章立意的險峻，取材的怪僻，遣字的新奇，用典的晦澀難解。怎麼，歐陽公決意在此次廷試中有所改變嗎？」

歐陽修說：「聖俞公所料不差，我們聯手來作一次掃除積習的探索吧！至於能不能找到可理解我們心意的脫穎高手，那就靠天意了。可否請聖俞公談談，這次廷考中要想掃除積習，該先從何作起？」

梅聖俞說：「歐陽公既有囑託，老朽敢不從命？依下官看來，不妨從兩方面著手：其一，命題具體，防止空泛，使生員們句句話都有的放矢，不做那些花架子文章；其二，講解命題，稍加誘導，但不能講得太露骨，有識之士定能理解歐陽公的一片苦心。用重錘敲打出來的，不可能是響鼓。」

歐陽修喜得白鬚抖動，以手拈摩，不掩飾得意的神態，爽朗地說：

「呵！聖俞公所言高妙，把一個『響鼓不用重錘』的道理反轉過來，我們只說寥寥幾句導語，能被引到革新文風道路上來者，必定是眞正的棟梁之才。」

於是，歐陽修、梅聖俞兩位摯友，兩位志同道合的文壇領袖，商定了此次廷考的命題，以及略作開導的施行方案，由歐陽修直接面君，並獲得了皇上的恩准。作爲已在任三十五年的老皇帝仁宗趙禎，對花架子文章也早已厭惡，對改進文風的新事自然樂得認可。

禮部廷考是多麼的莊嚴肅穆。四壁白牆，如同四堵白色屏障，把所有的紛擾繁雜屏除在外間；路上沒有任何招貼裝飾，分明在昭示莘莘學子，在這裏儘可施展自己的才華，不會有任何的騷擾；每人的考桌都漆得黑亮透光，再多的濃墨也不能在上面寫出半個字；考堂內除了生員揭紙，沒有任何響聲，甚至連咳嗽都沒有。一丈零八寸長的考卷，像折紙扇的樣子折成六寸寬的十八折，揭起來聲音綿長悅耳。

歐陽修和梅聖俞進來以後，整個考場立刻肅穆異常，生員們神情雀躍，心裏卻忐忑不已。一方面爲親眼見到文壇泰斗而激奮，一方面又怕考不好而失去前程。要不是事先宣佈了禁止任何喧嘩的條律，只怕早已是歡聲雷動了。

蘇轍在全體生員中算是最年輕的了。在歷代科舉廷考之中，因爲要精通的經、史、子、集太多，十年寒窗往往還熟悉不了一半；更因爲還有州考、府考等重重關卡難闖，而大比之期又是三年才有一屆，所以能闖過州考、府考再到禮部廷試考場者，不乏白頭老翁。蘇轍十九歲就斬關奪隘到了廷試考場，的確是太幸運了。唯其太過年輕，對歐陽修擔任主考更爲看重。自己比之於文壇泰斗歐陽修，不過是一抔黃土拜見泰山。蘇轍甚至覺得，眼前的歐陽修泰山，正以壓頂之勢向自己頭上傾下來了，壓下來了。

這時候，歐陽修神色凝重地在獅虎太師椅上坐穩，眼睛炯亮地掃視著全場；副主考官梅聖俞講話了：「考題：《刑賞忠厚之至論》。」緩慢連念了三遍，自是估計全體生員都準確無誤地寫好了，這才繼續往下說：「題解：願意追求奇險怪絕者，一任歡迎；希望另闢蹊徑有所探索者，或可一試。」

老夫子講到這個地方，可算是恰到好處了。他說話聲音不高，可句句如雷灌耳；一字一句剴切明白，沒有絲毫的拖泥帶水；他臉上沒有任何表情，誰也別想在他臉上探測出什麼可否的暗示。寥寥幾句說完，一徑走到考場的最後邊去。那兒也擺了一張太師椅，不過那不是歐陽修坐的那種雕飾獅虎的太師椅子，而是稍低一等的「百鳥朝鳳」。

主考官和副主考官坐的太師椅，都有嚴格的區別。

梅聖俞在場尾後的「百鳥朝鳳」太師椅上坐下來，和台前的歐陽修遙遙相對。這自然是爲了監視考場內可能出現的舞弊行爲。也應照了主前副後的通行體制。

考場之內四角八方，都有冷面無私的監考官虎視眈眈，嚴行督察。

蘇轍一下子傻了眼。開初太把注意力集中在歐陽修身上，沒有能排遣歐陽修泰山壓頂式的威嚴，根本沒注意梅聖俞。梅聖俞念過考題，三言兩語作了題解，輕描淡寫像毫不緊要一般。蘇轍料想這是例行公事的開場白，底下該是具體有益的揭示了。誰知梅老夫子不再說話，一徑走到後邊的太師椅上坐了下來。

《刑賞忠厚之至論》？這考題是從哪一部經、史、子、集中引伸出來的呢！模不透題旨的來龍去脈，那就難免不犯大錯：下筆千言，離題萬里，多少聰明才智都會枉然。蘇轍發傻發急發懵懂，一下子沒有了主張，露出了小時的兒童通病：咬筆桿。剛把筆桿放入口中，馬上又抽了出來，意識到這是朝廷的考場，不是天慶觀小學，自己也早已不是孩子而是大人了。惶惑之中，蘇轍朝隔開好幾個座位的哥哥蘇軾望去。

幾乎在梅聖俞的話音剛落時，蘇軾就已把定了應考的主旨：另闢蹊徑，擺脫奇險，要用自由恣肆的文風，鐵實具體的論斷，以滌蕩數十年來文壇上空洞唱和、奇險生僻、不著實事的浮華歪風；他感到這正是自己所追求的目的，不期與當代文壇泰斗息息相通了。蘇軾頓然悟得梅聖俞的幾句「題解」，正是文壇盟主歐陽修的心聲。他心中一喜，已有十足的把握做好這「刑賞忠厚」的考題文章了。

蘇軾立刻就已判定：這個〈刑賞忠厚之至論〉的考論，是從《管子注》中引伸出來的。管仲是春秋戰國時代齊國齊桓公的宰相，曾經九次聯合諸侯，一匡天下，為齊桓公的霸業立下卓越功勳。後人假託他的名望出了一本叫《管子》的書，記錄管仲死後的許多事實。唐朝開國皇帝李世民的宰相房玄齡曾注疏過《管子》。後來又有人假託房玄齡的聲名而出版了《管子注》，其基本內容就是刑賞必須分明。今天歐陽公出的這道考題，肯定要從賞罰嚴明的角度去闡發了。

動筆之前，蘇軾想到了同場科考的弟弟蘇轍，怕他一時懵懂不清，把握不准。他悄悄地斜視了一眼蘇轍的舉動，恰恰看見弟弟「咬筆桿」的動作，蘇軾馬上知道弟弟一下子沒解開題旨，不知這題目是從哪裡引出來的；一定要提醒他一下才好。可是，用什麼法子提醒弟弟呢？別說講話了，就是故意咳嗽一聲都犯禁忌……情急智生，蘇軾想起了套毛筆的銅筆管，筆管不是「管子」嗎？他悄悄把銅筆套豎立在桌上，馬上又輕輕呼一口氣將其吹倒。這細微的動作，旁人誰也沒有注意。就算注意到了，也不能算任何舞弊的行為。蘇軾把銅筆套立起來，又吹倒；反覆做了三次……這才瞟看弟弟的動靜。

蘇軾第二次立起銅筆套又吹倒之時，蘇轍正向他投來求援的目光。蘇轍一見哥哥把銅筆套豎起又吹倒，馬上什麼都明白了：筆套就是筆管，哦！這考題是從《管子注》中引伸出來的。頭腦裏思緒立刻清晰，應考的文思已經有了，馬上振筆疾書起來。

蘇軾又偷偷瞅弟弟一眼，見他已在埋頭疾書，知道疙瘩已經解開，也趕緊寫起來了。

從考場出來，兩兄弟一身輕鬆，相視而笑。蘇轍比哥哥調皮，搖頭晃腦地說：

「心有靈犀一點通，不算舞弊是乖巧。」

金殿失驚險成大錯 未來宰相取悅龍心

老夫子梅聖俞好久沒有這樣開心過了。在這次眾多的生員中，他發現了三十來篇好文章，其中有一篇簡直就說的是自己的心裏話。其文筆恣肆汪洋，別開生面，到了極妙的境地。他完全能想像得到，這篇傑出文章的作者，也正是歐陽修所企盼的棟梁之才。

梅聖俞有個習慣，他高興時就撫髭抹鬚。他將左手抬起來，掌心緊貼下巴短髭之上，等於是用手掌把下頷全包起來。而後閉上眼睛，不斷搖頭晃腦，那下巴上的短髭在左手手心裏也就不斷摩擦起來；究竟是手心撫短髭呢，還是短髭擦手心呢，這無關緊要，實際上是一回事：這是他的獨特的健身法。人的手心是勞宮穴，勞宮穴在人體十四經脈中屬於「手厥陰心包經」，這條經絡通過手腕處的內關穴、手肘處的曲澤穴、大臂處的天泉穴直達左胸腔處的天池穴，天池穴便是人得以存活的心臟所在了。

古諺有云：「常摩勞宮穴，長壽手中得。」自古以來，用手心握住石子、核桃、健身球進行摩擦，乃是一種十分有效的健身法。

至於梅聖俞的短髭擦勞宮，就是他老夫子的獨特創造了。

此刻，他只是在閉目養神麼？只是在短髭擦勞宮養身麼？非也。他此時正高興得忘乎所以，默誦著科考得來的那篇傑出文章。

門外突然傳來宏亮的唱喏聲：

「歐陽大人到——」

梅聖俞陡然睜開眼睛，歐陽修已經持著白鬚跨進門來了。

歐陽修一進門就直嚷嚷：

「聖俞公！是不是發現了傑出天才？要眞是那樣，你自個兒偷著樂，不分一杯羹給我，我可是不饒啊！呵呵呵呵！」

談笑風生，隨和愜意，和科場上的鐵面主考官已是判若兩人，活脫脫就是那個醉翁太守廬陵歐陽修也。

梅聖俞早已起身致禮：

「歐陽大人，下官當面告罪：確實是發現了一個百年難遇的人才，還沒來得及向大人報喜就已自得其樂了。大人爲這事開罪下官，下官寧願受三百大板！」

梅聖俞滿面春風，卻不敢大聲陪笑，在歐陽修面前，自己畢竟是下官參見大人。

歐陽修興沖沖坐在椅子上，縱聲笑著說：「那快拿來，快拿來，什麼考卷值得聖俞公爲它挨三百大板？」

梅聖俞迅即把那傑出考卷呈上去，前面部分尚未拆封，因而「暫時還並不知道這是哪個生員的考卷。

歐陽修戴上老花眼鏡迅速讀了下去。

刑賞忠厚之至論

堯、舜、禹、湯、文、武、成、康之際，何其愛民之深，憂民之切，而待天下以君子長者之道也！有一善，從而賞之，又從而詠歌嗟歎之，所以樂其始而勉其終；有一不善，從而罰之，又從而哀矜懲創之，所以棄其舊而開其新。……《傳》曰：賞疑從與，所以廣恩也；罰疑從去，所以慎刑也。……《書》曰：罪疑惟輕，功疑惟重；與其殺不辜，寧失不經。嗚呼，盡之矣！可以賞，可以無賞，賞之過乎仁；可以罰，可以無罰，罰之過乎義。過乎仁，不失為君子，過乎義，則流而入於忍人；故仁可過也；義不可過也。古者賞不以爵祿，刑不以刀鋸。賞之以爵祿：是賞之道；行於爵祿之所加，而不行於爵祿之所不加也。刑以刀鋸，是刑之威；施於刀鋸之所及，而不施於刀鋸所不及也。先王知天下之善不勝賞，而爵祿不足以勸也；知天下之惡不勝刑，而刀鋸不足以裁也。是故，疑則舉而歸之於仁，以君子長者之道待天下；使天下相率而歸於君子長者之道。故日：忠厚之至也……

歐陽修急切地看完這篇科考試卷，興沖沖陡然站起，似乎變成了一個年輕漢子，連以手拈摩飄搖白鬚的習慣都已忘掉，連官階身分也已忘掉，一把拉住梅聖俞的手說：

「聖俞公！走走走！到老醉翁家裏去，就爲你沒有及早把這份好考卷送給我欣賞，我要罰你三百大杯！」

梅聖俞朗朗一笑：

「呵呵！好，老夫甘願受罰。不過，總得先評個名次，再拆封看看這賢才究竟是誰；不然喝了酒心裏也不踏實。」

梅聖俞說完，又把下邊閱卷人推薦的三十篇文章清理好，一併推給歐陽修，隨又補充一句：

「我又刷掉了十名，只取二十名。我薦取的二十名放在上面，準備刷下的十名放在下邊，一併呈歐陽大人裁奪。」

歐陽修重又坐了下來，一邊閱卷一邊說：

「聖俞公刷掉的十名我就不用複看了。我就看看上面這二十份吧！」

剛才已看過了頂尖的那一份，下剩十九份文字都不是很多，歐陽修是有名的快才快眼，沒一個時辰就全看完了。

兩人商議定奪：這二十名全取。在具體名次上，歐陽修提議說：

「聖俞公！我們剛才共同欣賞的那一篇，本應是當然的頭名，但我有個考慮：是我的學生子固（曾鞏）也在這些生員當中，我還有點懷疑那最出色的一篇是不是他所寫。這些遴選出來的文章已經由他人代爲謄抄，從字體上已經判斷不出是不是子固的考卷。而文章內容卻是如此貼近老夫的心思。萬一眞是子固的考卷我取他爲第一名，那就難以避開我選才唯親的嫌疑了。」

梅聖俞更明確地點了出來說：

「歐陽公這個考慮，果然秉公無私。古人說：文無第一，武無第二，乾脆我們評兩個第二名，送呈皇上在大後天的殿試上去裁決第一名吧。其餘的便容易往下排了。」

歐陽修說：「好！聖俞公這個主意兩全其美。」

兩個老學者慧眼識珠，看法所差無幾，除剛才那一篇定爲第二名之外，又共同另選了一篇並列爲第二名；其他三名以下的次序就迅速排定了。

兩個廷考權威，按朝制規定又叫來了七個判卷人，共同認定了歐、梅兩位正、副主考官判定的名次，在各考卷的尾後部分簽上了名章，這才當眾一一啓封試卷的第一部分，結果雖屬意外，卻恰在情理之中：剛才受到兩位主考官和其他判卷人一致讚賞的文章，其作者（生員）並非歐陽修的學生曾鞏，而是素未聞知的四川眉山人蘇軾（字子瞻）；和蘇軾並列第二名的恰正是歐陽修的高足曾鞏。

梅聖俞由衷地讚頌說：

「歐陽大人名師出高徒，曾鞏子固並列第二名合乎情理。」

更令人讚歎不已的是：名列第九名的蘇轍（字子由），竟然和實際上的頭名蘇軾是嫡親兩兄弟。

歐陽修的醉翁醉態又陡然而生，當著眾人的面眉飛色舞，拉住梅聖俞的手說：

「聖俞公！蘇軾、蘇轍兩兄弟同科登金榜，千年少見的奇才奇遇啊！你這三百杯都不行了，得罰你六百杯！走走走，喝酒去。」

梅聖俞說：「甘願受罰。不過歐陽大人，我們來合夥做個對聯吧！」

梅聖俞念上聯：

一對賢才六百盞

歐陽修對下聯：

三春灌倒兩醉翁

兩個主考官已經忘乎所以，手之舞之，足之蹈之。

三天後，正是三月初五日，是仁宗皇帝趙禎選定的殿試日子，皇帝要面試二十位新科准進士；通過了皇上面試才算完成了科舉考試的全過程，去掉「准」字而成爲眞正的進士。

皇上選定的面試議題是《春秋對義》，這題目不僅事先不會公佈，甚至在整個殿試過程中都不會點出題來，這只是一個大致的範圍圈定而已。《春秋對義》是皇上和主考官歐陽修、副主考官梅聖俞共同商定；其實也是歐陽修與梅聖俞事先議論好，再奏呈皇帝恩准的。

一經皇上恩准了《春秋對義》這個題綱範圍，歐陽修和梅聖俞就有大量的文字籌備工作要做。這就是擬制出至少六十個問題來，同時爲六十道題目各自找出正確答案。六十個問題對二十個準進士來說，明顯是每人要答三道題目。這六十個題目及其答案，全都用奏章制式抄謄送呈皇上，讓皇上照著問題考問每一個准進士，同時對著奏章判定生員答案是否正確，當然是立見分曉。

爲什麼在殿試中自始至終不點明考題呢？因爲至高無上的皇帝可以面試任何問題，他絕不應該也絕不會受任何題目的限制。那麼宣佈殿試的考題是完全多此一舉了。

三月初五，已是桃紅柳綠的盛春時節，百花盛開，風和日麗，鳥鵲歡歌。

此時正是清明時節，北宋畫家張擇端的傳世傑作《清明上河圖》，畫出了一千六百四十三個人物，二百零八頭動物，正是此時的情景。

二十個准進士都換了嶄新的衣衫，整理了頭髮，刮淨了鬍子。蘇軾在刮掉自己素所喜愛的連鬢鬍鬚時頗爲歎惜，他這絡腮鬍自兩年前的二十歲時蓄留，他覺得這樣很有一點文士風采，寫詩作文構思時，習慣地抬起左手，用手掌撫右鬢之鬚，用手背摸左鬢之鬚；也許這長期的撫摸產生了作用，他的兩鬢絡腮鬚稍帶捲曲，緊貼面頰，一派名士風流。今天要進內宮接受皇上面試，父親蘇洵囑咐：

「子瞻！刮掉鬍子吧，進士在皇上眼裏都是學子，老學子肯定不如年輕學子受看。」

蘇軾說：「爹！我這鬍子已蓄兩年多了，人都說是盡顯風流，並無一人厭惡。」

蘇洵說：「此一時彼一時也，你有本事過了殿試這一關，眞正的進士及第之後，夠你蓄起鬍鬚風流一輩子。」

蘇軾於是不無惋惜地也刮淨了臉面。同伴中有一個四十三歲的老文人，染黑了他那略帶花白的頭髮。

總之是人人滿面容光，心中忐忑焦躁，原因是誰也猜不透皇上將會考問一些什麼。

准進士們進入皇宮，第一件大事竟是禮部派了專人來傳授進宮的禮節。謁見皇帝，豈能有半點輕浮。禮節要點爲：舉足不輕浮，手不亂指畫，目光不斜視，坐正不傾顧，語調要溫和，面頰不抽動；下級見上級行禮；同級按品位行禮；駙馬相見以斂馬側立爲禮；行路相見以「引辟」即避讓分行爲禮；下級到上級府第參拜以「趨」爲禮，「趨」即是低頭彎腰、小步快走；同級同品以對拜爲禮。

而謁見聖上的「雙跪叩拜禮」則爲雙膝併攏著地，兩腳掌朝上張開；雙手仆伏在地，十指一一伸展；低頭伏背鬆弛，切記不可偷視。據今人考證認爲，這種跪拜禮的特殊作用還不在於禮儀方面，而是爲了保護受禮者的安全。的確，全身四肢，十指十趾，全都呈鬆弛狀態展現眼前，對受禮者來說還有何種安全威脅？

禮節課授完，准進士們認爲可以進去晉見皇上了，誰知還有一道手續。

「御賜公服。眾等謝恩！」禮部官員唱喏十分宏亮。

二十名准進士還沒弄清是怎麼一回事情，就已用剛剛才學到的雙跪叩拜禮齊刷刷跪倒在地，一片歡呼：

「皇恩浩蕩，謝主隆恩！」

這是老皇帝仁宗趙禎的一次格外恩寵：給二十位准進士御賜公服一身。「公服」是官員的便禮服，有別於正式上朝的「朝服」。

朝服又名具服，「具」是儲備和陳列的意思，「具服」是時常儲備待穿上朝之服裝。公服又叫「從省服」，自然是「從屬」性質的「儉省」服裝。

二十名准進士各個領到了御賜公服，簡直欣喜若狂了。歷朝歷代才子們，在正式進士及第前誰曾有過如此的幸運？大家連忙擁入更衣室去更換衣服。

蘇轍換下自己的衣服後，俏皮地對蘇軾說：「哥，爹花那麼多錢，親自給我兩個選購了新衣服，沒穿夠半天就扔了，我眞覺得太可惜，也對不住爹的恩情啊！」

蘇軾嗔罵他：「又發蠢了！父恩能比得上皇恩嗎？」

御賜公服自是當代服飾的最高典範：頭衣、上衣、下衣、足衣各有特點。

古代把一切遮身避體之物都稱之爲「衣」，「頭衣」自然是帽子。公服帽子叫僕頭，又名折上巾。其形狀是四角形，每個角上有根帶子。前面的兩根帶子收束在腦後繫著，多餘部分自然下垂；後兩角的兩根帶子反轉繫在頭頂上，讓其折疊著貼附在腦頂。這也就是它叫做「折上巾」的來由。頭頂的正前方，僕頭上有一塊六角形的白玉片貼附。這白玉片和整個僕頭的青色成了鮮明的對照：黑白分明，十分起眼。

「上衣」是圓曲領，大袖子，直前襟，綴同色布紮鈕扣；下擺處是一幅橫條，橫條是似鋸非鋸、似波非波的別緻造形，和衣面黑緞相配襯，橫條是淺藍色，對比不強而和諧有致。腰上束著一根飾有鳥鵲鬧春紋錦的綠色皮帶，不是用於束腰，純粹是一種裝飾；頗像現今戲劇舞臺上蟒袍上的「玉帶」，疏疏鬆鬆圍在腰間。「下衣」其實就是與這「上衣」連在一起的袍服，不過腰間用那個「藍色橫條」隔開了而已。「上衣」與「下衣」的唯一區別，就是「上衣」有近似色彩的繡飾點綴，而「下衣」則沒有任何繡飾，只是黑緞面料的本色而已。

「足衣」自然是鞋。公服的鞋子是皮底布靴。皮底取其結實耐穿的效果，布筒取其易穿易脫之便利。但這布絕非普通的棉布，而是用三股棉線織成的加厚線布，厚達舊制三分，實在是夠結實了。黑底白鞋筒，分外醒目。

眼下，二十名准進士穿著這統一的服裝，整體效果更是佳妙。他們跟著禮部官員向皇上殿試的集賢殿走去，頗像是一隊生氣勃勃的才俊新軍。從服飾的顏色上看便有象徵意義：腳上黑底白鞋透露著出污泥而不染的骨氣；身上黑緞腰際的藍色橫條，那是懷揣著青出於藍而勝於藍的雄心壯志；頭上帽子黑色卻有六角形白玉片點綴，那是頭頂著黑白分明不與苟且的旗幟：然而腳踏實地走的卻是攀龍附鳳的仕途。

自從跨出禮部的第一步起，蘇軾就下定了決心，要充分集中自己的注意力，將皇宮景色攬入腦海之中。多年嚮往的仕途生涯。即將從皇宮開始，此生的榮辱生死將與皇宮息息相關。皇宮！皇宮！你的誘惑力實在太大了，你對我的關係實在太大了。

二十名准進士中，蘇軾是實際上的第一名，自然走在隊伍的最前面。他緊緊跟著一位禮部派來領隊的官員；領隊官員又緊緊跟定著一個領路的內侍太監。蘇軾前面僅僅有這兩個人，他的視野實在開闊極了。

蘇軾對經、史、子、集的研讀早已無所不通，《左傳》和《禮記》之中都有關於周朝宮室建築制式的描述，蘇軾早已記熟在心。

宮廷內有五重門，第一重皋門、第二重應門、第三重路門、第四重庫門、第五重雉門。蘇軾經過了這五重門，一看名字和古書《禮記》上所寫完全一樣；但怎麼也解不開這五重門名字各代表什麼意義。這一點在《禮記》中也沒有闡述。想到這一點蘇軾稍覺有點困惑：中國經過幾千年的發展，難道總在原地踏步麼？看來這與自己想在一生中有所作爲的志向並不協調啊！自己只怕要小心坎坷了。

這是一絲不快的閃念，蘇軾緊蹙了一下眉頭，趕快甩開這點雜念，繼續飽覽皇宮風光。

皇宮屋頂全是重檐廡殿的格局。重檐是一層層的屋檐重疊而上，越到上邊越小。廡殿是高大輝煌的宮殿。屋頂蓋的是最爲金貴的黃色琉璃瓦，金碧輝煌，何等燦爛。

重檐之下，各有走獸雕塑裝飾。而所有走獸之前，又都有一位仙人作引領，顯然，「人爲萬物之靈」乃古今同理，「他人」不過是「人」的神化而已。蘇軾看到此景此狀，頓然感受到一種做人的尊嚴。

進得集賢殿來，所有的官員學士全都行雙跪叩拜大禮，一齊歡呼：

「參拜我皇萬歲，萬歲，萬萬歲！」

「眾卿平身。賜座。」

「謝萬歲！」

一一落座之後，蘇軾心潮澎湃。兩個布衣農家的孩子，辛勤苦讀，何止十年！總算達到了第一步的目的，兄弟倆總算沒有辱沒祖宗了。此次廷考自己位居第二名而第一名空缺，自己便是實際上的第一名，是不掛狀元頭銜的狀元了；弟弟蘇轍排在第九名實爲第八名，就算今天殿試再不濟，無非是名次往下挪動而已，這仕途之伍已是入定無疑。眼下，重要的是要靜下心來，不亂思緒；所有諸子百家，千書萬卷，任皇上提考什麼問題，總不致於摸不著邊際。他虔敬地打量起殿試場景來了。

仁宗趙禎高高地坐在御座上，今天穿戴的是皇帝最高禮服：冕服。冕服的「頭衣」是冕冠：頂端是一塊長一尺六寸、寬八寸的鑲金長方板，前端呈圓形，後端呈方形。這塊金板名字叫「埏」，意思就是「八方之地」，也就是「普天之下，莫非王土」的意思了。埏的後面高出一寸，呈向前俯俛的形式，這也是其稱爲「冕冠」的由來。埏的前後兩端都垂有金色旒蘇。雖然數不清，但蘇軾清楚地知道那是二十四根，亦即前後各十二根。每根旒蘇上綴有十二顆五彩玉，依次是朱玉、白玉、蒼玉、黃玉、玄玉；再朱玉、白玉、蒼玉……燦爛無比，至高無上。

皇帝身上穿的是袞衣，也就是卷龍衣，袞龍衣的配製是上衣爲玄衣，下衣爲纁裳。上衣玄爲赤黑色代表天，下裳纁爲淺絳色代表地；上天下地，天地合一。

蘇軾瞟眼一看和自己隔七個位子的弟弟蘇轍，發現他已經滾出了兩顆熱淚。他的感激涕零已經形諸在外了。而自己眼裏也熱燙奔湧了。

坐在皇帝御座有右方低兩級位置上的歐陽修，和坐在二十名生員排頭形若「領班」的梅聖俞，神情都是既欣慰又莊嚴；分明看出自己挑選的這批拔尖沖頂的角色，他們對浩蕩皇恩的感戴已經溢於言表了。

歐陽修覺得時機已到，起身參奏說：「啓稟聖上：彼等貢生感戴皇恩，微臣奏請聖上詳察，可否開始殿試？」

趙禎雖然才四十七歲，但已現出了老態，鬍鬚花白，面色略黃。但今天分外興奮，臉頰上露出喜色。幾個月來他爲遴選鼎盛社稷的棟梁之才，已經花費了不少心血。看來這心血沒有白花，面前二十個貢生全都感恩戴德，熱淚盈眶。只此一條，就足見其對我朝是何等忠心耿耿。他於是微微點頭，鄭重宣告「准奏。殿試開始。」

殿試第一階段是對全體二十名貢生作常識類考問，也就是歐陽修擬好寫成奏章的六十道題目，每人平均考問三題。這些題目都較容易，諸如：「文聖孔子所斷代的『春秋』起於何朝？迄於何代？共歷多少年？」（歐陽修奏章中便緊隨問題而有答案：「春秋起於魯隱公元年即周平王四十九年，迄魯哀公十四年即周敬王十九年，凡十二公，計二百四十二年。」）再如：「縱覽春秋期內，成功的霸主是哪些？他們各自的成功經驗何在？」……這些常識性的問題，對於從全國二千六百多萬人口中層層考選出來的二十個一流才子來說，實在是太簡單了。個個都對答如流。

趙禎高興極了。二十個貢生中絕大多數每人只問了兩道題。所以這問答沒一個時辰就全部通過。

接著的第二部分是「春秋對義」的精髓：當場辯答。這一類當場辯答也已由歐陽修、梅聖俞寫好了核心內容，問什麼，該怎麼回答；是如此答了，又怎樣反問；是如彼答了，又如何追問……都寫得井井有條。

趙禎翻開二十名貢生花名冊的頭一頁：蘇軾。這考問自當從排在最前面的問起。

正待開口提問，趙禎忽然記起剛才按名冊一個二個考問時，中間還有一個什麼蘇某，莫非他們是親屬麼？趙禎忙忙翻了幾頁，果然見到一個：蘇轍。本來那後邊寫了他們的籍貫和祖宗三代，分明就是嫡親兩兄弟。可是皇上哪會看這些枝節性的文字？他只習慣於當面問話，直呼其名：

「蘇軾，蘇轍！」

蘇氏兩兄弟同時驚起，不知犯了何事，馬上離開座席，叩頭應諾：「微臣在。」兩兄弟異口同聲，連節奏都完全一樣。

趙禎低下頭仔細端詳斟酌跪在地上的兩個人，看他們到底相像不相像；倒一下子忘記繼續問話了。跪地的蘇軾、蘇轍不知何處來了禍端，嚇得大氣都不敢出。蘇轍甚至於微微發抖了。面君如面虎，誰能不驚魂？萬一出了什麼差錯，那就不堪設想了。

蘇軾到底沈穩一些，不斷在心裏爲自己念叨鼓勵：「上有天鑒，下有地察，我蘇氏兩兄弟絕無二心……」

所謂好人不知病人苦，皇上怎知百姓驚？趙禎還想從僕倒地上的兩個人中尋找共同點，可誰知自己賜給的是一樣的公服，外表能分辨什麼！於是稍帶焦急地問道：

「下跪二人爲何不抬起頭來？」他想從臉上看看是否眞是兩兄弟。誰知更使蘇軾、蘇轍心裏發毛，似乎大禍已確實臨頭了。

蘇軾膽子還壯些，低低說：

「有罪不敢抬頭。」

蘇轍沒法和哥哥異口同聲了，他開始有了一點結巴：

「有，有，有罪，不，不敢抬頭。」

久歷官場的歐陽修看著要出大事，他深知官場險惡，尤其是面聖的當口，往往一句毫不經意的失口言詞，也會招來殺身之禍。他當然早已揣知皇上是想辨認蘇軾、蘇轍到底是不是兄弟兩人，聽他們說「有罪不敢抬頭」，皇上肯定要恕他們無罪而強令他們抬頭。那已經聲音發抖的蘇轍可能會支撐不住，信口雌黃一句什麼糊塗話就打亂了整個的殿試進程，造成無法挽回的失誤，「欺慢君王」罪孽非輕，那還了得！

再也不及細想了，歐陽修趕在皇帝強令蘇軾、蘇轍抬頭之前；迅速起身跪倒說：

「臣啓萬歲：我主聖明，定是想要查清蘇軾、蘇轍是不是兩兄弟。微臣有罪，罪在未稟：聖上所關愛的蘇軾、蘇轍，確實是嫡親同胞兩兄弟！」

趙禎大笑：「哈哈！我朝有幸，只怕是千百年間難得一遇的奇事！兩兄弟同科同天參加殿試，我朝喜得蘇氏兄弟兩進士也！」

聰明的蘇軾馬上應聲：

「臣蘇軾謝主隆恩！」

恢復了平靜的蘇轍馬上接口：

「臣蘇轍謝主隆恩！」

蘇門兩兄弟已先得皇封爲進士，好不喜上心頭。

歐陽修補充一句：

「微臣恭賀聖上喜得良才！」

趙禎也高興極了，朗聲說：

「三卿平身。復座回話。」

「我皇萬歲，萬歲，萬萬歲！」蘇軾、蘇轍謝恩後復歸座位。

歐陽修早已復位坐好，喜上眉梢。

梅聖俞也毫不掩飾自己的得意神色。

趙禎侃侃而談：

「蘇家二卿已得進士於前，孤家還得考問眞才實學於後：蘇軾，你說說：孔子總結春秋時代成功霸主的基本經驗是什麼？要儘量簡約。」

蘇軾沉思少頃，便從容回答：

「稟皇上：賞罰嚴明，施行仁政。」

趙禎問：「仁政的核心內容是什麼？」

蘇軾答：「稟皇上：以德服人！」

趙禎問：「那麼地方上出現了盜匪強人怎麼辦？」

蘇軾答：「稟皇上：全力兜捕，嚴懲不貸！」

「那不是和仁政背道而馳了嗎？」

「稟皇上：匪盜雖少，危害大眾，俗話說：一匪何止盜十家？故爾，縱容了一個匪徒，是對十家百姓未施仁政。同樣的道理：誅滅了一個匪徒，仁政恩及了十家百姓！所以，對少數盜匪的不施仁政，正是爲了對多數人的廣施仁政。立國以民爲本，民以多數爲尊。對少數強盜匪人絕不可姑息養奸，貽害大眾。稟皇上明察！」

趙禎高興萬分：

「卿家答得好，正合孤家心意。」

蘇軾謝恩：「臣領聖上恩典。」

趙禎又去問弟弟：

「蘇轍！你贊成你哥哥關於仁政的論述嗎？」

蘇轍答：「稟皇上：完全贊成。」

趙禎問：「那麼，倘若有蠻夷進犯我們的國家，你說該怎麼辦？」

蘇轍答：「稟皇上：出動大軍，將其剿滅！」

「那他就說了：久聞貴國以德服人，以仁政治天下，何以如此狠心塗炭我國之生靈？」

「稟皇上：可以其人之道，還治其人之身，反問對方說：你們妄動刀槍，犯我國土，這難道是以德服人的行爲嗎？既然你不以仁德待我，我也只有以牙還牙！」

「駁得好！但如果，我國的兵力一時不及剿滅來犯之敵人呢？」

「稟皇上：只要廣施仁政，國力定會強大。古人云：戰者，民心向背也！皇上以德服人，廣施仁政，天下黎庶歸心，自然不會有國力不及的情況發生！」

趙禎更高興了：「好！兩兄弟不分伯仲！我要問：蘇軾，爲了預防國力不及的情況發生，按你的春秋仁政觀點來看，該採取哪些措施？」

蘇軾答：「稟皇上：防患未然，察之毫末。要從細微末節上去搜尋以德服人的未及之處，補以仁政救之。《易經》有云：月暈而風，礎潤而雨，這是說世上萬事萬物，無不有其先兆之形。皇上如此勤政愛民，自會派得力臣屬細加察訪，類似於察看『濕礎』『月暈』，從毫端末節去發現仁政未及之人、之地、之事，迅速恩施仁政，歸順人心，則自然國力更其鼎盛，我朝萬世齊昌，有何難也？」

殿試退朝後，仁宗趙禎直接回到了後宮。他滿面春風，一身輕快，走進宮裏，故意不讓內值通報；皇后都沒聽得皇上進來。及至皇帝來到身後，皇后曹氏才發覺了，連忙跪下說：

「啓奏皇上：臣妾確實沒有瞧見皇上進宮，未及接駕，罪該萬死。」

趙禎扶起曹氏說：

「皇后有什麼罪來？是孤家今天特別高興，故意不讓內侍唱喏通知你。在後宮不行君臣禮，孤家最喜歡你叫我官家！」

曹氏說：「臣妾謝過皇上，哦！是是，謝過官家。但不知官家今天何事這等高興？」

趙禎說：「孤家爲我朝找到了兩位未來的宰相：嫡親兩兄弟蘇軾、蘇轍！」

皇后由衷地稱頌：

「此乃官家之洪福，我朝之光榮；必將載入史冊！」

副相被誣私通甥女
醉翁太守終得還朝

禮部尚書歐陽修的府邸，在汴京西南角上依山傍勢，是一個鄉野山居式的宅園。這自然與他十年前被讒言所害貶爲滁州（今安徽滁州）太守的經歷有關。

十年前（公元一〇四七年），歐陽修任朝廷副宰相。因爲直言犯諫，得罪了宰相夏竦。夏竦誣蔑他與年輕美麗的外甥女有私，終被貶爲滁州太守。後來就寫了那篇千古絕唱《醉翁亭記》。智仙和尙修的醉翁亭在滁州西南方。歐陽修對這「西南」方向特別留戀。歐陽修被誣告之事眞相大白，他被重新召回朝廷做京官，新置的府邸便在汴京城的西南角上。

遙想當年在滁州太守任上，那些山野情趣，那些眞摯交往，是何等的美好純良。

歐陽修到滁州上任的第三天，太陽已經三竹竿高了，他還懶得起床。朋黨傾軋，忠奸難分，世事太難預料。既已遠離京都，與朝廷紛爭再無干涉，何如每日飲酒，醉醺醺終了此生。到任三天，已喝了兩罈酒，那是和淚泣血往下呑。差不多每隔一個時辰就灌完一碗，喝了擱倒就睡。

老家丁歐陽隨是族內的晚輩，因幼年父母雙亡，無力埋葬，得歐陽修解囊資助。歐陽隨感恩戴德，自願到歐陽修家爲奴，至今已十四年了；對歐陽修敬愛備至。見他大碗喝酒，醉倒便睡；連忙熬了醒酒湯來，哄著歐陽修說：

「老爺！酒醉傷身；白水多沖。奴才也沒什麼孝敬，求你多喝幾碗水，多解幾次溲，把酒氣從身上沖出去。」

歐陽修迷迷糊糊喝了下去，不想卻是醒酒湯。歐陽修沒半個時辰醒了酒，一想世事太荒唐，與其醒來何如醉？咕嘟嘟又灌醉睡倒了。

就這樣，醉了醒，醒了醉，兩罈酒三天喝個光。這不，今天日上三竿，他還在醉夢裏。

歐陽隨眞是一籌莫展了，急得抓耳撓腮。

正在這時，門前來了一個老和尚，神色超然，步履輕快，行走時挾帶著一股仙氣熏風；卻是不相識。

歐陽隨想：這種渾身仙風佛骨的老和尚，往往是世外高人，奇異卓絕；他絕不會無緣無故而來。

眼見老和尚進門了，歐陽隨拱手施禮說：

「歐陽家老奴恭迎高僧。我這就去向老爺通報。」舉步就要往裏屋走。

老和尚忙施佛禮回答：

「阿彌陀佛。不用通報，老衲自己進去。」抬腿就往屋裏走。

歐陽隨抱歉地施禮攔住說：

「實在對不起高僧，我家老爺酒醉，一天一夜未醒。」

老和尚說：「阿彌陀佛！你家老爺如若醒著，早已迎出門來，何須你再去通報？你家老爺如若醉著，你又怎的把他叫來？何如我自己進去。」

光憑這幾句話，就猜得出他會是老爺的知心朋友，歐陽隨一邊請老和尚走進內室，一邊不住地道歉說：

「太簡慢高僧了。」

歐陽修和衣睡在簡樸的床上，蓋著薄薄的藍色印花被子。此時是春夏之交，冷熱適度，即使和衣臥著不蓋被子也不要緊，蓋一床薄被也熱不到那裏去。歐陽修似乎昏睡得很沈，鼾聲時大時小，好像睡著了還在犯著迷糊：打鼾究竟不知是大聲好還是小聲好，於是大聲、小聲輪著來。

歐陽隨有點奇怪：老爺打鼾原來並不是這樣啊！總是很響很響打個半晚，直到半夜起來解溲再停。今天怎麼時大時小鼾聲都變了？

歐陽隨想像著：老爺睡的姿勢不好，出氣進氣不順暢，連鼾也打不出來；碰巧動一下順暢了，鼾聲也就大些，是哪個枕頭礙事……可憐的老爺！在京城裏受了冤枉被人害，貶到了這個到處是山的滁州，沒法子出氣，拿酒出氣，自己作賤自己，連夢裏都不舒心……便準備去幫他挪動身子，擺好枕頭。

老僧拄著禪杖，站在門內不遠，眼睛輕鬆閉著，似乎一切都不在眼中，此時卻看清了歐陽隨的行動和打算，緩緩開口說：

「阿彌陀佛！施主不必挪動老爺，先聽老衲宣示佛旨。佛說：我想睡著，你叫我醒來，我還睡著；我想醒著，你叫我睡著，我還醒著。」

歐陽隨聽不懂禪機妙解，以爲老和尚在冤枉老爺，爭辯說：「說你高僧你高過頭了。我家老爺明明睡歪了脖子出氣不順，你怎麼說他醒了裝睡，懶得起來。」

老和尚說：「阿彌陀佛！施主不必動怒。佛說：人者，萬物之靈也；靈者，趨吉避凶也；氣短閉塞時，凶也；舒緩自如時，吉也；能自由調息閉塞爲舒緩者，乃趨吉避凶之必然也；知趨吉避凶之靈長者，乃醒著而非睡著也；既醒著而仍睡著者，乃不願與我交友也。」

床上的歐陽修猛然一掀被窩，赤足立在床邊拱手說：「善哉！善哉！知我者佛也，友我者高僧也。敢問高僧寶剎何方？法號何諱？」

老和尚睜開眼說：「阿彌陀佛！老衲乃琅琊山琅琊寺僧智仙也！」歐陽修說：「我被凡塵所蒙，恩承高僧點醒。」轉身對歐陽隨說：「隨兒？快快備辦齋飯，我請高僧多多指點。」

智仙說：「阿彌陀佛！齋飯暫且留著，敢請太守大人聽老衲一言：個人者，小我也；山水自然者，大我也；置小我於大我之中，無我也！」

歐陽修說：「高僧所言妙極！敢莫是邀我去寶剎一遊麼？」

智仙說：「懇請大人不吝賜步。」

歐陽修問：「要下官自己帶酒麼？」

智仙說：「老衲信奉心誠則靈，不忌諱葷酒。有道是：酒肉穿腸過，佛旨胸中留。」

從此，歐陽修與這位琅琊寺僧智仙成了莫逆之交。智仙幫助他徹底擺脫了蒙冤被貶的憤悶孤獨。在太守公務之餘，寄情於山川野趣，政績反而不斷弘揚。爲方便往來，智仙爲歐陽修在山路旁蓋了一座休憩的亭子。亭子落成那天，智仙邀請歐陽修去參加落成典禮。

禮成之後，智仙說：

「太守大人！子曰：有朋自遠方來，不亦樂乎？太守自京都來，自是遠朋也。治滁經年，政績斐然，遠朋必遠去京都也。老衲蓋亭，非獨爲遠朋之休憩所用，亦爲老衲留紀念也。今有亭而無名，誠可惜也！」

歐陽修說：「敢是高僧囑某起個亭名！」

智仙說：「太守乃當今文壇領袖，誰能有所僭越？賜名者，非太守莫屬也。」

歐陽修稍爲想想說：

「你我交之以酒，醉之成趣，題名『醉翁亭』可否？」

智仙滿飲一杯，說：

「佳釀酒醉，山水心醉，交友情醉，好一個醉翁亭！請太守賜以墨寶！」紙筆墨硯俱早齊備，歐陽修滿飲三杯，趁著酒興揮毫潑墨，「醉翁亭」三字似有酒香溢出。

智仙又說：「太守大人，非是老衲得寸進尺，這亭子有名無記，豈非一大遺憾麼？」

歐陽修說：「謹遵高僧所囑，下官願作記一篇。敢問高僧有何賜示？」
智仙也是酒意飄然，揚手一指說：
「太守大人請看：滁州四面多少大山！東邊，乃烏龍山也；西邊，乃大豐山也；南邊花山也；北邊白米山也。有山必有水，你我怎能忘卻山水而獨尊杜康？」
歐陽修雅興大發：
「多承高僧點撥。」馬上提筆展紙，當場作起文來。未及一個時辰，一篇《醉翁亭記》已經寫好。
智仙和尚撚鬚吟誦起來：
「滁州四面皆山也，東有烏龍山，西有大豐山，南有花山，北有白米山，其西南諸峰，林壑尤美……妙極妙極！」智仙迅速讀完了《醉翁亭記》，忙對承辦僧人說：「亭名制匾，作記制碑，不日一同展示！」
歐陽修制止說：
「慢來慢來！文章千古事，不比一亭碑。且讓我帶回衙府去，斟酌一番再說！」
當下回到滁州府衙，將自己所寫的《醉翁亭記》用毛筆正楷又抄寫了六份，分別交給六個衙役說：
「快把這六篇文稿分貼到六個城門。」
衙役說：「滁州雖有六個城門，但都只打開東南西北四個正門，從沒開過小東門、小西門兩個偏門。」
歐陽修說：「今天都打開吧！每門貼一張。」

衙役班頭似乎領悟了，歡快說：「對對！大人寫的好文章，是該多讓一些人看看學學。」

歐陽修說：「不是這個意思。人都說：一人才學淺，眾人見識高。我是要你們貼出去請人幫助修改。」

爲了免除誤會，歐陽修又寫了六份附言：

滁州太守歐陽修，拙著《醉翁亭記》，敬請過往客商，黎民百姓，文武官吏不吝斧正！

誰知這文章和附言貼在城門口直到第三天傍晚，仍不見有人來改文章，衙役準備將文章和附言揭回去。

大南門突然來了一個老年樵夫，挑著一擔薪柴往城裏走。一見衙役將《醉翁亭記》往下揭，連忙趕上幾步說：

「哦？原來請人改文章是假意？」

衙役怒斥他：「不要亂講！歐陽大人是誠心實意請人改文章。只是貼了三天都沒人來改，只好揭了。」

樵夫說：「聽說太守大人說過：文章千古事，難道還怕多貼幾天嗎？」

衙役很瞧不起他：「你一個山村樵子，也想改太守大人的文章嗎？」

樵夫說：「你又不是太守，你怎麼知道我不能改他的文章？」

衙役訕笑起來：「喲！屎克螂跌到糞坑裏，你倒挺會拱臭！」

樵夫說：「啊？獵人帶你上了山坳，狗眼看人低！」說完就走。

衙役受了氣，一把抓住樵夫的柴。

一個走，一個拖，叭嚓！後頭的柴落了地，扦擔朝天翻，前頭的柴也掉了。樵夫氣得七竅生煙，舉起扦擔劈打衙役。衙役很有些手段。一把架住了扦擔，想要奪過來：咔嚓，扭斷了。

兩人二話不說，斷棍對打……

正在此時，歐陽修騎著馬過來了。他是特來囑咐一下：文章再延遲張掛三天。剛才在大東門沒有事，在小東門也沒有事，不想第三站來到大南門，倒碰見衙役和樵夫在打架。

歐陽修催馬快速跑了過來，高聲喝斥：

「衙役住手！」

衙役一見是太守，頓時嚇得傻了眼；樵夫趁機橫掃一扦擔，恰好打中了衙役的屁股，只聽他「唉喲」一聲，摔倒在五尺開外。

衙役挨了打，卻撈回了說話的本錢，故意裝腔作勢哼天倒地：

「唉喲喲！唉喲喲！大人看見，刁民抗上，敢打公差，分明是藐視大人，請大人作主！」

樵夫把扦擔豎立地上，鼻子裏哼了一聲，心裏說：「且看太守大人是否廉明公正！」瞪著眼不吱一聲。一手叉腰一手扶扦擔，虎視眈眈。

歐陽修豈是糊塗之輩，他剛才看得清楚：樵夫既是對打的高手，又能手下留情，一棍打在衙役的屁股上，無非是想教訓教訓他。衙役不致有多大的傷勢，故意哼哼，很可能是惡人先告狀。於是聲色俱厲地說：

「衙役休得胡言！孟子曰：民貴君輕。皇朝的社稷都靠億萬斯民撐著。你一個小小的衙役，怎敢如此惡待良民？先不管事情因何而起，你總是有事激怒了樵夫。本府到此已非一日，深知此地民風純良，無故不會與公差人等作對。倘若你還敢編造謊詞，本府一經查實，定然重責不饒。快從實稟報事端因何而起。」

衙役不敢再說假，跪下來如實告白求饒：

「大人容稟：小的知罪！這樵夫說要給大人修改《醉翁亭記》，我怕他戲耍大人，所以用幾句玩笑話考考他。怪我出言不遜，先罵了他是屎克螂拱臭，他回罵我狗眼看人低，故而兩人厮打。全憑大人明察，小人知錯，甘願受罰。」

歐陽修說：「知錯能改，善莫大焉，免罰，你起來吧！」隨即快步走攏樵夫：「請問樵哥：你幫老夫改文章之事可是屬實？」

樵夫凜然回答：「不敢！請問太守大人上過琅琊山峰的南天門嗎？」

「智仙大師曾陪老夫兩次登臨。」

「請問大人在南天門上，四下一看是什麼感覺？」

「四周全是高山，不過都在南天門腳下。」

「大人當時看得出四周都是什麼山嗎？」

「啊！妙！你是說根本無須點出四周的山名？」

「請大人想想，尊著《醉翁亭記》開頭寫『山』用了多少個字？」

歐陽修略一默誦：「滁州四面皆山也，東有烏龍山，西有大豐山……」迅速算了出來，「開頭共用了二十六個字寫山。」

樵夫笑笑說：「依小人看來，五個字足夠。」

歐陽修反問一句：「五個字？」略一凝神，脫口念出：「環滁皆山也！妙極妙極，果然五個字一覽無餘。」想起要向樵夫致謝，陡然抬頭；一看樵夫已經走遠。

歐陽修深情高喊：「樵哥——樵哥——請先別走！你的文才丘壑，實在不該就此長埋深山！」

樵夫立住回答：「謝大人美意！我那是常年在琅琊山砍柴得來的直覺，根本算不上文才。」說罷又已開步。

歐陽修又叫一聲：「樵哥且住！怎能讓你白丟了一擔薪柴！應該接受老夫的賠償！」

樵夫斬釘截鐵：「大人的文才，勝過小人千擔萬擔薪柴！」拱手作別，「大人如此公正廉明，實是黎民的福分！大人保重！小人去了。」大步朝城外走去。

歐陽修喃喃自語：「小樵哥！吾之五字師也！」

從此，世界便有了那起句無比精粹，全文情景交融；千古絕唱的散文經典《醉翁亭記》：

醉翁亭記

歐陽修

環滁皆山也！其西南諸峰，林壑尤美，望之蔚然而深秀者，琅琊也。山行六七里，漸聞水聲潺潺；而瀉出於兩峰之間者，釀泉也。峰回路轉，有亭翼然臨於泉上者，醉翁亭也。作亭者誰？山之僧智仙也。名之者誰？太守自謂也。太守與客來飲於此，飲少輒醉，而年又最高，故自號曰醉翁也。醉翁之意不在酒，在乎山水之間也。山水之樂，得之心而寓之酒也。若夫日出而林霏開，雲歸而岩穴暝。晦明變化者，山間之朝暮也。野芳發而幽香，佳木秀而繁陰，風霜高潔，水落而石出者，山間之四時也。朝而往，暮而歸，四時之景不同，而樂亦無窮也。至於負者歌於途，行者休於樹，前者呼，後者應，傴僂提攜，往來而不絕者，滁人遊也。臨溪而漁，溪深而魚肥；釀泉為酒，泉香而酒冽；山肴野蔌雜然而前陳者，太守宴也。宴酣之樂，非絲非竹，射者中，弈者勝，觥籌交錯，坐起而喧嘩者，眾賓歡也。蒼顏白髮，頹乎其中者，太守醉也。已而夕陽在山，人影散亂，太守歸而賓客從也。樹林陰翳，鳴聲上下，遊人去而禽鳥樂也。然而禽鳥知山林之樂，而不知人之樂；人知從太守遊而樂，而不知太守之樂其樂也。醉能同其樂；醒能述以文者，太守也。太守謂誰？廬陵歐陽修也。

那是一段多麼值得留戀的閒適情趣啊！爲了緬懷過去，歐陽修重返京城後的府邸，也修在汴梁城的西南角上，並且仿照「醉翁亭」而建了一座「醉吾齋」。

今天，歐陽修邀了老朋友梅聖俞到醉吾齋來了，請這位「梅直講」對自己一篇新作提意見，看是該推出去還是應收起來。

這篇文章的題目是《朋黨論》。

那天，仁宗趙禎欽點了蘇軾、蘇轍、曾鞏、章惇等二十名本科進士之後，主考官歐陽修覺得肩上重擔終於放下了，感到相當疲倦，決定在家裏休息兩三天。皇帝當然恩准。

歐陽修在府邸裏休息才半天，他的外甥女李小乖，和外甥女婿陶德配來了。這個李小乖便是曾被誣陷與歐陽修有私的外甥女。她是歐陽修大姐夫的遺腹女兒，大姐養下小乖之後，五年就不幸過世，小乖只好由歐陽修撫養下來。小乖還是嬰兒時候母親順口叫出的小名，沒等更換大名，母親就死了。她那父親在她出世前兩個月，就死在抗擊蠻夷犯境的戰鬥中。姐夫李勝平是新組建的飛山營指揮，相當於團長級別的獨立營營長。歐陽修對這位戰場烈士姐夫留下的遺腹女，看重如掌上明珠。她人也長得如名字一樣乖巧美麗，特別逗歐陽修喜歡。李小乖長大之後，歐陽修中年喪偶一度未及續弦，邪黨朝臣夏竦便誣告他與外甥女有染。流言殺人，蜚語害命，使歐陽修丟了副宰相的官，被貶到山野滁州當了幾年太守。

歐陽修與外甥女李小乖情同父女，聖潔無瑕，受奸黨的陷害，兩人當時萬念俱灰。歐陽修臨去滁州前匆忙擇婿陶德配，嫁了外甥女；並囑咐他夫婦倆搬離京都，走得越遠越好。陶德配是木匠藝人，根本沒法和歐陽家門當戶對，也沒法和飽讀詩書的李小乖相配。當時萬般無奈，李小乖只得應承了婚事。木匠藝人到哪裡都能養家活口。至於兩人結合後運道如何，只好聽天由命了。

這許多年來，歐陽修一點不知道他倆夫妻的消息，連打聽都沒法打聽。

李小乖偕夫君陶德配突然回來，還帶來了一雙可愛的小兒子。李小乖見了舅父，跪在面前哭個不停；一雙八歲雙胞胎兒子陪跪在母親身邊一齊哭；剛強的陶德配也眼淚直淌；鬚髮幾已全白的歐陽修，也落淚唏噓不止。

歐陽修繼妻梅氏，把李小乖一家扶了起來，拉開了家常話。

李小乖命好，夫君陶德配聰明能幹，早已在洛陽成了殷實的富戶。今天帶了一雙兒子來看望舅姥姥，兩個小孫孫把《醉翁亭記》背得一字不差。

李小乖說：「舅舅！你的《醉翁亭記》寫的是山野神仙的生活。」

歐陽修說：「你把話說到舅舅心坎裏去了。」

李小乖說：「舅舅！你現在又回到了朝廷做大官，遠不是一個滁州太守可比。可你現在過的日子，比起你當醉翁的日子，哪一種更舒心？更無牽無掛？」

歐陽修一驚：「哦？小乖你拖著兒子跑三百多里到京城來，是想勸我離開朝廷再去州府過醉翁生活？」

李小乖說：「舅舅！老奸佞夏竦銷聲匿跡了，還有新奸佞。」

歐陽修猛覺醒悟了：「對呀！自己身受朋黨傾軋之害，在這方面我是有話可說啊！我何不作一篇《朋黨論》，把問題全說清楚，也還可以出一口怨氣。」

歐陽修打發外甥女一家到京城各處去玩兩天。自己便把《朋黨論》寫成了。今天，特邀了梅聖俞來醉吾齋飲酒商討。

朋黨論

歐陽修

臣聞朋黨之說，自古有之。惟幸人君辨其君子小人而已。大凡君子與君子，以同道為朋；小人與小人，以同利為朋。此自然之理也。

然臣謂小人無朋，惟君子則有之。其故何哉？小人所好者，利祿也；所貪者，貨財也；當其同利之時，暫相黨引以為朋者，偽也。及其見利而爭先，或利盡而交疏，則反相賊害；雖其兄弟親戚，不能相保；故臣謂小人無朋，其暫為朋者，偽也。

君子則不然，所守者道義，所行者忠信，所惜者名節；以之修身，則同道而相益；以之事國，則同心而共濟，始終如一，此君子之朋也。

故為人君者，但當退小人之偽朋，用君子之真朋，則天下治矣……《書》曰：紂有臣億萬，惟億萬心；周有臣三千，惟一心。紂之時，億萬人各異心，可謂不為朋矣，然紂以亡國。周武王之臣，三千為一大朋，而周用以興……唐之晚年，漸起朋黨之論。及昭宗時，盡殺朝之名士；或投之黃河，曰：此輩清流，可投濁流，而唐遂亡矣……磋乎，治亂興亡之跡，為人君者，可以鑒矣！

梅聖俞看完歐陽修這篇《朋黨論》，一股老而彌堅的志氣被激越起來，他一邊用左手掌撫擦下顎短髭，一邊怡然自樂地說：

「歐陽公此篇宏論，泛古論今，力透紙背，入木三分。可見大人老驥伏櫪，壯心不已，滿腔拳拳報國之心！」

歐陽修喟然嘆曰：

「唉！可是有人偏偏要老夫遠離朝廷。寧當醉翁，早避朋黨禍害。」

梅聖俞驚詫異常，放下左手，不再用短髭摩擦勞宮穴；反而抬起右手，握個半拳，用右拇指頂著下顎，一派鄭重沉思，卻還照樣發問：

「歐陽公！有此等事麼？非是至善骨肉，誰能對大人如此切肉關情？依老夫所看，尊府內目下尚無此等親人。」

歐陽修說：「聖俞公果然眼力銳利。除了老夫外甥女小乖，誰還能有如此關愛！」

「哦？令甥媛小乖有訊息驟來？」

「豈止訊息，人亦到也。我叫他們一家逛京城去了。」

梅聖俞深表讚許說：

「令甥媛冰清玉潔，歐陽公骨傲寒霜。潑污之穢雖早清除，誣陷你的夏竦也早身敗名裂，小乖她餘悸未消，勸你離朝不無道理啊！」

歐陽修說：「既然聖俞公也如此提醒，老夫當將《朋黨論》束之高閣，尋思離京外任的理由了。」

梅聖俞說：「歐陽公，魚與熊掌，何不兼而得之。一則將大著具表，報奏皇上，或有助於聖上以史爲鑒也；二則編織藉口，或就以老邁爲由，堅持『離京外任』，以絕朋黨風波，豈不兩全其美？老夫亦已爲離朝之事籌謀了……」

忽聽家人唱喏：「新科進士蘇軾大人、蘇轍大人陪同令尊蘇洵大人駕到——」

歐陽修高興極了：「天賜良機！聖俞公與老夫爲皇上舉薦的棟樑之才到了。這蘇軾非同小可，乃百年難遇之奇才。老夫正該多所迴避，讓他去出人頭地，以創輝煌。」

梅聖俞說：「大人莫非今日即避而不見麼？」

歐陽修說：「非也。迴避乃離京外任之後事。今日非但不能不見，還得留爾等居家便餐，誠邀聖俞公陪客，或可對後起之秀多所提掖。」隨即轉過臉來，向家人高聲宣示：

「迎客！」

雄文入仕蘇洵願償
一門三傑把酒謝天

蘇軾、蘇轍兩兄弟同科進士及第，一時好不風光。蘇洵滿足了兒子的心願，將宜秋門外的南園買了下來，由「戴宅」改爲「蘇宅」。兩個兒子尚未正式授以官職，蘇洵本人還要趁此良機，進獻自己的多種著述，以求得到賞識，步入仕途。因此，父子三人都不能回四川眉山去接家眷。

蘇洵修書一封，將來京一年的情由，全數報知妻子程氏，叫她率一家人來京團圓。這送信接家眷之事，自然非派老家丁楊威去不可。

楊威雖是奴僕之輩，但早已成了蘇家的一份子。楊威是蘇洵父親蘇序覓得的一個得力下人，不僅爲人忠厚樸實，而且略通文墨，武藝高強，當時蘇序被授以太子太傅的官銜。實際上只是一個虛官閒職，沒有任何實事實權，甚至連太子居住的內宮都沒有進去過。蘇序自己並非科考及第跨入仕途。而是靠了朋友的提攜才得到一個虛官太子太傅，沒有任何實權施展才華。所以他對自己的兒孫嚴加告誡：必須靠眞才實學去科考入仕，不要走自己「文武兼得卻是難有一精」的老路了。

蘇序這個太子太傅的虛官，在黎庶民間卻有很大的威力：以爲這一定是太子身邊的紅人，是未來皇帝的寵臣，對他不敢冒犯。蘇序便藉著這個威勢，去幹些鋤強扶弱、打抱不平的俠事。

楊威生就嫉惡如仇的秉性，憑一身武功在各地打抱不平。未曾料到強中更有強中手，楊威一次栽在一個惡棍手中，眼看就要死於非命。蘇序出手相救，將那惡棍處死，還以太子太傅身分告那惡棍是「怙惡不悛，觸怒眾犯被群毆致死」，了結一場命案。

楊威自是把蘇序視同救命恩人，立誓終身爲奴相報。

蘇序心地純良，不把他當一般下人看待，將他視同子侄一般；幫他在蘇家娶妻生子。

楊威是蘇序的晚輩，而比蘇序的唯一兒子蘇洵大兩歲，便成了蘇洵理所當然的大哥哥。後來楊威曾多次救過蘇洵的命，蘇洵對他尊敬有加，命自己的兒子蘇軾、蘇轍、女兒蘇小妹及全家大小，尊稱楊威爲「楊伯」。

事實上，自蘇洵父親蘇序過世以後，全家都把楊威看成了蘇家的保護神。

一年前蘇洵帶著蘇軾、蘇轍進京求取功名，就一直帶著楊威擔任護衛；另帶一個家童小廝李敬，照料飲食起居。

楊威懷揣著蘇洵寫的報喜家書，回四川眉山接家眷去了。京城這邊便由李敬照料生活。

今天，蘇洵帶著蘇軾、蘇轍來晉謁當代文壇領袖，舉薦兒子得中進士的恩師歐陽修，銘恩致謝是一個目的；另一個目的是蘇洵自己要進身仕途。

蘇洵的進身之階，是自己潛心構寫的二十二篇著作。

蘇洵並非從小用功讀書。他的資質很好，但年輕時候他聰明反被聰明誤，他以為憑著自己的聰明，讀通經、史、子、集不是難事，應付應付就過去了；而把大部分的時間和精力，偷偷摸摸地跟楊威習武。楊威很快就發現了這件事，但他只當沒看見而置之不理；因他自己才來蘇家不久，立志是來報恩，怎麼能干涉主人家少爺的行動？

蘇洵舞拳弄腿，開始像那麼回事了。但是學業上更加荒廢了。他兩次參加州、府考試，兩次敗下陣來，他已深深為自己的「聰明誤」後悔了。參加第二次州考失敗時，蘇洵已經二十七歲，他自己的大兒子蘇軾已經四歲，二兒子蘇轍已經一歲。朝廷大比三年才有一回，自己兩次失敗實際上已是終生失敗了。可憐的老父親蘇序，為這事氣得跌倒，原是患了中風。臨死前對蘇洵作最後的教誨，語音已是結結巴巴：

「洵，洵兒，你，你攻書總是三心二意，以，以為自己聰明，還，還偷著學武，以為我不知道；做人就怕『聰明誤』，你的『聰明誤』害了自己，未必還要害子孫？你不該給他們做個好榜樣？」

蘇洵跪在床前，早已泣不成聲了：

「爹，爹……」深深悔恨自己，再說不出話來。

站在一邊的楊威也趴跪在地上哭訴著：

「少爺！少爺他沒讀好書，也有奴才的錯。少爺他跟著我偷學武功，我假裝不知道。分了他的心。奴才有罪，今後我會提醒少爺，好好做學問。老爺你不要急成這個樣子。」

蘇序已明顯地難以支持，費盡平生最後一點力氣，只說出五個字來：

「洵，兒，自己說……」

蘇洵哇哇大哭了三聲，屏住抽泣，斬釘截鐵說：

「孩兒不孝！孩兒知罪！孩兒從今天起發奮讀書，從頭學起！」

蘇序聽完兒子蘇洵的誓言，喜得兩顆熱淚從眼角滾出：但是頭一偏，脖一扭，斷氣了。

在舉家哀痛的氣氛中，蘇洵當著親人、族人、戚友、鄉鄰的面，把自己以前寫的文章，所作的詩詞歌賦，一火焚之；以示永別過去，從此發奮讀書。

二十年後的今天，四十七歲的蘇洵早已精通諸子百家，經史典籍；他下筆數千言，連底稿都不用打。一貫百通，豁然長進，他的文章和詩詞已譽滿家鄉，傳頌州縣，希望還能受賞識於朝廷。

年邁的老父，自然不能和兒子同登科場，他決心走另一條路：直接向朝廷推薦自己；就用二十二篇精心構寫的文章。這晉升的階梯，當然莫過於歐陽修了。

蘇洵三父子被領進歐陽府第客廳，發現副主考官梅聖俞也在這裏，不覺更加高興。

蘇軾、蘇轍快步上前，向歐陽修和梅聖俞跪下去說：

「晚生向二位恩師請安！」

蘇洵也拱手施禮：

「布衣蘇洵向二位大人請安！二位大人對兩個犬子如此關愛提攜，我理應當面致謝！」

歐陽修說：「免禮免禮！二位新科進士，一憑自己的學識才華，二賴聖上的英明恩典，老夫和梅聖公，不過是遵從朝制經辦而已，何足掛懷。」

大家入座之後，蘇洵說：

「歐陽大人過謙了。先朝文藝大家韓愈有言『世有伯樂，然後有千里馬。千里馬常有，而伯樂不常有。故雖有名馬，只辱於奴隸之手，駢死於槽櫪之間。承先生謬獎，二犬子確有小才，然若非歐陽大人和梅聖大人慧眼識得，縱使犬子比配千里馬，豈非仍敝棄於林野山鄉？二公如此大恩大德，在下蘇洵縱是布衣，也是深明其理了。」

歐陽修說：「蘇洵先生屢屢自謙布衣，然言詞吐納，造詣甚深，遠非通常布衣可比；而是胸藏丘壑，學富五車。當知黎庶與官宦，並無不可逾越之鴻溝。有道是：焉知今日之布衣，不是明朝之官宦？」

蘇洵說：「謝大人勉勵！聆聽大人教言，誠乃醍醐灌頂。在下正有二十二篇拙著，擬請歐陽大人併梅聖大人多所教言。」

歐陽修說：「願乞拜讀，再作切磋。下官已先行安排有所準備，有請蘇府三位人俊在此家宴小酌，多所暢談。已預請梅大人作陪了。」

蘇洵喜出望外，起身拱手：

「叨擾非當，讓在下先謝過二位大人！」

蘇洵取出隨身帶來的二十二篇文章，一併呈在歐陽修手上說：
「請歐陽大人和梅聖大人多所賜教。」
歐陽修說：「蘇先生尊著已有排列，或在提示循一二三四次序，讀吧！」
蘇洵說：「大人機敏超群，窺測了在下之心跡。」
歐陽修把第一篇《心術》留下來，將第二篇《辨奸論》遞給了梅聖俞。
二人分頭往下讀。

心術

蘇洵（字老泉）

為將之道，當先治心。泰山崩於前而色不變，麋鹿興於左而目不瞬，然後可以制利害，可以待敵……夫惟義可以怒士，士以義怒，可與百戰。

凡戰之道，未戰養其財，將戰養其力，既戰養其氣，既勝養其心。謹烽燧，嚴斥堠，使耕者無所顧忌，所以養其財；豐犒而優遊之，所以養其力；小勝益急，小挫益厲，所以養其氣；用人不盡其所為，所以養其心……。

凡主將之道，知理而後可以舉兵，知勢而後可以加兵，知節而後可以用兵。知理則不屈，知勢則不沮，知節則不窮。見小利不動，見小患不避。小利小患，不足以辱吾技也……。

善用兵者，使之無所顧，有所恃。無所顧，則知死之不足惜；有所恃，則知不至於必敗。尺箠當猛虎，奮呼而操擊；徒手遇蜥蜴變色而卻步，人之情也。知此者，可以將也。袒裼而按劍，則烏獲不敢逼……據兵而寢，則童子彎弓殺之矣。故善兵者以形固；夫能以形固，則力有餘矣。

歐陽修看完蘇洵的這篇《心術》，高興得白鬚飄飄，上身微動。吟誦著《心術》中的警句大爲讚賞：

「泰山崩於前而色不變，麋鹿興於左而目不瞬。老泉先生確乎韜略老到，可以爲將爲帥也！」

蘇洵受寵若狂，猛又起立，拱手相謝說：

「承蒙歐陽大人如此過獎，在下雖布衣而無憾也！」

歐陽修說：「老泉先生只管坐著說話，不必站起。焉知今日之布衣，不是來朝之將帥？」

梅聖俞已讀完《辨奸論》，此時接話說：

「歐陽公慧眼識珠，然或許花眼。老泉先生志向所屬，是在文韜，而非武略。」

歐陽修更其驚喜：

「哦？梅聖公在老泉先生的大著《辨奸論》中看出了蹊徑？」

梅聖俞說：「歐陽公請聽。」隨即默誦著蘇洵《辨奸論》中的關鍵字句：

事有必至，理有固然。惟天下之靜者，乃能見微而知著。月暈而風，礎潤而雨，人人知之。人事之推移，理勢之相因……而賢者有不知，其何故也？好惡亂其中，而利害奪於外也……昔者……王衍之為人，容貌言語，固有以欺世而盜名者，然不忮不求，與物浮沉，使晉無惠帝，僅得中主，雖衍百千，何從而亂天下乎？盧杞之奸，固足以敗國，然而不學無文，容貌不足以動人，言語不足以眩世；非德宗之鄙暗，亦何從而用之……

梅聖俞唸完蘇洵《辨奸論》中一些語句，極其鄭重地望著歐陽修說：

「歐陽公！尊著《朋黨論》有言：『故為人君者，但當退小人之遠朋，用君子之眞朋，則天下治矣。』竊以為：歐陽公之立言，與老泉先生《辨奸論》之立論，實有異曲同工之妙，不謀而合之行，非志同道合者難為之矣！」

蘇轍驚喜得坐不住了，起立拱手告白：

「兩位恩師請恕晚生孤陋寡聞，未曾拜讀過歐陽恩師的大著《朋黨論》，不知可以見教否？」

梅聖俞高興萬分，習慣地抬起左手，用掌心撫擦下巴短髭，頻頻點頭說：

「呵呵！《朋黨論》乃歐陽大人昨天才寫的新著，爾等何有讀之？歐陽公！蘇氏三人俊，實乃同道中人無疑，何妨將尊著《朋黨論》獻出，或可再有切磋。」

歐陽修也歡快地飄搖白鬚，用手閒適地捋著說：

「梅聖公所言正合我意。還望各位不吝賜教才好。」隨即命書童從書房中取出《朋黨論》。書童要將其交給歐陽修：歐陽修以手示意，叫書童交給梅聖俞；梅聖俞又扭頭示意，叫書童把文稿交給蘇洵；蘇洵起立，捧手接住了。

蘇軾、蘇轍等不及了，急忙起身，相牽走到蘇洵身後，三父子認眞讀起來。

蘇轍最性急，看完《朋黨論》馬上由衷讚道：

「歐陽恩師絕妙文章，似乎有感而發，又不著痕跡，不愧文壇泰斗！」

蘇軾穩重些，似也看得更深一些，他說：

「歐陽恩師《朋黨論》，遠非家父《辨奸論》所能比。家父之《辨奸論》一人兩事，述懷而已，雖則詞尙達意，論述無差；然怎比歐陽恩師《朋黨論》立足國政，意輔明君，忠奸善惡，各有指陳，乃氣魄雄渾之大手筆也！」

歐陽修說：「俗諺云：文無第一，武無第二，無須作高下之分。老夫素喜文章有人參考，汝等一味讚頌，就不怕被人譏爲諂上媚俗麼？呵呵！」爽朗而開心地笑了。

蘇洵接口笑了：「哈哈！歐陽大人取笑小兒，乃至親至愛之榮幸。確乎，大人之《朋黨論》高出在下《辨奸論》多矣。大人虛懷若谷，願聞他論，在下倒確有一言呈稟。」

歐陽修極其認眞，身子坐正，頭微微前傾，是一副洗耳恭聽的勢態，緩緩地說：

「願聞其詳。」

蘇洵皺了一下濃眉，似乎在思考是不是把話和盤托出；瞬間即舒鬆眉頭，侃侃而說：

「就歐陽大人文內而談，一無瑕疵。然文外有餘音：似有些微退隱之心透出。大人尊著結尾說：『治亂興亡之跡，爲人君者，可以鑒矣！』餘音是說：『若然不鑒，走之爲高。』誠然，歐陽大人曾受過潑污陷害，今雖眞相已白，重返朝廷，然官位並未復原，非大人輔佐朝廷之雄才不再，乃是多有人事阻隔也。既如此，大人早有避讓退隱之意，實在也無可厚非。然朝廷正處用人之秋，切望歐陽大人三思斟酌：認準退隱時機！此便在下之進陳矣。」

在座歐陽修、梅聖俞、蘇軾、蘇轍都聽得分明：蘇洵已老，能找到歐陽修這個知音十分幸運；而歐陽修如若退隱，他蘇洵豈不失去了自己最好的進身階梯？

此事只能由歐陽修說話了。他興奮得輕捋白鬚，緩緩開言說：

「老泉『老』矣，更顯醇香，不屑與黃口小兒在科場角逐，理應由舉薦渠道入仕報效朝廷，下官負有義不容辭之職責。倘使老泉先生如此雄才仍未被接納，則老夫因舉薦不力已獲罪矣。彼時願與老泉同退山林，互作文章砥礪！」

蘇軾、蘇轍連忙起身，跑在歐陽修面前重施大禮，跪地高聲說：

「弟子代家父先謝恩師！」

歐陽修慌忙起身，攙起兩兄弟說：「卻又來了。無須大禮，明天該爾等叱咤風雲！」

家丁進來向歐陽修稟報：

「老爺！酒席齊備。」

歐陽修說：「請諸位入席。我等老梅、老蘇、老歐陽不成三醉翁不散。你二小蘇禮太多，禮多勿怪，罰你們做兩個小醉郎……開席！」

今天，是蘇家最歡快的日子。這些天，喜訊接踵而來。

頭十五天，新科進士蘇軾得到朝廷的正式任命：授福昌縣（今河南宜陽）主簿。弟弟蘇轍授澠池縣

（屬河南）主簿。主簿是州縣長官的助手，主管文書簿籍，出納官物等。福昌、澠池兩縣相距不遠，都在洛陽以西，離京都才四百多里。這是朝廷對兄弟兩進士的照顧了。而且皇上又頒詔命：蘇軾、蘇轍二人可以只領縣主簿薪俸，不去上任；而是留在京都，準備參加皇帝舉辦的制科考試。

科考大比是固定的，每三年舉行一次。這「制科」考試是不定期舉行的，皇帝根據遴選棟樑之材的需要臨時頒詔決定。此次趙禎對科考錄取的進士普遍滿意，尤其對蘇氏兄弟的才具十分歡欣，所以臨時決定來一次「制科」考試，除讓二十名新科進士中的前十名全部參加之外，還從上溯三期的進士中挑選了四十名政績卓著的人參加。所以是五十個人俊的大角逐。蘇軾、蘇轍領取的縣主簿俸銀，足夠養家活口過上好日子了；等待「制科」考試已全無後顧之憂。

頭十三天，父親蘇洵的二十二篇文章得到歐陽修的推薦，趙禎皇帝十分賞識，著授蘇洵秘書省校書郎一職。專管宮中圖書秘籍的保管、整理和校勘。官職不算大，可是眞正的朝廷京官。這足見皇帝恩典的廣大深重，也是歐陽修、梅聖俞舉薦得力的結果。

頭四天，老管家楊威從四川眉山老家接來了家眷；分別了一年的家人團聚，歡聲笑語無須贅言。

頭三天，蘇軾、蘇轍兩兄弟參加趙禎皇帝親自主持的「制科」考試，全都順利通過；蘇軾還名列第三等。「制科」考試特難，錄取共分八級。宋朝開國一百多年來，「制科」考試舉辦過無數次，列入三等的只有兩個人：一個是宋初的吳育，另一個便是蘇軾。可見蘇軾的才具地位有多高。

這時蘇氏父子三傑的名聲已經如雷灌耳，響徹整個京都。

爲了答謝來京一年多結交的文人學士，更爲了顯耀一下父子三人同時入仕的門庭，蘇洵決定在南園蘇宅大宴賓客。

這兩天，全家老少一齊動手，還請了二十多名臨時雜工，要把新購置的南園大宅，打扮得無限風光。

蘇轍年紀小，有點亂丟書；蘇洵卻把書看得金貴，整理得井井有條。楊威專雇一輛馬車拉來的書籍，蘇洵要一本本親自過手，只要兩個兒子在旁邊幫點小忙。

蘇洵說：「只限一天就要請許多友人來家裏小宴，到時候要什麼書找不到什麼書多丟人！尤其是轍兒，你當官了要管別人，我看你先要管好自己：看完什麼書再不能隨手亂丟了，看完了放回原處，再要也好找。」

蘇轍挨了父親的教訓，大笑了：

「哈哈！父親大人加上校書郎大人，雙料管著我；我再不改亂丟書的毛病，活該挨打！哥哥做證人……」四處一瞥眼，發現了父親的一把銅製鎮紙戒尺就在桌邊，一把抓起來遞給蘇軾說：「哥！我再犯毛病，你拿這個打我！」

戒尺，是學校用來懲戒學生的用具，最簡陋的是竹尺，最重的是鐵尺，最客氣的是銅尺。學生調皮犯事，功課差又不努力，老師會拿起戒尺在學生屁股上打三下；其實只是象徵性的「打」，輕輕的三下，對一個小孩子懲戒足夠了。

鎮紙，是文人必備的壓紙工具。古時多用石頭和銅製，自陶器和瓷器先後出現以來，又有陶製和瓷製鎮紙。按照製作原料分別起名，叫做「鎮石」、「鎮銅」、「鎮陶」、「鎮瓷」。

後來，將戒尺和鎮紙的功能統一到一個器具上，用銅製成稍厚稍重的鎮紙，兼作戒尺。這便有了一個新名字：戒尺鎮紙。

當下，蘇軾接過蘇轍遞過來的銅尺，嬉笑著說：

「子由！我是要打你，但不在今後在今天，不打多次打一次：誰叫你這麼沒毅力，改一個壞毛病，還要靠戒尺來打！」隨即拿起銅尺在蘇轍屁股上輕輕拍了三下，又把戒尺遞還蘇轍說，「改不改亂丟書的毛病，就看你把這戒尺怎麼處理了。」

蘇轍接過銅尺認眞地說：

「把它丟掉！以表示我改正的決心。過幾天我給爹爹置一個菊花石鎮紙，比這銅尺高貴十倍。」說著，把手中的銅尺往門外一丟。

「哎喲！」門外傳來嬌滴滴的叫喚，原是銅尺砸著了蘇小妹的腳；十三歲的小妹藉機撒嬌。本來腳只被銅尺碰了一下，半點不痛，她卻故意裝成一歪一跛，走進門來，大聲嚷嚷：

「誰扔戒尺砸我的腳？」一徑歪跛到蘇洵面前，把戒尺往前一遞：

「爹爹給我作主，誰扔戒尺砸我就打誰。」說完又手一縮，把戒尺攏在懷中，「爹爹心疼兩個新科進士，定是捨不得打。還是我自己來。」轉身看著蘇軾。

蘇軾瞇笑地望著這個乖巧的小妹，並不開口。

蘇小妹對這位大哥向來敬佩，說：

「大哥一向疼我，不會砸我。一定是二哥，」又歪歪跛跛走攏蘇轍面前：「二哥老實講，是不是你砸我的腳？」蘇轍朝她扮一個鬼臉說：

「不是我是誰？」

蘇小妹噘起嘴：「你砸我的腳幹什麼？」

蘇轍逗趣「我要給你找一個歪跛女婿，怕你配不上他。哈哈哈哈！」邊說邊就跑開，防備挨打。

蘇小抹猛跑過去：

「二哥好壞！二哥好壞！」一邊舉起戒尺狠狠打去。

蘇轍伸手握住了戒尺，帶著小妹順圓圈跑起來；一邊就喊：

「爹爹你看，小妹根本不歪！」

蘇洵一直在認眞清書，這時說：

「小妹別逗了。快回屋收拾東西去，莫等明天客人來了笑我家亂糟糟。」

蘇小妹嘟囔著：「任媽什麼事都不讓我幹。」

蘇洵說：「那你就讀書、寫字、畫畫嘛，怎麼瞎轉到這裏來了？」

蘇小妹撒嬌說：「爹爹就偏心！二哥砸我的腳你不管，只管我亂走不亂走。」往父親懷裏鑽。

蘇洵有一年沒見過寶貝女兒了，於是把書一丟，抱住女兒說：

「小妹快親我，親我幾下我打你二哥幾下。」

蘇小妹好不高興：

「要得要得！」忙在父親臉上頸上親個不停。小女兒離開爸爸一年，缺少了父愛，眼下正好得到補償。足足親了一個夠，停下嘴來說：

「我親了爹爹一百零八下，爹爹打二哥一百零八下。」

蘇洵轉寰說：「小妹，乖女！我把事情說明白，」便把剛才蘇轍扔戒尺的情由說了一遍，「你二哥情有可原，這『一百零八下』就免了吧。」蘇小妹從父親懷裏生氣走開，嘟嘟噥噥說：

「不來不來！爹爹偏心二哥。總要打幾下嘛。」

蘇洵說：「打人不好。不如你出對子考你二哥，考不出要你二哥爬地上讓你做牛騎。你不是會出對子嗎？」蘇小妹高興得拍起了小手：

「要得要得，考不出我要騎二哥跑一百零八圈。我最會出對子了。」

蘇小妹撅起可愛的小嘴，學著大人吟詩作賦的樣子，在爹爹書房裏走著八字步想詞句；忽然跑在蘇轍面前，抓過銅戒尺高高舉起，吟出一個上聯，

戒尺何砸尖尖腳

蘇轍要逗小妹，稍停對出下聯：

歪囡好配跛跛翁

小妹急得連連跺腳，跺著跺著往蘇洵懷裏一躥，撒嬌了：

「爹爹你聽，二哥罵我歪女配跛翁！」

蘇洵說：「講好了的，你出對，他對對。只講對子對上對不上，對的什麼內容是不管的。『戒尺何砸尖尖腳？歪囡好配跛跛翁！』你出得好，你二哥對得也好。我乖女是不會耍賴皮喲！」邊說邊在愛女臉上親了好幾口。

蘇小妹撅嘴站起來：

「好嘛！我再出難對子，叫二哥對不出。」

她凝神一陣子，要罵二哥出氣，便吟出一個上聯：

多嚼舌頭舌頭爛

蘇轍稍想之後立刻對出下聯：

常斷蜥尾蜥尾生

蜥蜴土俗名字叫「四腳蛇」，它有個特點：被逮住尾巴了就會斷尾而逃，這斷尾不久又會長好。

蘇小妹心裏好不窩火：二哥不怕罵！罵他「舌頭爛」，他對「蜥尾生」……怕要來一句狠的，叫二哥再也對不出。

蘇小妹想著想著，有了，二哥名字「轍」字與「徹底」的「徹」字諧音，要罵他一個徹底，於是又吟出一個上聯：

蘇門進士徹（轍）底臭

蘇洵一聽皺起了濃眉，趕緊喝住：

「小妹不要亂講，你大哥也是『蘇門進士』，你怎麼連他一起罵了？」

蘇洵是《易經》專家，頗相信天人合一的讖語效應。這小孩子無意之中的語言，說不定預示著軾兒、轍兒未來前程坎坷。尤其軾兒，生於景祐三年十二月十九日（公元一〇三七年一月八日），正是天宿摩羯宮主值；唐朝韓愈也出生在這摩羯宮主值的時間，所以他文名蓋世卻是官運坎坷；莫非軾兒也要步韓愈的後塵？

蘇洵於是喟然一嘆說：

「唉！算了算了，小妹這個上聯沒出好，你二哥也對不上。今天也不對了。還要收拾好屋子，迎接後天的客人呢！」

蘇轍知道父親憂慮的是什麼事，於是想了一會，爽聲說：

「爹！小妹出的是反面對，只要對正了，就吉利無妨。你聽我對……」

蘇洵馬上破顏爲笑：

「好，好！唐朝韓愈字退之，文起八代之衰，可仕途十分險惡，有一次幾乎被殺頭。但他終究有一個好結果，尤其是他死後至今二百多年來，聲譽日益隆盛，肯定能名垂千古。『蘇門進士徹底臭，韓府退之到頭香！』『蘇門』對『韓府』，『進士』對『退之』，『徹底臭』對『到頭香』，好對，好對！縱然軾兒、轍兒遇上坎坷，到頭來也必定流傳千古。生前雖不足；死後補有餘。天命如斯，也是不幸之中的萬幸……」

蘇小妹知道自己闖了禍，那個「徹底臭」出對才眞「臭」！自己犯錯自己急，眼眶裏已濺出了淚珠，嚶嚶地說：

「爹！我去好好讀書，再不出臭對。」抹著眼淚走了。

蘇洵愛憐有加，忙對蘇軾說：

「軾兒！快跟小妹去，莫讓一屋人都知道她哭鼻子。咱這園子許多大門小門，你哄著她作幾副喜氣洋洋的好對子。」

蘇軾應聲而去。

封建社會的民居建築，有著嚴格的等級約束。早在春秋時期，《周禮．考工記．匠人營園》明文規定：「子男之城方三里。」此處「城」即是指宅園。

「南園」這個「子男」等級的仕宦宅園，是一個典型的封閉院落。整體用高大的圍牆圍住了。

正前面的大門十分寬大，可進車馬。門旁左側是兩間很寬大的房子，稱做「塾房」，是這個大家庭中的私塾所在。右旁是守門的「門房」。

大門之內是大院子。院子再進去便是宅園的主體建築，即堂室，前為「堂」，後為「室」；這堂室是一個很大的建築群體，分前後兩進。前進之「堂」，分左右兩廂各建一大排房子，分別叫做東廂、西廂。從「前堂」進到「後室」，有東西兩條頗長的過道，東為東過道，西為西過道。過道的盡頭，便有三個梯級的臺階；踏上三梯才是「後室」的地平面。成語中的「穿堂入室」或叫「升堂入室」，就是指的這個地方。「堂」是公事堂，「室」是機要室；能夠從公事堂升進到機要內室的人，自然是極親密的人了。

主人的住房也都在「後室」之中。這個「南園」的後室共有大大小小住房二十四間，目前蘇家住的還不夠一半：蘇洵自己二間，蘇軾和妻子王弗一間，蘇轍和妻子史翠雲一間，小妹一間，老奶媽任采蓮一間，老管家楊威和老婆邱氏一間，蘇洵貼身小廝李敬一間，蘇軾大兒子蘇邁才一歲多也有一間，男傭人一間，女傭人一間。滿打滿算才住了十一間。下剩十三間做書房，做客房，都綽綽有餘了。整個建築十分龐大，前後左右互可穿行，其間有許多天井，許多走廊，許多曲拱，許多回彎……

牆上都有裝飾畫，但絕無日、月、龍、鳳、麒麟、獅虎等，那是代表皇威和厚爵的圖畫。這裏全都是各種花草、樹木、神仙、道佛、普通鳥獸等等。當然色彩斑斕，十分熱鬧。

這後室的後邊，還有巨大的空間，這便是花園、池塘、水榭和九曲小橋。

那天看房子時，蘇軾看到初綻的桃花詩興大發，即席吟誦了《詠桃》詩：「爭開不待葉，密綴欲無條……」便是這裏。

現時花園中百花競放，綠葉婆娑。

蘇軾領了父命，出得書房，追上一路啼哭的小妹說：

「小妹！懂事孩子都不哭。大哥看你詩對作得好，來找你作詩對去。我家後花園那麼多花草，作些詩對掛起來，明天叫客人看了都誇你。」

蘇小妹立刻破涕爲笑：

「要得要得！有大哥幫我忙，我詩對作得天好！」

兩兄妹來到後花園水榭亭中。亭子兩邊原先掛有對子：

入夏風迎客；殘荷聽鼓鳴

蘇小妹一看就說：

「要不得要不得。一年有四季，光寫夏天怎麼行？『入夏』與『殘荷』，『風』與『聽』，『迎客』與『鼓鳴』，五個字沒一個對好了！大哥！我們作一副氣魄大的，我出上句……」想了好一陣子，看看地又看看天，有了，吟出了上聯：

九萬青天亭當傘

蘇軾一驚說：「喲！一年不見，小妹豪情好高。大哥快趕不上你了。」

蘇小妹說：「大哥，是媽教的。媽說兩個哥都進京考功名去了！肯定考得中。要我也有大志氣。」

蘇軾故意逗她：「小妹這麼大口氣的上聯，大哥對下聯不出。」

蘇小妹說：「大哥別逗我。我聽媽說你在皇上殿試時得了第一名。快對快對。」

蘇軾心中早已對好，指著亭下池水念出了下聯：

三千碧海水聚池

蘇小妹拍著小手蹦蹦跳：

「大哥好！大哥不欺負小妹。『九萬青天亭當傘，三千碧海水聚池。』妙對，妙對。」

兩兄妹步出亭來，走在九曲橋上。

蘇小妹看到池水清悠，桃花飄滿，感慨地念出兩句詩來：

誰能鋪白墊，

我願臥朱橋。

蘇軾馬上給她續上兩句：

花影檻邊轉，
波光版底搖。
兩兄妹走到一片李樹面前，李花如白雪綴滿，不像急性的桃花已經飄零。
蘇小妹吟詩道：
白雪枝頭綴，
不羨梅萼紅。
蘇軾給她續上兩句：
綠葉掩青果，
甜酸兩可人。
好一片古松小林，頂天立地，鬱鬱蔥蔥。粗皮顯出根深老壯，綠針告白青春猶存。蘇小妹停住步，用嫩嫩的小手，摸著粗粗的樹皮，又抬頭望著撐天的綠傘說：
「大哥！聽媽說：我們家太祖、祖公兩代為官，到爹這一代停了四五十年沒沾官位。如今爹爹和兩個哥哥都做官了，多像古松又吐青。大哥你做一首詩吧，小妹想不出好句來。」說話聲調都變了，轉眼之間像變成了小大人。

蘇軾明白：這是媽媽常年鬱積煩悶給小妹的影響。爹爹這麼大年紀了，沒有一官半職，媽媽甚爲擔心，總是勸爹爹到各處遊學，以參拜名師，精研古籍。媽媽帶著兩個兒子，不捨晝夜讀書習畫，望子成龍。

如今好了，自己和弟弟雙中進士，爹爹也授以京官。媽媽舒心愜意了，卻是不幸病了，這次沒有隨管家楊威一起來京。隨同來京的只是父親的小妾黃氏。她雖也很賢淑，會持家，可怎麼也取代不了母愛。

蘇軾說：「小妹！你想媽了吧？」

蘇小妹說：「看到古松樹就想起媽。媽的臉皮子好粗老，像這松樹皮一樣。其實媽還不太老，和爹同年，才四十七歲。媽是操心操老了。這次她病好重，不然就掙扎著也來京城了。」

蘇軾說：「小妹你別發急。媽吉人天相，不要緊。等過了春天霉雨季節肯定好。到時我親自去接媽她老人家來京城，也享幾天福吧。小妹你聽，大哥給古松作一首五絕。」隨即吟詩：

依依古松勁，
鬱鬱龜甲身。
既孕新枝葉，
老壯得天恩。

蘇小妹說：「大哥是祝賀媽媽了，我眞盼媽媽快到京城。大哥！我有點累了，不作別的詩對了。只到大門口去做一副大對子。原來的對子『國恩家慶，人壽年豐』，都老掉牙了。」

兩兄妹迅速來到大門口，蘇小妹說：

「大哥！大門口的對子氣魄要大，字又多不得；多了軟綿綿。我試試看……」想想又說，「如今爹爹，大哥和二哥都是朝廷文官，要作好文章來裝扮天地……」少頃，吟誦上聯：

為文飾地

蘇軾由衷地讚道：「好！小妹給哥哥鼓勁了。我來對上……」

把酒謝天

十三小妹遍戲高雅 皆大歡樂母卻歸天

今天，便是飲宴賓客的日子。蘇宅內外、一派喜氣洋洋。

蘇洵、蘇軾、蘇轍三父子同在大門內側站立，迎接客人。

蘇洵小妾黃氏在後室門前迎接女客。她此時二十八歲，比蘇洵小十九歲。蘇洵對兒女們早有交代，一律叫她「黃姨」、這也和父母是一個班輩了。

來的客人很多。蘇洵帶蘇軾、蘇轍來京求取功名，一年多來在京都交往過許多文人墨客，今天全都請到了。

「蘇門三傑」的美談，早已傳遍了京城大街小巷；所以有請皆到，並全都偕同夫人，以示對主人的尊重。

客人中最尊貴的自然是蘇軾、蘇轍的恩師歐陽修和梅聖俞。

客人中卓著大名的是時任翰林院館閣校勘的司馬光。他不苟言笑，青髮青鬚青臉，叫人望而敬畏。

客人中最熱鬧湊興的是曾鞏、章惇等十二名蘇氏兄弟的同榜進士。還有曾鞏的弟弟曾布，他當時也是京官。曾鞏瘦削，曾布富態，章惇嬉嬉哈哈。

客人中最意想不到的是王安石。他曾經當過京官，但此時不是京官，而是常州（屬今江蘇省）知府。但他有兩個聲名傳遍全國，一個是他的文才，另一個是他的邋遢。他與歐陽修、梅聖俞和司馬光都是文友，藉機會進京辦事，被歐陽修推薦而由蘇洵邀請了。

很顯然，這一百四十多位男女賓客，集中了北宋當朝全部人傑。後來被稱為唐宋八大家中宋朝的六個人：歐陽修、蘇軾、王安石、蘇轍、蘇洵和曾鞏，全都集中到了一座大宅內，眞是曠古未有的奇蹟。

文人聚會最關心的是文詞、文采、文筆、文才。今天來的男賓全都是文人墨客，眼睛都盯著牆上的字畫、對聯，都對大門口那副對聯讚不絕口：「爲文飾地，把酒謝天！」把蘇氏一門三傑的文才抱負概括得很得體。

這些男客中以曾鞏最爲活躍，他在同科二十名進士中年齡最大，已經三十九歲，是當然的大哥哥，說話可以隨便些；他被授以外任地方官，此次朋友聚會京城是近期內最後一次，有很多的思想感情需要表達和渲洩。他挺著瘦削的高個，以大哥哥身分叫著蘇軾的字說：

「子瞻賢弟！尊府上大門口那副新寫的門聯；我想一定是你的大作了！」

蘇軾也叫著曾鞏的字說：

「子固尊兄！承你謬獎，那門聯確爲愚弟所書。惟撰聯之事則不敢擅專了。那門聯的上聯：『爲文飾地』

乃舍妹所出，愚弟才對了個下句『把酒謝天』。」

曾鞏說：「哦！令妹如此氣魄奇偉，不讓鬚眉，難能可貴。只怕早已是才子角逐，名花有主了。」

蘇軾說：「子固兄此言差矣。舍妹尚未及笄，今年才十三歲，何謂名花？」

這話一說，眾人驚奇。

曾鞏大笑了：「哈哈！曾某信口雌黃，萬望在座各位尊長鑒諒。」

古人極爲重視男女尊卑有別，對小孩就完全不在意了。滿場由驚奇而放鬆開來。

曾鞏向蘇洵一拱手說：

「蘇老世伯！令嫒小小年紀，竟有如此才華，令曾某頓生妒意，能否請世伯叫出來同大家見個面啊？」

大家都面露喜悅贊成之色，但都不先說話。一齊望著官位最高的歐陽修。

歐陽修知道大家的用意，人又隨和慣了，忙附和自己的學生說：

「子固所言不差，考泉兄就無須客氣了。」

蘇洵說：「一個小孩子，能懂什麼大事。既然歐陽大人想見見她，那就是她的福氣了。」於是喊著書童小廝說：「李敬！去把小姐叫來！」

李敬既聰明伶俐又粗通文墨，也是十六、七歲未成年的玩耍脾氣；他平時就和蘇小妹玩得最好，也最佩服她的文才。這下李敬玩了點小聰明，他跑進內室燒一把陰陽火；急匆匆的樣子，板起臉孔對蘇小妹說：

「小姐！有人不相信你有文才呢！」

蘇小妹沒藏沒忍，一聽就問：

「哪個不相信？我和他比一比。」

李敬說：「我看小姐你一定比得贏！」

蘇小妹說：「跟誰比呀？半天不說明白！」

李敬故弄玄虛：

「就是老爺請來的那些大客人啊！聽說歐陽修大人，梅聖俞大人，司馬光大人，王安石大人，曾鞏大人都在，我分不清哪一個是哪一個。你也敢同他們比嗎？」

蘇小妹小孩無遮攔：

「怎麼不敢比？他們是大人我是小孩，我就輸了也贏他們三分！」

李敬說：「小姐好骨氣！正是老爺要我來叫你去比才學！」

蘇小妹一跳老高：「好喂！」

說完跟著李敬就往外跑。跑不多遠又打轉身，跑回父親的書房去，拿一張紙條條揣著出來，一徑跑到前面東廂房大客廳裏，進門就跪下敬一個大禮說：

「各位大人安好！」這是媽媽常年累月教她的禮節。

在座各位貴賓，看見這孩子果然聰明伶俐，一雙大眼睛撲閃撲閃轉個不停。上身穿的繡紅花綠小襖；

下身穿的紮緊腳的緞子褲，也繡著大花小朵；連腳上也是紅緞繡花鞋。從上到下就是一枝有紅有綠的大花朵。

歐陽修官最大，自然代表大家叫著：

「起來起來，不必如此大禮！」

蘇小妹這才爬起來，跑攏蘇洵身邊說：

「爹！叫我跟哪個比呀？」

蘇洵問：「比什麼？」

蘇小妹說：「比才學呀！」

「哈哈哈哈！」

滿堂哄笑起來。在一個十三歲的童稚小孩面前，什麼官也沒有架子了。

蘇洵半嗔半愛，似怒似笑地說：

「誰叫你說這些傻話？」

蘇小妹毫不害怕大家的哄笑，也不害怕父親的斥責；她知道父親不是眞罵她，於是頂嘴說：

「李敬哥哥說，是爹要我來比才學的呀！」

蘇洵說：「原是李敬嚼舌頭。你們小孩子懂得什麼？你知道這裏坐的都是誰嗎？都是當朝的大文豪，上座那位爺爺，就是歐陽大人，文壇領袖．你敢和誰比？」

蘇小妹嚇得吐了一下舌頭。隨即轉臉看一看在座的賓客，撅著小嘴，認認眞眞說：

「跟白鬍子爺爺我比不得。那個叔叔他不是白鬍子爺爺！」

蘇小妹一邊說，一邊用小手指著曾鞏；當時曾鞏嬉嬉哈哈正和旁邊的人說些什麼。

蘇小妹的話又逗得滿屋大笑。

比起幾位老賓客，曾鞏確實年青得多；而比起十幾位同榜進士，他又因是老大哥而放肆不少；這時他笑得前俯後仰，笑夠了才說：

「對對，我沒有白鬍子，蘇小姐一定比得過我。來來來，你過來。」

蘇洵及時提醒小女：

「小妹，他是曾鞏大哥，是你兩個哥哥的同榜進士。你要懂禮。」

蘇小妹大大方方走攏曾鞏，仍沒忘記媽媽教的禮節，行了婦人斂衽拜見禮，說：

「曾哥哥萬福！」

曾鞏說：「小姐免禮。你叫什麼名字啊？」

「蘇小妹。」

「多大年紀了？」

「不小了，十三歲！」

「讀了幾年書了？」

「十三年！」

「哈哈哈哈！」

這下子滿堂笑得更響了，連父親蘇洵、大哥蘇軾、二哥蘇轍都忍不住笑了；向來一本正經、不苟言笑的司馬光也笑了：果眞是童言無忌啊！

蘇小妹卻板起小臉，撅起了小嘴，反詰說：

「你們笑什麼？笑什麼？我媽常跟人家說：我生下來哭頭一聲，就像讀書一樣好聽。十三歲了，不是讀了十三年書？你們不信，去問我媽媽！」

曾鞏用兩隻手捂著嘴巴，才勉強把笑捂住了，說：

「我信我信！你十三歲已經讀十三年書了。這樣看來，你家大門上聯那四個字，眞是你出的了？」

「就是我出的。」

「是哪四個字呀？」

「我出的是『爲文飾地』，大哥對的是『把酒謝天』！」

「好！你小小年紀有這麼大的氣魄！」

「就是有，我在後花園水榭亭子出的對子，氣魄比這個還大。」

「還大？是甚麼樣的對子啊？」

「我出的是『九萬青天亭當傘』，大哥對的是『三千碧海水聚池』！」

全堂賓客沒一人相信這會是一個十三歲小女孩出的上聯，面露疑惑的神色。

曾鞏更想得具體：如此佳妙的對聯，定是蘇軾作好了教她背的，於是轉彎抹角說：

「蘇小妹眞好記性！你大哥作的對聯你背得一字不差啊！」

蘇小妹氣得連連跺腳，搖頭抗辯說：

「不來了不來了！說半天你還是不相信我會出對子！」

說著跺著，蘇小妹忽然記起什麼，忙從身上摸出在父親書房裏揣來的那張字條說：

「爹！你書房桌上，是不是作了一首《繡球花》詩？」

蘇洵說：「是啊！你怎麼知道？」

「我不光是知道，還背得出。」蘇小妹隨即背出了蘇洵的詩句：

天巧玲瓏玉一丘，
迎眸燦爛總清幽。
白雲疑向枝間出，
明月應從此處留。

念完這四句詩，蘇小妹說：

「爹！背錯了沒有？」

蘇洵說：「一字不差。」

蘇小妹說：「下邊四句我不記得了，爹背給我聽聽。」

蘇洵笑了：「哈哈！傻孩子！底下四句爹還沒有作，怎麼能背給你聽？」

蘇小妹說：「我替爹爹補作了四句，你聽聽行不行。」隨即念誦詩句：

瓣瓣撐開蝴蝶刺，
團團圍就水晶球。
假鏡借得香風送，
何羨梅花在隴頭。

念完這續作完成的《繡球花》詩句，蘇小妹將手中的詩稿往曾鞏遞過去說：

「請曾哥哥大人看看，我背錯了沒有。」

曾鞏一看，果然是蘇氏父女兩人的不同字體。但他怎麼也不敢相信，眼前這個十三歲的小女孩，能有如此高的文學天賦。他半是歡喜半懷疑說：

「蘇小妹這些詩啊對子啊，都作得好。就是我們沒有當面看見你作。你能當大家面作詩嗎？」

歐陽修和曾鞏有同樣的想法，他巧妙地從反面激勵蘇小妹，假裝批評自己的學生曾鞏說：

「子固你這就不對了，怎麼老是你考小妹？不興小妹考你嗎？」應該小妹出題先考你，你再出題考她，這才公正。」

蘇小妹好不高興說：

「歐陽爺爺最好。正是這樣，我出題目，曾哥哥做詩。做完了再出題考我。」

曾鞏說：「好好好，公平合理，都不吃虧。你出題吧！」

蘇小妹想了一下說：

「春天到了，花草都喜歡，出題都要帶一個『春』字；我出你的，你出我的，都一樣。行不行？」

曾鞏瞇瞇笑道：「好好。蘇小姐有慧眼。」

蘇小妹好高興：「就是有慧眼，我出題你做詩，我猜得出你想什麼。」

曾鞏驚詫：「哦！蘇小姐有這本事？那你快出題。」

蘇小妹對著曾鞏看了好一會，大眼睛溜溜的轉了幾轉，說：

「曾哥哥嘰嘰喳喳像燕子，題目《春燕》。」

曾鞏大笑：「哈哈！《春燕》好詩題。」隨即緩緩吟誦：

春燕斜風裏，
喁喁正呢喃。
何得添神翼，
遨遊搏九天。

蘇小妹一聽就笑了：「哈！曾哥哥志氣大，還要做大官！」

歐陽修一聽好驚喜，他知道曾鞏志存高遠，抱負非凡；可沒想一個十三歲小女孩如此聰慧，竟能一語道破了曾學子的心機，便也想湊個雅趣。他招手叫蘇小妹，確實是一派爺爺的派頭：

「小妹來來來！你也給老爺爺出一道題吧，我做一首詩，你猜猜我怎麼想。」

蘇小妹乖乖跑過去，對歐陽修恭恭敬敬跪拜說：

「歐陽爺爺大安！爹一告訴說你是歐陽爺爺，我在心裏就背著爺爺的《醉翁亭記》，我背給爺爺聽：『環滁皆山也！其西南諸峰，林壑尤美……醉翁之意不在酒，在乎山水之間也……』」一口氣背完，抑揚頓挫，感情眞摯，半字不差。

歐陽修高興得手之舞之，捋著白鬍鬚讚不絕口：

「小妹好記性，好才氣。你快給爺爺出詩題吧。」

蘇小妹說：「歐陽爺爺詩題現成：《春醉》！」

歐陽修笑道：「喲！小妹還眞抓住爺爺的特點了。」隨即也吟出詩來：

春醉終未醒，
醉人未醉心。
後悔醉太早，
三季喝不成。

蘇小妹拍著小手大笑：

「哈哈哈哈！歐陽爺爺不想在京城作大官了，想到外地做地方官，一年四季管飽醉！」

滿屋子人都大笑起來。

最爲驚詫的是梅聖俞，他已勸動歐陽修和自己一樣堅辭京官，請求外任；當然也有爲蘇軾等人才讓路的意思。蘇小妹怎麼竟從詩裏體察出來了？這小孩眞不簡單。於是自報姓名說：

「小妹過來，我叫梅聖俞，比你歐陽爺爺還大五歲，你也給我出個題吧。」

蘇小妹跑過跪拜說：「梅爺爺大安！」行完禮，端詳著梅聖俞，看他沒有長鬚，只留短髭；那短髭齊刷刷的一層雪白，多像雪啊！於是出題說：

「梅爺爺鼻子底下一層雪，下巴上面一層雪，詩題就叫《春雪》。」梅聖俞又習慣地抬起左手，用掌心撫擦著白髭，連連說：

「《春雪》好，《春雪》好。」也吟誦起來：

春雪已凋零，
各自在西東。
唯期豔陽照，
潛藏入土中。

蘇小妹笑說：「哈哈！梅爺爺比歐陽爺爺更想退隱，退到小地方去養老。」

地方官王安石來京城的機會不多，今天有意結識名流，藉機到京城辦事，應邀來了。他本來對小孩子插進大人圈子裏不屑一顧。現在看見蘇小妹如此出眾超群，當然不會放棄參與的機會。這位未來的變法宰相改革家，從來就不相信會在地方上幹一輩子，在許多場合都有所表現，眼下這機會也實在好。於是他把蘇小妹招呼過來：

「蘇小姐請過來一下。我叫王安石，現在還不是京官，年紀也不是老爺爺輩份，我比令尊大人小十一歲呢。你肯不肯也爲我出個詩題呀？」

蘇小妹歡快跑過來，斂衽施禮說：

「王叔叔大人萬福！」抬起頭，端詳著這個從沒聽說過的人，只見他個子矮小，貌不驚人，而且一副邋遢相，衣服皺巴，只怕好久沒洗了，還不曉得他身上有不有蝨子！他這個樣子怎麼好跟「春」字聯繫呢？想著想著，有了，春雨多，泥路爛。於是吐吐舌頭，表示先有歉意，放低聲音說：

「王叔叔大人莫見怪，看你樣子，我想起了《春泥》。」

王安石傲氣頓消，不得不承認，這小孩好厲害，一語能點到妙處。忙說：

「好好好！王叔叔喜歡《春泥》，怎麼會怪你，你聽我的詩吧……」

春泥纏腿軟，
不意腳力強。

莫謂農夫醜，
誰嫌稻麥香。

王安石的詩念得格外雄渾有力，與本人的邋遢形象迥然不同。

蘇小妹聽完，心頭一顫，又連看了王安石幾眼，這才說：

「王叔叔莫怪，小妹看走眼了。王叔叔原是胸懷報國大志，想爲黎民百姓做大事情。」

詩本言志，在座各位文壇精英心知肚明：邋遢的小個子王安石不甘寂寞，必有作爲。

王安石臉色傲然自得，心意已然剖明，小節不必在意，抬起右手在左頸後搔起癢來。在文人學士眼裏，當眾搔癢簡直是不堪入目。可王安石自個坦然，他一邊搔癢一邊說：

「承小妹誇獎，我不修邊幅，心無大志，只怕小妹又看走眼了。如若不然，我眞作大官了，頭一件大事就是娶你做兒媳婦，犬子王雱今年十四歲了，比你大一歲，是小哥哥呢。」

十三四歲小女孩，最怕大人提婚嫁之事，蘇小妹羞得滿臉通紅，跑攏蘇洵身邊，撒嬌說：

「爹！王叔叔取笑女兒。」

小女兒的才氣和膽識，早使蘇洵心醉。這時拍拍她肩頭，又摸摸她嫩臉說：

「小妹莫亂怪，王大人是看得起你呀！」

在座一流人才中，唯有司馬光一本正經。這位當朝的大學者，未來寫《資治通鑒》的大史學家，今天也被蘇小妹的天眞稚拙逗笑了好幾回；但笑過之後又恢復了正經面孔。這時，他對王安石的鋒芒畢露深有感觸。他覺得王安石這樣露骨吐出心事不好。作爲朋友，司馬光覺得有必要提醒一下王安石。今天是私人飲宴，現在還是宴前的閒談，不宜直接了當向王安石說話，就想也藉做詩來表達一下心意吧！於是他招呼蘇小妹說：

「小妹到這邊來。我叫司馬光，和剛才這位王叔叔是同輩人，只比他大兩歲。雖是個京官，只曉得啃書本，是個啃書蟲。我不會像王叔叔那樣欺負你，你也出個題，我也做一首詩。」

蘇小妹又慢慢走過來，對司馬光行斂衽禮：

「司馬叔叔萬福！司馬叔叔說話好認眞，臉上一本正經。我一見你就想起清明掃墓時族祠裏主祭的老族長，司馬叔叔最像老族長。我出詩題《春祭》。」

司馬光也一驚：這題目太好！又鄭重，又高雅，這小女娃娃果然不凡。於是說：

「小妹這題目好到極處。後輩晚生都不能數典忘祖，祭祀祖宗理所當然。你聽著……」隨即吟詩：

春祭清明暖，
猶懼倒春涼。
未辨當祭否，
無語問上蒼。

蘇小妹瞇縫了大眼，看準了司馬光說：

「司馬叔叔好擔心啊！生怕有人變出花樣來，亂了祖宗的老套。」

司馬光從無笑意的臉上居然現出一絲笑意：

「哈哈！想不到我又找到了一個小侄女做知音。小妹說到我心裏去了。」

司馬光坦率維護舊制，與王安石銳意進取，不知不覺地交上鋒了。

蘇洵聽得出弦外之音，怕引出不快，忙打圓場說：

「小妹！你逞能也夠了。出題這個作詩那個作詩，你不做一首回敬各位長輩，怎麼要得？你做詩也要叫人家出題。我看就要你的『燕子曾哥哥』出題吧！」

蘇小妹歡快地跑到曾鞏面前，再一次斂衽為禮：

「曾哥哥大安！我出題考了一大圈，請你也出題考考我。還是要一個『春』字。」

曾鞏說：「那是當然。小孩子只圖好玩，春天一到就更不用說了。詩題就叫做《春遊》吧！」

蘇小妹又一蹦老高：

「要得要得！春遊我最喜歡。在我四川眉山老家，每年春天媽媽都帶我到城外去春遊，又踏青，又採花，幾多痛快。聽我念來：

春遊莫邀伴，
邀伴惱爹娘。
恨不天下景，

女兒玩個光。

「哈哈哈哈！」全屋又縱聲大笑，好幾個人爭相在說：「小妹想媽媽了！」

可不，媽媽病倒眉山，想得女兒心痛。

正當酒酣耳熱之時，眉山老家派來的人跑入府內報喪：

程氏老夫人已然作古！

蘇宅裏騰起一片哭聲。

守孝家鄉講詩改稿
進士回報教養之恩

義無反顧，蘇洵、蘇軾、蘇轍、蘇小妹等一行，在管家楊威的護送下，離開京都汴梁，回眉山老家爲程氏老夫人奔喪。京都的南園蘇宅，交由蘇洵小妾黃氏管理。

大渡河與岷江在四川樂山匯合。在這裏，從川西北蜿蜒南下的岷江，正要從樂山城東一里的地方折向東去，不意就在這轉彎的地方，從川西奔騰而來的大渡河攔腰沖出；偏偏從南邊而來的小小青衣江，也在這裏來湊熱鬧，造成「三江鬥水」的壯麗場景。

它們如此澎湃激昂，龍爭虎鬥各不相讓。

或許是造物主的特意安排，在三江相交匯處，是整座石崖凌雲山。上自凌雲撐天的高處，下至三江會水的腳底，全是無比堅硬的岩石。

唐朝名僧海通和尙，四海雲遊到了凌雲山，俯瞰了三江匯合的壯麗和悲哀：壯麗的盈丈波濤，吞食著悲哀的舟子。

海通和尚秉承佛旨，以慈悲爲懷，要將整座凌雲山雕鑿成一尊大佛。

海通和尚說：迎請佛祖坐鎮三江會水的當口，爲過往船帆舟筏保佑平安。

海通和尚廣化善緣，積累了必要的銀兩，請來數百石工開始了艱辛的雕鑿。

多少年過去了，石佛尚未具形完成，貪官卻伸出了勒索之手，說這凌雲山是官府的地盤，動工鑿石要繳納占用費。

海通和尚說：「要錢沒有！給你一隻眼珠，讓你看清三江會水吞食了多少生命！」

海通說著，舉起右手握緊拳，唯獨伸直一隻食指，如鋼針打洞，一下插進了自己的右眼，挖出血淋淋的眼珠，伸手遞給貪官說：

「你看這眼珠多亮！」

那挖出的眼珠子，似乎噴著憤怒的火焰，把勒索的貪官嚇得抱頭而逃……

後來，海通和尚死了，雕鑿石佛的工程一刻沒停止。全尊石佛歷經九十年（公元七一三年——八〇三年）才完成。

崖頂是石佛之頭，崖腳是石佛之腳。這腳直達水中。比例勻稱，莊嚴雄偉，通高二十二丈。其中頭高四丈，肩寬三丈。有道是：

「山是一尊佛，佛是一座山。一瓣佛腳趾，可睡下八個人。」

自從這大佛坐鎮以來，河上的翻船事故大大減少了。船員們遠遠看見坐佛，一片虔誠，因而穩健駕駛，順利揚帆……

蘇軾生於大佛落成之後二百餘年，他成年後，走出家鄉眉山，曾在大石佛頂的凌雲山上，修築過一座木樓，作讀書之用。

蘇軾四歲時，父親蘇洵已發憤精研學問，長期在外遊學交流。蘇軾就全靠母親程氏教養，從小教他識字讀書。蘇軾聰慧無比，母親講的經史子集，他全部能夠理解，還能抓住其中的要領復述出來。

有一次，母親教蘇軾讀《後漢書．范滂傳》。范滂是東漢末年的一個賢臣，敢於直言犯諫，被奸佞陷害了。朝廷派人去抓他時，他本來可以逃走。但爲了不連累別人，他不但不逃走，反而自己去投案。當然那是一去無回。

訣別之時，母親勉勵范滂說：

「既要名節好，又要得長壽，這是不可能的。二者不可兼得。孩子！你作得對，捨身取義，比什麼都強！」

程夫人教到這一段時，喟然嘆息，說不出話來。

小小的蘇軾激動地說：

「媽！我要遇到這種情況，也會像范滂一樣，媽你會同意嗎？」

程夫人說：「你能作范滂，媽就不能作范母嗎？」

蘇軾一把抱住媽媽：「謝謝你，媽媽！」

後來，蘇軾家鄉天慶觀的小學校藏他不住了，官辦的中等學堂也藏他不住了，他就和弟弟蘇轍一起來到了這離家一百里地的樂山凌雲山，被碩大無朋的石佛吸引，便在山上蓋了這個讀書樓，取名為「效范樓」；自然是要效法東漢的范滂作忠臣，同時也紀念自己的慈母。這范滂是寫《岳陽樓記》的范仲淹的遠祖。

從京都返川奔喪的蘇軾首先想到：趁這時機，應該來這凌雲山「效范樓」看一看。

蘇軾的家在四川眉山紗縠行。紗縠行是專門織造絲紗的商行和作坊。普通的直線絲叫做絲，皺皺卷卷的絲就叫做縠。

蘇軾的家道相當殷實。不然他父親蘇洵也不能成年累月遊學在外鑽學問了。

蘇氏家居建築，完全按照當朝的朝制實施構造。這是個典型的四合院，三進房。

四合院是四向的房子兩兩相對，全封閉的格局。

三進房是整個房子有前進、二進、後進三個層次。

最前面是大門，大門兩邊是左右各兩間下房，即是下人居住的房子，這就叫做前進。

從前進往裏走有個二門也做中門，中門兩邊建的是左右許多耳房，再配正中一個大廳。耳房是客房，正中大廳是正式會客、議事和大場合飲宴賓客的場所。這裏整個叫做二進，也叫中進。

中進再往後便是後進，也叫第三進，是包括許多住房和廚房、小飯廳、雜屋的一個大建築。偏遠的一角是男女茅廁。其中的雜屋又有柴禾房、烤火房和男女各別的洗澡房。

全蘇宅三進大大小小共有房子三十三間，據傳是應合著「三十三天」之數。

房子多而且每間都很大，是希望四世同堂甚至五世同堂。但是蘇軾父親這一代人丁不旺，父親蘇洵沒有成活下來繁衍子侄的嫡親兄弟，他一個哥哥和一個弟弟都沒結婚生育便過世了。

正因爲房子一小半都住用不完，所以，才有多餘的房子來開辦紗縠行。作坊裏有十五六個工人做事，由一個忠厚的族人蘇瑞當管帳先生。蘇洵自己和夫人程氏都不直接過問，反正每月都有不少進項，維持一家生活綽綽有餘。

外邊還有七八十畝的田地產業。

蘇洵領著兒女返家奔喪，家裏的紗縠行已暫時停業，全體工人留下來做喪葬的下人。帳房先生蘇瑞，是蘇洵同輩人，大三歲，便都依著蘇軾的口氣叫他「瑞伯」。

蘇洵總是親切地叫他說：

「瑞哥！我這家你當了一多半。我全家人的吃喝穿用都靠你啊！」

蘇瑞總是虔誠地答覆，他叫著蘇洵族內排行的字說：

「明允！你還不懂我的心思？我天份不高，只考到州府秀才，再上不去，我對不起蘇家大族列祖列宗。看到老弟你和子瞻、子由兩個侄兒天資這麼好，我就在心裏向列祖列宗起誓：扶助你一家考出功名！我半點不生邪念，只要能保得你們家有吃有穿，功名成就，我也就在祖宗那裏贖罪了。」

眼下，他把蘇宅的一切事都準備妥了，只等蘇洵一家回來。

屋裏沒有聲響，偌大的房子像沒有一個人。

蘇洵領著自京返家的一行人也不哭不喊，只是個個都眼淚雙流。

站在大門口迎接蘇洵的管帳先生蘇瑞，甚至連一句話都沒說，就領著蘇洵一行人往第二進的正廳走。

正廳的中央上方；就擺著程老夫人的靈柩。靈柩兩邊，早已站好了三十多個各色人等。

只是一個都不吭聲。

靈柩好大，黑漆放光，但是並沒有封殯，也就是沒有封口。

當地有法師給死者抹上了什麼藥，可保護屍體在春天裏一個月內不腐爛發臭。

見蘇洵一行人進來，四個彪形大漢走攏靈柩四角，各抬一角舉起老高。

蘇洵、蘇軾、蘇轍、小妹四人猛撲過去，看著程老夫人安詳地睡在裏邊，再也忍不住了，全都「哇」聲大哭。

小妹甚至要爬進靈柩去，大叫大喊：

「我要媽媽！我要媽媽！哇哇哇哇！」

旁邊站的幾十個人原來各有安排。有十幾個人負責拖開蘇家的四個人；三個粗壯婦女，拖一個十三歲的蘇小妹幾乎沒拖住；拖蘇軾和蘇轍兩兄弟的，是六個當地的武把式，也費了好大的勁才把兩兄弟拖開。蘇洵畢竟老成得多，知道回天乏術，雖是眼淚長流，卻是被兩個人就拖走了。

那四個舉起棺材蓋的大漢，全是訓練有素的專職角色；當蘇小妹要往棺材裏爬時，四人早已齊心合力，「叭」的一聲，把棺材蓋一個嚴嚴實實。不然讓後人爬進棺材就太不吉利了。

原來這就是喪儀中的第一個儀式：「初哭！」

這個「初哭」有特殊作用和要求：作用是親人們確認亡者是自然死去，沒有被兇殺或毒害的跡象；要求是必須突然爆發，所以進來時誰也不能吭聲。這種突然爆發式的一同哭泣，象徵著後代親人會有突然的生發。所以人人都遵照執行。

這一聲「初哭」之後，整個蘇宅裏便哭聲不斷了。再也不必掩飾各自的悲哀。

接下來便是「封殯」，就是用桐油調石灰貼皮紙，將棺材蓋口封好。

然後才接受長長的祭拜隊伍。

蘇軾、蘇轍兩個孝子披麻戴孝，跪在大門口，迎接送祭幛的人們。

送祭幛的長隊伍，有兩個當然的領頭人：一個是蘇軾、蘇轍的發蒙老師張簡易，另一個是兩兄弟在眉州州學學習時的教授（學官）劉徽之。他們的弟子成了當朝進士，兩位師長當然風光。

蘇軾、蘇轍兩人眼下只盡孝道，不尊師道。孝道的唯一要求便是虔誠地磕頭，不多說話。俗話說：「孝在不言，多言難孝。」

兩位老師見著不說一句話的學生，也絲毫不能責怪。

送完祭幛之後是賓客向亡者跪頭，一個、二個輪著來絕無漏落。兩個孝子在靈柩旁跪著還禮。磕完頭便是吃「探面」，就是主人家不停地煮著麵條，供客人們一桌二桌開流水席。「探面」的意思是「探喪」的「情面」，這包括客人對主家的「情面」，也包括主家對客人的「情面」；總之是雙方的情面都體現在那一碗「探面」之中。

從第二天起，請了附近各道觀的道士三十三人，共做了七七四十九天超度亡魂的道場。

四十九天下來，蘇軾、蘇轍的膝頭都跪腫了。心裏倒也舒坦了。媽媽的養育之恩、媽媽的教誨之恩，總算在跪拜中給予了報償。

兩兄弟淚水早已哭乾，聲音早已哭啞。母親慈愛的音容笑貌，越更清晰地浮現腦間。

第五十天，程夫人葬在蘇家族人的祖傳墳地上。家裏清除了一切喪葬的痕跡。只在正廳的神龕上立了一個牌位：

蘇母程氏老孺人　神主

兒女們早晚叩頭敬香。

紗縠行管帳先生蘇瑞又把工人們召集攏來，繼續進行生產和銷售。

一切恢復了正常。

蘇軾要守孝三個年頭，朝制規定最少是二十七個月。

從「初哭」到做道場再安埋，守孝還不到兩個整月，時間十分漫長。蘇軾在家鄉作義務講學，以報母校教誨之恩的活動，這時才正式開始。

他和弟弟的第一步行動是去拜望自己的啓蒙老師張簡易。

張簡易是一個道士，住在眉山天慶觀北極院中。蘇軾發蒙小學就在這裏。儘管他在進入道觀蒙館之前，早從母親那裏發過蒙了，認得了一、兩千字，背熟了很多古文詩詞；他還是把這天慶觀當做了自己的發蒙學校，把張簡易當做自己的發蒙老師。

天慶觀在眉山城外一個濃蔭密布的牛山坡上。道觀很寬大，觀裏道士卻並不太多，學生不少。蘇軾、蘇轍兩兄弟在道觀裏的北極院入蒙學時，學生有一百多個；觀裏道士卻只有二十多人。

道士們輪流上課，但歸張簡易負責。所以外邊說這所小學的老師就只張簡易一個人。

轉眼十年過去了。如今蘇軾、蘇轍雙中進士，雖是爲母親奔喪而歸，不免淒淒慘慘；但生老病死，天理不變，悲傷過後定會釋然，更不會改變其衣錦還鄉的實質。

今天，兄弟倆趁葬母之後閒暇的機會重訪蒙學母校，拜謝恩師。按照朝制禮儀，預先派人送去了名刺（名片）拜帖。

名刺拜貼用個專門的禮盒盛放；名爲拜貼盒。拜帖盒四寸寬，八寸長，檀香木製做，黑漆放光。面上只有一個隸書體「呈」字，再無裝飾，以示鄭重。更主要的作用，是用這「呈」字表示禮盒的上下正反；禮盒上沒有落款，表明是大家可以共用的公眾物件；這一切全是當時朝制禮儀所使然。

蘇軾的名刺寫的是：

嘉祐二年欽點進士　授福昌縣主簿

蘇軾 字子瞻

蘇轍名刺的格式內容與哥哥一樣，只是官銜爲「授澠池縣主簿」。

另有兩兄弟共同署款的拜帖一張。拜帖用正反兩面套紅的色紙製成，對疊兩折，面上正上方只寫一個「敬」字，揭開面頁，裏面的內容是：

恭　呈

恩師張諱簡易大人乞准□月□日

辰時拜謁

弟子　蘇　軾

　　　　轍　頓叩

「辰時」是吉利的概數，取其一日之計在於「晨」（辰）的吉祥之義，並非嚴格意義上的「辰時」（按現代鐘點推算「辰」為七點至九點）。

張簡易接到拜帖和名刺，欣喜若狂，轉告觀內各道友，個個心花怒放。此時道友已有四十多人。觀裏延請了當地名廚，準備下豆腐全齋席：用清茶油烹調蒸炸出來的「豆腐肉」、「豆腐魚」、「豆腐雞」、「豆腐魚翅」、「豆腐海參」等，色香味美，幾可亂眞。

蘇軾、蘇轍心想，向來小學開課都在巳時（九點——十一點）以後，這天應該提前一個時辰，以便好好看看母校，看看屋前屋後的景致風光。北極院所在的天慶觀大門口，並排四株大梅樹，留下多少美好的憧憬，很值得回憶流連。

蘇氏兩兄弟早早地向學校走去。

沒想到兩列長長的孩子隊伍，在天慶觀門口夾道歡迎。張簡易不僅通知全體學生都提前一個多時辰到了校；還把道友也一齊請來，一字排開立在站階之上，中間留有一條縫子，那意思十分明確：歡迎！

蘇軾、蘇轍何曾料到這個陣勢，不及看顧兩邊靜默列隊的晚輩同學，快步跑上臺階，撲通跪在張簡易面前，異口同聲說：

「弟子拜見恩師！拜見各位道長！」

張簡易把蘇家兄弟扶起來說：

「快快請起！兩位新科進士大人拜見，眞眞折殺老夫了！」他以老師名義出迎，當然不能自稱「貧道」。

其他的道友卻不同，他們只是偶然上過一兩堂課，還是以道士職業爲主：一個個圍攏前來，各各宣稱：

「貧道等受不起進士爺的拜師大禮！」

蘇軾回頭指著階基下地坪兩邊一絲未動的同學隊伍說：

「恩師擺出這樣的陣勢來迎接弟子，弟子愧不敢當。」回頭叫蘇轍：「子由，我們去看看他們，謝謝他們。」

兩兄弟在張簡易和眾道長的共同陪擁下，歡快走回大路邊，分別在兩隊孩子們面前走過，摸一摸他們的頭，一再地說：

「謝謝！謝謝！」

全部看顧完了之後，張簡易把自己早已想好的話說出來：

「兩位進士爺，你們看，這兩邊排著一百三十八位小學生，都是你兩位的後輩同學。比你們在校時的一百來個人又多二十幾個了。他們今天早早到校，要向二位學長學一點文才功夫。小同學，你們都想聽兩位大哥哥傳點寫詩作文的經驗，是不是啊？」

「是！我們都想聽！」整整齊齊，尖嘯震耳。蘇軾知道恩師付出了很大的苦心，讓一百多個孩子喊出同一個聲音，說出同一句話，很不容易啊！

恩師苦心盛意，孩子誠摯可嘉。蘇軾張眼尋找現實可取的題材，眞該給這些孩子們說點什麼才好。

一眼瞧見了並排於大門前的四株大梅樹，蘇軾馬上奔過去說：

「子由快來！你看這四株梅樹綠葉婆娑，小果累累，還在逗我們來玩！」

蘇轍也快樂跑去，深情地說：

「哥！一見這梅樹我就記起來了，我兩兄弟都最愛梅花。哥你老實，我調皮，有一次爬樹折了一枝梅花，恩師給了我極深刻的教誨。」

張簡易趕過來笑笑說：

「我當時還拿戒尺打你三下屁股，你不怨爲師嗎？」

蘇轍說：「我將永遠銘謝恩師，怎麼會怨怪呢？當時恩師你教導我說：花可賞，不可折；愛梅花的人何止萬千，都爬樹去折，還有梅花梅果嗎？」回頭便對一百多個小同學說：「希望同學們接受大哥哥的教訓，不要爬樹折梅花！」

蘇軾已想好了講課的辦法，便對同學們說道：

「各位小同學看好了，這裏有四株梅樹；梅花去年冬天就開過了，現在只有小梅果。剛才恩師說了，要我兩兄弟給大家講一講寫詩作文的事情，我們從四個不同的角度，作四首梅花詩，同時講講作詩的道理。大家說好不好？」

「好！好！好！」不僅一百多小學生喊好，連張簡易等四十多個道友也一起喊好。

許多小學生雀躍議論：

「我們一首都作不出，他們能作四首。」

蘇軾說：「那好，請大家都回教室裏去。一來外邊冷，久了受不住；二來我們要把作的詩在墨壁上寫出來，讓小同學記得更清楚。」

沒一會，一百多小學生，和四十多位道友，全在學堂裏聚齊了。學生們坐在課桌上。道友們自己搬了凳子來，幾乎全帶來了紙筆，搬個長凳擺在座位前當桌子，兩個人共用一個硯池，準備作記錄。

蘇軾首先登臺講課，他把第一首詩寫在墨壁（黑板）上：

詠梅（一）

一枝風物便清和，
看盡千林未覺多。
青果猶酸終須老，
梅黃子落豈蹉跎？

蘇軾說：「同學們先弄清『蹉跎』兩個字的意思，在這裏是指拿不定主意，腳步來來回回亂走。同學們要注意，寫詩的關鍵是找好『詩眼』；『詩眼』就是要在詩裏表現的中心內容。這首詠梅詩的『詩眼』是什麼呢？就是表現今日的酸梅小果終會成熟，成熟後必定墜落下來報效大地母親；說它絕不會在報效母親這一點上蹉跎腳步。找到了這樣一個『詩眼』，這首詩就不難寫了。」稍停，讓小學生們想了一想，蘇軾又問：「我這樣講你們聽得懂嗎？」

「聽得懂！」孩子們一齊回答。

接著，蘇轍走上講臺，又在墨壁上寫下了第二首詩：

詠梅（二）

天教桃李作輿台，

故遣寒梅第一開。
春來百花爭鬥豔。
唯獨梅果掩綠懷。

蘇轍說：「同學們！這首詩要先弄清『輿台』兩個字是什麼意思。這個字最初出在《左傳．昭公七年》裏，意思是指最下等的僕役。這首詩的『詩眼』是什麼呢？就是『寒梅鬥雪開』。正因爲高貴無比的梅花先年冬天在雪景裏便開花吐豔了，等到春暖時節，她自然把白李花、紅桃花卻看作是最下等的『輿台』僕役了。有了這個『詩眼』，這首詩極易寫成。大家說對不對啊？」

「對！」小同學又是一片聲地回答。

蘇轍接著便引伸說：「這裏邊有一個淺顯的道理：設若你沒讀過《左傳》，你根本不知道『輿台』兩個字是什麼意思，你能找到這個『詩眼』，寫出這首詩來嗎？所以說：寫詩作文的基礎，是豐富的歷史文化知識。古人說：『讀書破萬卷，下筆如有神！』就是這個道理。大家有沒有決心把書讀更多些，讀更好呢？」

「有！」又是眾口一詞的回答。

接下來蘇軾又走上台去，把第三首詩寫在墨壁上：

詠梅（三）

洗盡鉛華見雪肌，
何似塵俗豔獵奇。
檀心已作龍涎吐，
聞酸止渴豈有疑。

蘇軾說：「這首詩要先解釋兩個名詞：一個『鉛華』，就是化妝用的花粉；一個『龍涎』，就是檀香木熬製出來的上等香料。這首詩的『詩眼』是什麼呢？就是梅花學習檀香木熬製龍涎香料的品德，嘔心瀝血奉獻自己的潔白無暇。」

蘇轍接著上台寫下了第四首詩：

詠梅（四）

北客南來竟是家，
醉看新月半橫斜。
他年欲晤恩師面，
秉燭三更憶此花。

蘇轍說：「這首詩是我和哥哥感謝恩師的一點心意，『詩眼』就在這裏。我們從京都汴梁到四川是『北客南來』，但其實是回家鄉來了；感謝恩師同學，使我們心都醉了；今後也不知還會走到何時何地，但每到秉燭三更的夜裏，我仍都永遠記得恩師教誨我愛惜梅花。我這首詩感情表達對了嗎？」

「對！很對！」

最後，蘇軾歸納起來說：「凡事都有要領，寫詩的要領是『詩眼』的開掘。剛才四首梅花詩。第一首詩眼是青梅會成熟，第二首是寒梅鬥雪開，第三首是梅花潔白無瑕，第四首是我們對恩師終生銘謝。請同學們記住：抓住事物的某個側面，某個特點，開掘下去就成為『詩眼』。」

「開掘的方法是『比』和『興』。『比』就是比方，就像剛才我們把桃李比作『輿台』僕役，把綠葉比作懷抱；『興』就是引伸出來的感慨，歡呼、讚美、或是貶斥，比如剛才我們從梅花的白雪般肌膚，發出對塵俗獵豔獵奇的貶斥，還有從青梅小果的必然成熟，讚美它墜地萌芽報恩大地的情操……等等。我們的四首詩寫得不好，但儘量把『比』和『興』的手法都用上了。」

「同學們！世上事物永無止境，詩也永遠寫不完。就說這『梅花』詩吧，還不知可以寫幾千幾萬首詩。關鍵是你要認真讀好書，掌握豐富的歷史文化知識，掌握得越多越好！不然，你寫著寫著就沒什麼新內容可以用來『比』『興』，詩就寫不下去了。大家有決心讀好書嗎？」

「有！有！有！」孩子們個個興奮異常，聲音宏亮。

蘇軾說：「大哥哥我祝賀小同學們！」

張簡易從後座迅速走到前臺，一聲高喊：

「學子們起立！」

同學們嘩嘩地站起來了。

「向兩位蘇進士大人一鞠躬！二鞠躬！三鞠躬！坐下！」張簡易興奮得眼睛裏濺出了淚花，說話聲音都嘶啞了：「學子們！今天兩位蘇進士這一堂作詩課，不但對你們，就對我，也是個很大的啓發。「實在說起來，兩位蘇進士的文才不知比我高到哪裡去了，可他們還這樣敬重我，不忘啓蒙之恩，我眞是又慚愧又激動。我們一起祝賛兩位蘇進士鵬程萬里！」

「祝兩位蘇進士鵬程萬里！」

散學了，不僅是一百多個同學，還有四十多位道友，全都圍攏蘇軾、蘇轍問這問那；恨不能一下子便跟他們學會寫詩作文。

幾天以後，蘇軾、蘇轍兩兄弟一同去眉山縣城西邊壽昌學院，去拜謝教授劉徽之。

蘇軾、蘇轍在天慶觀讀完幾年小學之後，便一同考到這個州學讀書來了。「教授」是學官的官名。劉徽之在當地很有名氣，但他又是一個虛懷若谷的文人。

接到蘇軾和蘇轍的名刺和拜帖之後，他準備的招待，就不是張簡易那豐盛的「豆腐全席」了，而僅僅是他親筆寫好的兩首同題小詩。

蘇軾、蘇轍兩人前去拜謁，劉徽之正襟危坐在教室門口，早早等著。蘇氏兩兄弟誠摯地向他行過了跪拜大禮，劉徽之把他倆帶進教室。教室裏已坐滿了四十來個中學生。學生們都已十四五歲，很多都已身高體壯了。他們一個個沉靜地望著兩位進士學兄。但按照劉徽之事先的交代，他們一句話也不說。

劉徽之也不向學生介紹這兩位學兄客人，而是領著蘇軾、蘇轍兩人一徑走到講臺上。他從懷裏掏出一張自己抄謄好的詩，遞給蘇軾說：

「你先看了這個才好講話。」

蘇軾不知就裏，匆忙把紙打開，竟是一張全開大宣紙，上面並排寫著同題的兩首詩：

鷺鷥

蘆叢戲淺水，
群鷺樂魚蝦。
漁人驚忽起，
雪片落蒹葭。

鷺鷥

蘆叢戲淺水，
群鷺樂魚蝦。
漁人驚忽起，
雪片逐風斜。

蘇軾十分奇怪：怎麼在一張宣紙上抄這兩首內容完全相同的詩呢？仔細一看，兩首詩結尾三個字不同：

一首是：雪片「逐風斜」；一首是：雪片「落蒹葭」。

蘇軾猛然記起來了，這是早幾年自己給老師「改詩」的故事；笑一笑恭恭敬敬送還給劉徽之說：

「恩師！這點小事怎麼還記得？」

劉徽之板起臉說：「哦？這是小事嗎？能不記得嗎？」接過宣紙張貼在墨壁上。

一張大宣紙寫兩首小詩，字很大，很稀疏，全教室的人都看得清清楚楚。

劉徽之這才對大家說話：

「同學們！大家看，這首題名《鷺鷥》的五絕小詩，是我六年前在這裏所寫。詩裏意境還算可以吧！蘆叢野葦喜歡長在淺水裏，一群群白鷺鷥正喜吃淺水裏的魚蝦；漁人突然出現，把鷺鷥全都驚起，像雪片樣的在斜風中飄飄飛翔，這多少有點詩味吧！當時有個朋友就對我說：這末句改動三個字，把雪片『逐風斜』改成雪片『落蒹葭』，是不是更好一些？我一看就高興極了，豈止是好一些，簡直是好得太多了。白鷺鷥被驚起不得老是飛，牠們根本不會飛遠，而是會很快又躲到草叢蘆葦中去。所以說這『落蒹葭』三個字不但更符合鷺鷥的生活習性，也把鷺鷥鑽進水草的動態景物寫出來了。同學們說這三個字改得好不好？」

「好！好極了！」同學們回答得很剴切。

劉徽之說：「當初幫我改這三個字的朋友，就是當時我的學生，眼下的進士爺蘇軾子瞻，也就是你們這一位早年的學長！」

滿屋同學一片驚訝之聲。學生年紀大也就膽子大，許多人大聲議論：

「蘇進士了不得！」

「老師虛懷若谷更了不得……」

窘得蘇軾急忙向同學們解釋：

「同學們！我那時是年幼無知，不知天高地厚。」

劉徽之說：「子瞻你不要客氣。當時我看了你改好了我的詩，不是當面對你說過嗎：『作你的老師，我眞不勝任！』這話你不會忘記吧？現在果然，你高中進士，殿試第一名；我還只是個小小學官教授。相比起來，我還在原來的地上，你已經飛上了天！哈哈！」

蘇軾說：「恩師這比方不對，師生之間，談什麼天上地下，你永遠是弟子的恩師！」

劉徽之說：「子瞻！你莫想幾句謙虛話躲得過，我要給你找點事做。」回頭便對大家說，「同學們！你們這位學長和他同科進士弟弟子由，按朝制應在老家爲母親守三年孝，實實足足也要守夠二十七個月。我有意請他二位作你們的課外老師。這二年多裏，你們寫的好詩文，我都會送給他兩個給你們作朱批修改。你們說好不好啊？」

「好！好！好——」

劉徽之又補充了一句：

「聽清楚了吧，我說的是『好詩文』，那些不用功寫出來的『臭詩文』，我都沒有臉面替你們轉送進士批閱。」

這事能推辭嗎？蘇軾激動地說：

「感謝恩師栽培，感謝同學們看得起，給了我們一個好機會，讓我們好好報答家鄉對我們的教養之恩！」

蘇門兩進士二年多的守喪生活，是多麼的豐富充實，閃放光彩。

守孝期滿，蘇洵率兒女重返京都，便發生了「楔子」中的小插曲：蜀僧去塵預告蘇軾一生坎坷，張簡易祈禱神佛保佑學生一生平安。

洪水肆虐人爲奪命
黎庶善老蘇軾驚心

在四川眉山老家守孝期滿，蘇洵率領兒子蘇軾、蘇轍、女兒小妹重返京都汴梁。已是公元一〇五九年秋冬之際了。

按照朝制，蘇氏一家返京後向朝廷銷假，蘇洵即刻去秘書省，就任校書郎職務，正式幹起了自己素所追求的京官工作：整理皇宮內藏圖書秘笈。

蘇軾、蘇轍也去掉了福昌、澠池兩縣主簿的掛名空銜，得到實在的職位。

蘇軾的官名是大理寺評事簽判鳳翔。

弟弟蘇轍的官名是大理寺評事授商州推官。

兩兄弟分頭去上任，好在都是去陝西。

鳳翔即爲現今的陝西鳳翔縣，不過當時是鳳翔府，下轄寶雞、麟遊、周至等十多個縣份。

商州府治在今陝西省商縣。

兩兄弟都是掛著京官「大理寺評事」的名義，到地方上去任職。

「簽判」的全稱是「簽書判官廳公事」，是鳳翔知府的幕僚。幕僚相當「顧問」一類的官職，你若是不「顧」不「問」也沒人怪你；你若是既「顧」又「問」也就大有可爲，可以時刻不離開知府，幫他起草文件，判決獄事，處理繁難，包攬雜務，隨你的高興了。「簽判」確實是一個進退有據的好職位。

蘇軾初涉政壇，鳳翔又初來乍到，什麼都還不懂，不知道自已該幹些什麼。他就乾脆什麼都不幹。他開始進行本地的旅遊考察，過起了優哉遊哉的生活。

蘇軾向來愛遊山玩水，也善於遊玩，有所見聞感慨，他全用詩文給記下來。

鳳翔素有八景奇古，蘇軾也就每看一處寫一首詩，合起來就叫做《鳳翔八觀》。

其一是《石鼓歌》。

石鼓乃一古蹟，最初發現於鳳翔縣石鼓鎭，後移到縣城文廟即孔子廟中。其石如鼓，其鼓有十，共刻了四百六十五個字，經磨滅而不認識之古字有一半多。考證結果，這是周宣王時的遊獵記事碑文。

蘇軾的《石鼓歌》，是他正式從政後無事可作、遊山逛水、優哉遊哉的第一篇記事詩，具有很強的記事性、趣味性和可讀性。

鳳翔八觀 并敘

蘇　軾

《鳳翔八觀》詩，記可觀者八也。昔司馬子長登會稽，探禹穴，不遠千里；而李太白亦以七澤之觀至荊州。二子蓋悲世悼俗，自傷不見古人，而欲一觀其遺跡，故其勤如此。鳳翔當秦、蜀之交，士大夫之所朝夕往來此八觀者，又皆跬步可至，而好事者有不能遍觀焉，故作詩以告欲觀而不知者。

石鼓歌

冬十二月歲辛丑，
我初從政見魯叟。
舊聞石鼓今見之，
文字鬱律蛟蛇走。
細觀初以指畫肚，
欲讀嗟如箝在口。
韓公好古生已遲，
我今況又百年後。
強尋偏旁推點畫，
時得一二遺八九……
欲尋年歲無甲乙，

豈有名字記誰某……
當年何人佐祖龍，
上蔡公子牽黃狗。
登山刻石頌功烈，
後者無繼前無偶。
興亡百變物自閑，
富貴一朝名不朽。
細思物理坐嘆息，
人生安得如汝壽？

全篇記事抒情，水乳交融，沒有任何驚人之語，卻又分明看出無所作爲的淡淡哀愁。詩中對秦朝的哀嘆最有韻味：遙想當年是誰佐理祖龍秦始皇？原是一個只知牽著黃狗出入上蔡東門獵逐狡兔的李斯。後來他在岩石上刻字爲秦始皇歌功頌德，吹噓其前無古人後無來者。結果歷史很無情，興亡變化之後，什麼功德都成了閒情逸致；只有他當時以爲會富貴不朽，這是多麼的可笑啊！

蘇軾慨嘆人生苦短；卻又難有作爲，很有些報國無門的味道。

此《鳳翔八觀》還有《詛楚文》、《王維吳道子畫》、《維摩像·唐揚惠之塑》、《東湖》、《眞興寺閣》、《李氏園》、《秦穆公墓》七首，大體意趣相同，都是對古人的慨嘆，渲洩自己無所事事的悲哀。

正在他無所事事、四處遊逛之時，從朝廷發來一道皇帝詔令：

各州府速派員分赴各縣，減決獄中囚禁之犯人，以昭示聖上之仁政恩德……

蘇軾被知府陳希亮派往下屬的寶雞、周至等四縣視察；他首次得到了關心民眾疾苦，以圖爲國分憂的機遇。

蘇軾到的頭一站是寶雞縣。

在寶雞境內，許多連名字都沒有的中、小河流，一齊向渭河灌注。好幾個地方頗像四川樂山大佛腳下，三江會水，洶湧澎湃。

蘇軾曾在樂山大佛頂上的淩雲山築造「效范樓」讀書，太熟悉三江會水對船夫們的殘酷懲罰了。蘇軾覺得，視察減決囚犯的事情有別人負責，自己過不過問都不要緊；倒是應該去看看渭河裏的航行安危。

蘇軾悄悄一個人到渭河邊去了。

渭河水好個渾黃，簡直無法和家鄉的岷江、大渡河、青衣江的清澈相提並論。

蘇軾來到一個三江會水的河邊，立刻被河中的景象所震撼。

如獅如豹的黃水，奔騰咆哮，洶湧喧嘩，不可一世。這明明是渭河上游在發大水的象徵。

渭河的走向是自西向東。可是從南從北。偏偏殺出兩條尙不知名字的大河，在一個小鎭的上方半里之處，沖進渭河，形成三江會水。

分明看得出，北邊也在發大水，北河水勢十分渾濁；南邊沒有發大水，南河水相對平靜許多。此強彼弱，兩強淩一弱。從西而來的渭河大水，在北河洪水的慫恿下，一齊向南河口倒灌進去……灌不多久，南海裏便已蓄滿了氣勢，趁著渭河幾個迴旋水勢稍緩之機，南河的倒灌水便反攻而出，奔逐渭河，一下子又把水往北河裏倒灌進去……北河有上游洪水壯膽助威，豈會示弱？不多久又反彈出來，裹挾著渭河水又向南河衝擊……

如此沖來殺去，難解難分，三江會水之處，漩渦一個接著一個，團漩著，撞擊著，在原地打圈圈，推進十分緩慢。那漩渦的中心，成了一個巨大的漩斗；斗眼深處，足有半丈之多，一個個像蛟龍的巨口，發瘋了，瘋狂了，發誓要吞掉一切：起初是幾根零散的木頭，再就是幾具死人的屍體，更有許多發泡的豬羊。

不好！渭河上游漂來了一個長長的大木排，木排有半里路長短；排上前、中、後站著五個人，手持撐竿，左右撥著沖向木排的各種龐然大物。有連根拔起的大樹，有攪和一起的亂木堆子，有扭結堆纏的門框板蓋，更有整座的房屋大頂。這些龐然大物的胡亂撞擊，不時改變著木筏漂進的航程，造成種種回扭擺動，木筏隨時都有散架的兇險。

排上五個彪形大漢，肯定都是水裏蛟龍。蘇軾在四川樂山大佛頂上看船上舵手，筏上武夫，實在是看得太多了，熟悉他們的身姿手勢。眼下他看得非常明白，這木排上五個人都已驚恐萬分。他們應該早已料到這裏將是他們生死攸關的當口，可這次洪水實在太大，沿途干擾的雜物太多，使他們耗盡了精力，沒有多大把握闖過這一關了。

不多時，大木筏龍頭進入了漩渦的大口，打頭的駕排手無法抵擋；大排的龍頭被漩著向南一轉，駕排手猛地向北一倒；但他瞬即站了起來，高高舉起撐竿，瞅準南河口上方的堤岸，在筏上顛簸幾步，靠近前方，盯著，盯著，盯著那轉瞬即逝的機遇，他猛然一壓雙手，把那撐竿狠狠地朝南堤頂去……好！分秒不差，他那恰到好處的一頂，使木排龍頭扭了回來。一場大禍避免了。

岸上的蘇軾爲他長長地舒了一口氣，心裏說：

「好出色的身手！這個龍老大是英雄！」

河上駕排的人很少互道姓名，總依站排的次序，分別叫做「龍老大」，「龍老二」，「龍老三」……這樣也更親切。

眼看龍頭過了漩渦的當口，按蘇軾以往的看筏經驗推斷，應該沒大危險了。木排越長大越有整體的雄威，只要龍頭過了漩渦，中間那紮得鐵鐵實實的木排整體定可安然無恙，多少個漩渦也奈何不了。

可以看出，木排上的五個人已經放心了。龍頭已回到了渭河的中央，穩穩地前行，當無變故。

誰知南河的水被倒灌已久，蓄勢雄渾，緩緩地朝外傾灌，一當順流之勢形成，河水馬上此消波長，南河的弱水轉爲強勢，裹挾著滔滔渭河，又向北河倒灌，於是形成了反漩渦，將那長大木排相當於肩頸的部位，扭曲著向北河口推去。

此時龍老大已到了前頭，無能爲力。可喜龍老二也不含糊，爬起跌倒，跌倒爬起，照樣身手不凡，將手中撐竿準確無誤地頂住了北河下口的堤岸；手不鬆竿，人不離排，龍老二在木筏上向後一步一步挪動；

看得出他使出了渾身的力氣，硬撐著頂住北河下岸的長竿，把木排被扭曲的「肩頭」，重又慢慢順直到渭河的中央。第二個險關過去了。

岸上的蘇軾又長長地舒了第二口氣，心裏的話變成了自言自語：

「分什麼老大老二，駕排漢子都是龍！」

誰料想，三河鬥水遠非勢均力敵，北河上游的洪水威勢，遠遠大過南河的清水，南河河口是因渭河倒灌積蓄了聲威，才有可能向北河發動進擊。北河洪水滔滔，豈容得南河清水的藐視？於是抖起神威，向南河發起了更為猛烈的反擊。

可憐南河後勁不足，倒灌之水流光，再沒了後續之強水。被北河洶湧裹挾的渭河，再一次向南河口倒灌。

大木排的「腰部」急速地向南河口推擊，大排的龍頭和龍尾，無以自主地向外方翻轉，簡直把大木排扭成了一個彎折鉤。

此時當緊的是龍老三，他雖然也知道怎樣挽轉敗局，可他自身處在「彎折鉤」的尖頂端，又處在南河口的中央部位，長竿既頂不到南河口的下岸，也搆不著南河口的上岸；加上渭河大勢所趨，倒灌之神威豈是南河弱水所能抵擋？眼看著木排快速地向南河口內灌去，徒喚奈何，一籌莫展。

龍頭、龍尾處在「彎折鉤」的後部，自顧不暇，整座木排變成了渭河洪水的玩物，捏著扭著像做油炸麻花，「彎折鉤」越彎越厲害。

長木排失去了整體的威嚴，變成了前後互無照應的兩截。此時那筏下的漩渦，就充分地展示著兇殘肆虐，把龍頭、龍尾當做了兩條「龍燈」，左旋右扭，恣意妄為。

原先處在長木排正中部位的龍老三，此時倒成了連接身後兩條「龍燈」的共同龍首，也隨著後邊的不同旋動，左右扭擺起來。

五個駕排好手一下失去了龍的威嚴，在四岸無靠的洪水中間，毫無辦法可想……猛然一聲尖叫，龍老三被掀進滔滔洪水之中。他所站立的大排「彎折鉤」的頂點，再也承受不了扭曲的壓力，轟然一聲，斷裂散架。

尾後由原先龍頭和龍尾組成的兩條「龍燈」，各自飄遊，顛簸激蕩。

排上的龍老大、龍老二與龍老四、龍老五兩下分開。不無驚恐，爬爬跌跌，搖晃不穩。洪水的漩渦慶賀自己肆虐的勝利，更加洶湧著，彼此推波助瀾。

沒有半盞茶久的工夫，兩個木排迅速化解成為三個，四個，五個……分不清是多少個零散小排了。

龍老二、龍老四和龍老五先後紛紛落水。

只有龍老大因早已過了三江會水的鬼門關，沒有被洶湧的漩渦捲去。但他早已精疲力竭，躺倒木筏上邊，任其漂流而下。

就在下游約半裏路遠，短小的木筏被推到渭河的北岸邊。龍老大被好心人救走了。

蘇軾身心絞痛，無限悲哀。他拔腿向下游跑去，想要找那個被救起的龍老大聊一聊。猛然發現自己是在渭河的南岸，而龍老大是被北岸的人救走了。眼下沒法過河。

回想剛才目擊悲劇的全過程，蘇軾從中悟出了一個大道理：三江會水遠非勢均力敵，是造成這一次四人喪生大悲劇的禍根。設若並非洪水期間走筏；或者雖是洪水中走筏而三河同時漲水，那麼千萬年來自然形成的三江會水之處，駕排的「龍」們豈會應付不了麼？

進一步揣想便覺蹊蹺，連我這外行人一次便看出了癥結所在，那些駕排郎爲什麼鋌而走險？蘇軾百思不得其解。他想：這樣的悲劇實在太慘烈。應該怎樣來使之避免再次發生呢？

蘇軾把這事當做了自己的當務之急。他決心要探測出這件事情的奧秘所在……

龍老大被好心人救了起來，在一個農家炕頭上昏睡了一天半夜。這個救死扶傷之家的主人叫劉兆和。他家所在地爲三河會水處靠上約半里遠的騎龍鎮。劉兆和已四十六歲，他老婆一連生過四個女兒，一個也沒有成活。他深感自己前世造孽太多，便把做善事、做好事當做了自己的天然義務。平常一有閒空，不是補路就是修橋。

一到洪水暴發，劉兆和必定沒日沒夜坐在渭河邊上，等待著河裏遭難盼救的苦命人。

這個龍老大被救起時渾身泥水，到處是血漿，臉上血泥污染得看不清眞面目。

劉兆和救人很有經驗，他把人背回家放在暖熱的炕頭，先不忙洗臉、洗手、洗一身；而是拿出一根銀針，在沸水裏燙過之後，一下扎在昏迷人鼻下人中穴的正中，捻動幾下，叫做「活針」。

這次，劉兆和給昏迷的龍老大扎下銀針捻「活」之後，早端了熱水在一旁等候的妻子袁氏便動起手來，給昏迷未醒的龍老大抹洗臉面和身手。

袁氏洗淨龍老大臉面的血污之後，驚喜叫起來：「啊？這麼年青？老倌子你快來看，我們大女兒要是活著，正是他這樣二十多歲呢！唉唉！我好命好啊！哇哇……」哭起來了。

近十年來，劉兆和兩夫妻從渭河洪水裏救活過一百多人了，兩夫婦幾乎每一次都希望被救的人做他們的乾兒子，但全都失敗了。有的是因爲對方年紀大了不合適，有些是因爲家裏有妻兒老小分不開心；總之是東不成西不就。

這次有希望嗎？

爲了救活更多的水中不幸者，劉兆和向郎中請教了急救方法。給昏迷人扎銀針便是其中有用的一招。十年來這方法屢用屢驗，一百多個被救的人之中，只有四個人在銀針紮了三天之後仍沒醒轉，最後死去；其餘的全部生還。

眼前這小夥子龍老大體質好，只紮一天半夜就醒過來。

龍老大醒轉後的頭一句話說：

「是誰，誰，牽牛一樣，牽著我鼻子，不讓，不讓小鬼帶我，帶我去見閻王。」

劉兆和夫婦趕忙給他灌薑湯。劉兆和爬上炕坐好，扶著龍老大，坐在自己懷裏；老伴袁氏便一勺一勺的餵薑湯。

其實這不僅僅是生薑熬的湯，還有一多半，是麻雀熬爛的肉絲湯。這也是郎中傳授的救人秘訣。

郎中說：「俗話不假：一隻麻雀三分參！是說麻雀大補，算得是能救人養人的土人參！」

郎中傳授的這「麻雀人參湯」的熬製方法很特別。

把麻雀腿毛剖淨取出內臟之後，只將內臟中的腸、肚、苦膽等扔掉，將其餘心、肝、肺等不髒不苦的臟器，同麻雀放在一起，全都不用斫爛，而是放在文火上慢慢去熬；要熬乾三罐子水，大約熬一整天的時間吧！就連麻雀骨頭都熬得化了渣，肉和臟器全變做極細極小的肉絲絲；再放一點油鹽開口味，這便是原汁原味的「麻雀參湯」了。

眼前這個年青的龍老大，看去內傷不輕，但是體質特好，半夜灌了一碗薑汁麻雀湯，天亮時就完全好了。喊道：

「要解溲。」

一直守候在身邊的劉兆和，幫他把被子掀開，要扶他下炕去。

龍老大突然「唉喲」一聲說：

「我右腿動不得了。」

心眼太細的袁氏脫口而出，自言自語：

「天哪！未必要送來一個癱腳乾兒子？」

劉兆和回頭瞪她一眼說：

「你瘋說些什麼話？」

龍老大什麼都聽清了，心裏一格登，補充說：

「不像是一時麻痺，倒像是撞斷了哪一根經脈，我一條右腿癱瘓了。」

劉兆和說：「眞癱一條腿也是天意，沒什麼要緊。」便攙扶著龍老大，拖著右邊麻木的腿腳，解了小便又回到炕頭上來。

龍老大已完全清醒，由衷感激著說：

「可惜我右腿麻木磕不得頭，不然就磕一百個響頭，也謝不完二老的救命之恩啊！」

劉兆和說：「你有和我們一樣的善心，我們就知足了。能告訴我你姓什麼，叫什麼嗎？」

「我姓牛，名字就叫大水。牛大水就專門跟大水打交道，可這一次栽了跟頭。」

「你家在哪裡？」

「鳳翔府寶雞縣頂靠邊了，渭河上游的葡萄灘。」

「你爹媽呢？」

「我是個孤兒……」牛大水說了半句縮了口，笑著支吾起來：「我是個脾氣孤獨的人，我從小就，就，就被爹媽賣出去頂債了；我有爹媽也和沒爹媽一樣，像個孤兒……」

劉兆和瞇瞇笑著出了聲：

「嘿，你撒謊都撒得不像，世上哪裡有被父母賣出去的『孤兒』？一定是我老婆子講了瘋話，想留下來做乾兒子，又怕癱了一條腿拖累了我們。」

牛大水也笑出聲來：

「嗨嗨！既是老伯看出來了，我也不隱瞞，我九歲死了娘，十三歲死了爹，確實是個孤兒。昨晚你和伯母議論，想要我做乾兒子，我什麼都聽見了。後來伯母一聽說我癱了一條腿，好像不樂意，我就只好轉彎說我不是孤兒了。唉！伯母的想法很對，我一個半癱子只會拖累兩位老人。」

袁氏老媽趕忙指天發誓說：

「上有天，下有地，我劉老媽要是嫌棄你癱了一條腿，天打五雷轟！我剛才想過了，就算我乾兒子癱了一條腿，那也是天意。我認了。只要小牛你答應做我們乾兒子就行。」

劉兆和說：「小牛你聽，是吧！我老婆子絕不會嫌棄你，只要你不嫌棄我們就行。等你身體全好了，做個拜見禮吧。」

牛大水說：「不要再等了。」說著掀開被子陡然下了炕，朝二位老人磕著響頭說：「乾爹乾媽在上，受乾兒子大禮參拜！」利利索索地磕了三個響頭。

驚得劉媽跌撞下地，扶起牛大水說：

「大水你的右腿怎麼好了？」

牛大水說：「乾媽在上，乾兒子有話稟明：我的右腿根本就沒有事。我在大河裏駕排，在大地方常跑；經常看到一些口不對心的人。心想不如多長個心眼，試探試探，就臨時想出了假裝癱了右腿的法子。

一試，二位老人是眞正的慈善心腸。我能找到二老這樣的乾爹乾媽，是三輩子的福氣！」

劉媽擦著熱淚說：

「好孩子！老媽起初那句瘋話你不責怪麼？」

牛大水說：「乾媽，不怪！有正有反，正壓過反，才是一個眞正的好人。你老人家比那些滿嘴說好話、滿心想壞事的人強，強到天上去了！」

正在這個時候，蘇軾帶著一個僕役來到了門外，和藹地問道：

「請問劉善老在家嗎？」邊說邊已進了屋。

劉兆和一看是個朝官，一時慌了，結結巴巴說：

「大，大人！草，草民劉兆和，不，不敢擅稱善老。」

衙門僕役馬上介紹說：

「這位是本朝進士簽判鳳翔府蘇軾蘇大人！他有事要來問你，你不要害怕。」

劉兆和說：「不害怕。大人請坐，大人問話草民據實回答。」

蘇軾坐了下來，慢慢地說：

「劉公不必太謙虛，昨天渭河上的事，本官在河南岸看得清清楚楚，是你救起了昏迷的龍老大。今天本官到這騎龍鎭一打聽，劉公聲名極好，盡做好事善事，人稱『劉善老』，你老受之無愧！本官今天來是想探望一下你救起的龍老大；他已經醒了吧？」

劉兆和還不及回答，屋裏炕上的牛大水聞言已大步走出，單腿跪拜說：

「在下劉大水，參見蘇大人，謝大人關愛草民。我已經完全好了。」

蘇軾扶他起來說：

「快快請起，小壯士恢復得好快。本官放心了。怎麼，聽剛才小壯士自稱『劉大水』，莫非壯士與劉善老原是熟識的本家嗎？」

劉大水說：「回大人：草民原名牛大水，家住在這上游的葡萄灘，是一個沒有父母的孤兒。這次多承恩公相救；恰巧恩公又沒有兒女，願意認我作乾兒子，所以小民改名為『劉』大水了。」

蘇軾說：「好！好！自古眞情在民間，對極了。你雙方各償所願，是大好的事情。本官祝賀了。本官無禮物相贈，就贈幾句小詩吧。」

劉大水說：「如果大人能寫出來，那是草民一家的齊天福分了。」

劉兆和迅速取出了紙筆墨硯。

蘇軾一揮而就，寫下了贈詩：

題贈　劉兆和、牛大水　大水中締結乾親，並願共勉

民間真情在，
河漢乃悠悠。

當知滔滔水，
載舟亦覆舟。

嘉祐四年春　蘇軾撰書於寶雞縣騎龍鎮

劉大水拿著詩幅讚不絕口。

蘇軾說了：「本官正有一事不明，特來向劉壯士請教。」

劉大水說：「請教不敢。請大人訓示。」

蘇軾說：「本官昨天在南岸看得明白：劉壯士作為龍老大，身手非凡，那頂住南河上岸那一撐竿，實乃頂天立地。如此看來，劉壯士在渭河駕排時日已久。依你看來，昨天使你大排散落，造成四個駕排壯士喪生的悲劇，其根源在哪裡？」

劉大水斬釘截鐵地說：

「禍根便是三水強弱不均，渭河、北河大洪水，南河還是往日的清水，兩強一弱，打破了千百年來三水平衡匯合的常規，什麼大排都抵擋不了！」

蘇軾說：「壯士此種判斷，本官深表贊成。唯其如此，本官更不明白：明知會抵擋不住，劉壯士何以擅自行排？豈非自我玩命！」

劉大水說：「大人恕罪容稟：大筏之木材，多為官府採購，限期走筏不可抗違；另外，小民在葡萄灘發大排時，只道既漲洪水，三處相同；按照往年的經驗：三水同發，仍是平衡，洪水中行排有益無害，或是益多害少，只要駕排身手過得關，大排在洪水中走得更快，從葡萄灘到京兆府（現今陝西西安），要縮短好幾天時間。沒成想這次南河並沒有發大水，所以我四個好朋友死在洪浪當中。」

蘇軾說：「如此看來，若是規定洪水中嚴禁走排，就可避免災禍了。」

劉大水說：「大人所見不差。若能有這樣的規定，就是我們駕排人的大福氣了。每年能救活成百上千的人。小民代表駕排浪預先向蘇大人致謝……」

鳳翔太守爲官老到
救民立法蘇子赤誠

蘇軾以親見洪水吞掉四條人命爲契機，經過兩個多月的暗中查訪，將五年來渭河流域洪水摧毀木筏之慘劇加以累計，達六百餘起，死人傷人一萬有多。平均算來，每年即達一百餘起，死傷人一千多。

原先各個衙前單案接報處置，並不令人吃驚；每次洪水間歇期爲二個多月，等第二次洪水再出慘案時，前次相類同的慘案已被時間淡忘。現在一總累計，觸目驚心。

在蘇軾看來，這些縣府官員只是有所疏忽，未能將此事累積觀察而已。現在既已由自己查實明白，就只須據實呈報了。依此而另立條規，使木筏駕行避開洪水肆虐，實在易如反掌。難道還會有什麼麻煩？

蘇軾記得很清楚，他從京都趕赴鳳翔到任簽判的第三天，知府陳希亮設官宴三席，爲他接風洗塵。當時他心裏甚覺詫異，心想：我這簽判雖名爲知府的幕僚和助手，實則只是一個閒職，毫無實權可言，何能勞駕知府大人親自設宴接風呢？

在宴席上，陳希亮說：

「蘇大人京官外任，首達鳳翔，實乃本府之榮幸。蘇大人系當朝前科進士，殿試第一名，且令弟蘇轍大人亦為同科進士，殊為千古雙璧，同朝爭輝。蘇大人文名遠播，海內知名，本府久所敬仰。今蒙聖上恩寵，授蘇大人為本府簽判，足慰平生矣！蘇軾子瞻儘可以閒適以著詩文，本府府治所轄，素有鳳翔八景，不妨多所流連，詩文志趣，亦本府治下之幸事矣！」說著說著話鋒一轉，引上了正題。「本府老之將至，來日無多，今有蘇進士來到，本府已不虞身後墓誌銘無著矣……」

這便明白不過了：陳希亮想藉蘇軾文名以傳世；他設宴歡迎蘇軾，是希望自己死後蘇軾會為自己撰寫一篇墓誌銘流傳。

陳希亮時年五十二歲，確實已步入老年行列。

如此看來，當初陳希亮特許蘇軾簽判不辦事，讓他遍遊鳳翔八景，多作詩文，這其實是對蘇軾的一種巴結。

當時蘇軾心想：陳希亮官名不壞，待他去世後為他作一篇《墓誌銘》亦無不可。同時暗下決心，要為陳希亮贏得好官名貢獻一份力量，以報答他的知遇之恩。

現在，蘇軾認為，為這位陳希亮知府創立勤政官名的機會來了。他頗費了一份心思，為陳希亮代擬了一份勤政愛民的告諭。

大宋皇朝嘉祐治下鳳翔府　告諭

頒　渭河流域木筏駕行條規

查渭河自西向東，流經本府治下全境。沿途南、北兩向江河不斷匯入，蔚為壯觀。給本府治下黎庶以灌溉之便，舟楫之利，魚蝦之肥。此乃皇恩所致，天威使然，誠可感也。

然渭河流域屢有洪水泛起，洶湧肆虐，年達四至六次之多，給流域黎庶造成諸多毀損。尤其渭河主流汛期與南、北兩方來匯之水汛期互有異同，難有統一，故爾水勢難以均衡，互為強弱，給舟楫之危害殊甚。

觀洪水肆虐，以木筏受害為慘。蓋因木筏乃隨波逐流，無槳舵可供操縱，無棚蓋以避風雨。故筏工在洪滔中難能自保，屢有傾覆喪生報聞。殊堪憐憫。

決其一，官府所採購之筏材，嚴禁汛期走筏，以策安全，以保黎庶。

其二，流域所經縣治，須增加汛情監測及互通汛情之職責。著令各縣令指派僚屬專人，忠誠署理。

其三，黎庶人等自當愛惜，凡汛期不得行走筏排。如有漁利之輩，強令筏工汛期走排，以期快速抵達，且能加大排量，增收財貨者，一當筏排遇險，定當查辦幕後策劃指使之徒，嚴懲不貸。

右等諸事，另有行文，仰各遵照辦理，不得違誤苟且。

告諭周知。切切！

鳳翔府知州　**陳希亮**

年　月　日

身爲簽判，起草文書，顧問政事，正是份內職責；但蘇軾沒有任何從政經驗，以爲這是一件有百利而無一害的大好事情，既可爲黎民百姓解除許多生命危險，又可爲知府大人贏來勤政愛民的好名聲。於是，他把這一告諭文稿，連同五年來木筏出險傷亡人數，一併送呈知府陳希亮，並當面述說自己的本意：報答大人知遇之恩。

萬沒想到陳希亮看著看著冷下臉來，一副驚慌失措的神態，舉起那累計數據的紙，手都微微抖動起來，低聲發問：

「子瞻！此表報數據是否已密奏朝廷？」

蘇軾吃驚地答：「沒有。」

「是否已旁告左右？」

「沒有。」

「是否已露之黎庶？」

「沒有。」

陳希亮這才放下手來，也不再抖動；而是急匆匆走進內廳，不知從何處點著了火，將手中的統計數據頃刻燒爲灰燼。

陳希亮把那灰燼放進一個盛放廢物的大瓦缸，倒上一些茶水，讓灰燼也蕩然無存，這才鄭重其事地說：

「子瞻！此資料你我都已一無所知、一無所聞、一無所作。我這三個『一無』，正好對應你剛才說的三個『沒有』。子瞻你以為如何？」

蘇軾早看得懵了，他感到莫名其妙，為何這些資料竟把堂堂一個知府嚇成這個樣子？難道那不是已經發生過的事實嗎？

蘇軾向來文無遮攔，推及口無遮攔，於是當面直說：

「大人！此中數據，全無虛假，下官明查暗訪，已全部核實無誤。不知大人何以如此驚慌？」

陳希亮顯然不高興了，笑臉變成了冷峻，心裏說：蘇軾如此高才，又何以如此愚拙？明明已告誡他莫再提起，權當從未有此統計，他何以固執重提？

礙在皇上器重蘇軾文才的份上，陳希亮再一次忍住沒有發火，而是嚴厲地說：

「蘇簽判！當今聖上英明，州府勤王勤政，除了聖詔所頒，尚有何種數據？蘇簽判如果沒有公務報呈，儘可退班歸宅。如有私誼交往，請至敝宅。」

這已是很明顯的暗示了：在公務堂上絕不能再談此事；並相邀蘇軾到知府家中去敘談，只作私交來往。

就在當天晚上，蘇軾跨進了陳希亮的家。

陳希亮立即引他進了密室，喟然一嘆：

「唉！子瞻賢弟！愚兄再一次明白了初生牛犢不畏虎的道理！你該想想，你累計的僅僅是五年時間，僅僅在一個州府境內，僅僅只是一項木筏洪災，死傷人數已超過一萬，黎民豈非生活在水深火熱之中？對於此種數據，愚兄作為知府若然不知，是為瀆職；若然知而不報，是為欺君；若然具實呈報，普天之下，莫非王土，推及其他，豈非有辱聖上英明業政，不是犯上之罪又是什麼？瀆職、欺君、犯上，哪一條不可以致愚兄於死地！愚兄能不被嚇破膽麼？賢弟！唯政之道，當推糊塗。何種事實；何種數據，你只當從未發生，從不過問，才可免惹煩惱，少出禍端。賢弟還該明白：為政之首忌，乃口無遮攔，文無遮攔。如若不然，自惹殺身之禍，還不知禍從何起。」

蘇軾聽完這一席話，甚為感恩，頻頻頷首以表謝意，十分誠摯地說：

「府台大人不愧尊長，小弟願以拜謝。」隨即起身，行單腿跪拜禮說：

「感謝尊兄教誨，誠如醍醐灌頂！」

陳希亮攙起他說：

「賢弟請起。不須言重，凡事好自為之。」

蘇軾起來，仍然執著地說：

「愚弟癡想，如若不提任何資料，不涉過往洪災造成的損害各節，僅以抗禦天災為由，頒告諭所擬之三條：禁止汛期官府強令放筏；著各縣聯通水情；懲辦汛期強令私自放筏謀利之輩。此三者出自府台名下，可給府台兄長之盛名增添些許的補益麼？」

陳希亮又唉嘆一聲：

「唉！子瞻設想不錯，實施卻有三難：其一難於執行。各縣衙人事不缺，但財政維艱，新增水文聯通一事雖好，然誰人執行？有何報償？本府又無官銀下撥，他執行與否你均無以追究。

「其二難於通融。本府治下尚好規範，然此事所涉及之範圍，遠不止於本府治下。從渭河採購筏材之官府，多屬京兆府境內，你能約束他們嗎？

「其三難止謗語。此事關涉萬眾千人，誰無口舌又怎能擔保告諭所頒之三條執行中不出偏差？若然授人以口實，而這新條規又非朝廷頒行，誹謗者又善於鳴簧鼓瑟，招致朝廷怪罪下來，如何擔當得起？」

蘇軾當然想不到會有這麼多麻煩，而陳希亮所慮之「三難」又並非沒有道理，於是又從旁敲擊說：

「府台兄長所慮極是。但是，可否用以下三條對應措施，以疏通『三難』之路道。

「其一，由下官執大人口諭，先去治下各縣衙探探口風，曉以勤政愛民之大義，協調各縣令自行解決人事經費問題，變通實施各縣之間水文通報。

「其二，由下官執大人手諭往訪京兆府尹，從昭揚聖德皇恩的角度出發，共襄此利國利民之大業，使彼不掣肘於尊府台大人足矣。如若不行，則以『本府只治屬下』的名義出諭，凡來此採購筏材者強制執行，不論其筏材流向何處。然京兆府所需之筏材運道僅此渭河，當不致影響尊兄長治下之筏工生計。

「其三，以『試行』的名義出諭。『試行』者並非定規，謗言者無有口實。若然後果甚佳，天理民心在我，何怕誹謗言詞。若然得非償失，既『試行』便可適時停止。實施中若有弊端，尚有充分完善之餘地。

「尊兄長以爲此三條對應措施如何？」

陳希亮高興極了，在密室內顛顛地走起小步來，一邊笑說：

「哈哈！好一個『試行』！賢弟果然聰明絕頂，在『試行』二字面前，所有『三難』均可迎刃而解。好，賢弟作速去各縣斡旋，務求促成各縣令之間的默契合作；然後再去京兆府，曉之以理，動之以情，當無大礙。只是一條……」

「哪一條？」

「切莫出示告諭條規文稿，以免招惹『既成事實逼人就範』之嫌！」

蘇軾早聽出了陳希亮的言外之意：

「切莫授人以文字把柄！」

蘇軾亮眼久久地看視著陳希亮，心裏讚美著：

「好一個精於官道的府台大人！」

蘇軾奉陳希亮之密令，以「進士遊覽」的身分出訪，私會各縣令先行試探，再作斡旋。

陳希亮爲官老到，他的部署八面玲瓏。

蘇軾第一站是重返寶雞縣。由於有以上身分作掩護，蘇軾到了寶雞先不去縣衙，而是首先到了騎龍鎮，拜訪劉兆和夫婦，及其新認的乾兒子劉大水。

劉兆和家前後左右全都被木材堆滿了。「進士遊覽」當然是微服而非官服。蘇軾走進屋時，裏邊有很多人聚在房子的上部，好像是劉大水召集了他們在講什麼事情。誰也沒有注意有個生人進屋來了。

劉兆和兩夫婦，咧嘴笑望著容光煥發的乾兒子。

蘇軾輕輕喚了一聲：

「劉善老！故人來訪，這廂有禮了。」

屋裏光線較暗，灰濛濛看不清眞面目。劉兆和老眼昏花，一下沒認出這是誰，反問說：

「老夫眼不好，您先生是……」

劉大水從座位上一跳起來，歡快說：

「哎呀呀，是蘇大人！貴客貴客，爹你怎麼糊塗了？」

劉大水不叫「乾爹」改稱「爹」，可見這一家父子關係又前進了一大步。

劉兆和一迭連聲道歉：

「蘇大人莫見怪，莫見怪。我人老眼花耳背了。」

劉媽袁氏急忙遞上薑糖茶。

劉大水見老人在接待，馬上回到屋上部的大夥跟前，悄聲又說什麼去了。

蘇軾一邊喝茶一邊說：

「劉善老！好人終有好報，你新認了一個多能幹的令郎！他好像在開什麼會吧？」

劉兆和不掩飾自己的滿意心情，滔滔地往下說：

「托蘇大人的福，沾老天爺的光！我這大水娃是真不錯。蘇大人那天走後，他和我兩個又上了渭河河堤，一天一夜，我爺倆又救起了五個上游漂下來的筏子娃。他交給我和老伴去救治，他自己又上堤去了。

「河水漸漸緩了下來，上游來的散筏架，孤木頭，整的門框木板，三天三夜沒斷，隔不久就來那麼一些。大水娃生成龍的水性，手持一根長長的竹竿，一頭是鐵鉤，專鉤鬆散的樹木；另一頭是尖尖的鐵撞子，那是作撐排的撐竿。

「散排散架漂在河中間，大水他幾下子就划水過去，站上排筏，三幾下撐撐點點，就把排筏弄到了岸邊，一根根往上抽扯。

「這不，我家屋前屋後全都堆滿了大木頭。雖說別人也零零星星拾到不少，可一百個人所拾，還不及我大水娃一人拾得多。

「大水說：撈的是大水材，再不是替山林大戶幹苦活，賣的錢全歸我們家了。他還嫌不夠，要把拾到的木材再編成大筏排，放到京兆府去。一來那裏賣價高，二來洪水打斷的官府筏材要補上，他今天正是把各地的拾材大戶都邀了來，打算統一行動，編一個大排發運，到時候各按自己的木頭數目分錢。」

劉大水從人堆裏走過來說：

「蘇大人！朋友們聽我說你是送給『神龜詩』的蘇進士，都想聽你講話呢！」

他那堆朋友也跟在一起站在後面來了。

蘇軾很驚詫說：「你說的『神龜詩』是什麼意思啊？」

劉大水朝堂屋神龜上一指說：「大人沒注意看嗎？」

蘇軾這才抬頭一看，神龜「天地君親師位」的正下方，便貼著自己題贈他家的五言絕句：「民間眞情在，河漢乃悠悠……」詩已裱好，貼在神龜之下，難怪叫「神龜詩」了。

蘇軾深情地說：「大水！你一家如此看重蘇某，令我十分欣慰。講幾句話義不容辭。我先聲明：此次我是私人遊覽，所以不穿官服穿便服。這樣談起話來，就更無拘束了。我聽令尊大人說：你想把各地撈起來的洪水木材集中起來，再紮大排放到京兆府去，以保官府採購筏材之完成。是這樣嗎！」

「是這樣。」

「你對這件事是怎麼想的呢？」

「我是想，官府和百姓要互相理解。依我看官府雖然規定我們不分洪水清水，都要放筏運材，造成了許多人慘死；但官府大宗採購筏材又養活了許多百姓，除了官府，誰個採購筏材能有這麼大的規模？」

「大水！你對官府的理解和支持很對；但官府如果繼續要你們在洪水期走筏，便還會有很多人死去，你不怨怪官府嗎？」

「蘇大人！我想官府原先不瞭解實情，所以規定我們洪水期間也要走筏。透過這一次的教訓，我們自己打算改變這個做法。上次蘇大人在我家不是說過嗎，要搞一個新條規，禁止洪水期走筏。那就是我們走排人的大福氣了。」

蘇軾連連搖頭說：「可是我不是府台大人，沒有發布條規的權力。官府辦事，程式很要緊，就算我有這想法，報請府台大人頒條規，還有很多手續，恐怕一時半時難以頒發下來。」

劉大水說：「這不要緊。自從蘇大人你上次提到這件事，我就反覆想過打定了主意：今後任什麼人來強壓，我也絕不會在洪水中走排，不拿自己的生命去冒險。」

蘇軾心裏很高興，口裏卻故意說：

「大水！你這樣作，不怕某些不瞭解實情的官員責怪你，說你違犯條規不聽調遣嗎？」

劉大水說：「那我就會問他：洪水聽官府調遣嗎？它既然可以不聽官府調遣，把駕排郎都呑食了，還有誰給官府運送筏材？」

蘇軾好不驚喜：一個多好的反詰！一位多好的辯才！但他又不無擔心地說：

「大水！雖然你已懂得這層道理，你不會再在洪水裏走排；但還有許許多多駕排郎並沒有懂得這個理，而官府又一時頒不下禁止洪水期走排的條規，那些不明事理的駕排郎繼續鋌而走險，在洪水中走排，不還是白白去送死嗎？」

劉大水說：「蘇大人大可不必擔心，別看老百姓耳口相傳好像很慢，其實一傳十，十傳百，傳信比風還快。上一次洪災我有幸獲救，又聆聽了蘇大人的開導，那在下一次洪水中，我可以保證，渭河上將沒有冒洪走排的人了！」

蘇軾大吃一驚，嚴肅地說：

「大水！若有官府採購筏材，因你們這樣一來大受影響，使某些重要需材建築受到阻礙，怪罪下來，你如何擔當得起？」

劉大水說：「蘇大人！所以我這次要組織好更多的筏排，下行到京兆府，並派眾多駕排兄弟，到各購材衙署知會一聲：請他們趁下次洪水未來之前，多多備料，以免影響施工。並明白告訴他們說：下次洪水期間，將不會再有筏排行駛抵達。」

蘇軾激動起來：「好！劉大水你眞有未雨綢繆的大將之才！諸位年青朋友想聽蘇某說幾句話，我可以把許多話集中爲一句話告訴大家：你們跟著好兄弟劉大水去闖吧！一定能闖出一個好前程！前景無比燦爛……」

蘇軾很快就去拜會寶雞縣令梁志多，情況卻很爲不妙。

蘇軾上次來時已見過梁志多，算是熟人了。於是穿著便服，直接找到了梁志多家裏，叫他的家丁作一個怪異的通報：

「進士蘇軾遊覽寶雞，特來拜訪。」

梁志多是個剛愎自用的人，他不是科舉入仕，而是憑內臣關係爬上了縣令寶座。在他眼裏，文才並不值錢，值錢的是權勢。有了權勢不愁沒錢，有了錢什麼買不到？還怕沒有文才當幕僚？

梁志多一聽家人通報「進士蘇軾」來訪，馬上嘀咕道：

「他來幹什麼？我跟他並無私人交情，他怎麼到私宅來了？」想了一下對家人吩咐：「說我不在家！」拒不會見。

家人遵命到門外對蘇軾說：

「我家老爺不在家。」

蘇軾輕輕笑一聲說：

「哦？你家老爺不在家，你還要進去看一下才知道？莫非你家老爺出進家門，連你守門的家人都看不見？」

蘇軾一邊說，一邊冷笑著搖搖頭。一想，要家丁承擔他老爺撒謊的責任並不公平，於是編了一個藉口，以作縣令梁志多下臺的臺階，便說：

「是不是你家老爺稍有不適，不想會見外人？」隨又給他一個非見不可的信息，「你去告訴你家老爺，就說是鳳翔知府陳大人派蘇軾微服私訪，不會耽誤他太多的時間。」

看門家人馬上進去稟報：

「老爺！蘇進士是知府大人派來微服私訪，所以直接到了私宅。」

梁志多倒嘆一口氣說：

「唉！自己堵了自己的路了。蘇軾受派遣微服私訪，必定是知府大人的心腹，怎麼能不見呢？」急得抓耳撓腮，自言自語，來回走動，「剛才說了自己不在家，怎麼能突然轉口又說在家裏呢？這這這，這可怎麼辦？怎麼辦？」

家丁趕忙遞上蘇軾設下的臺階說：

「老爺！蘇大人很聰明，他猜老爺你是身體不舒服，不太想會見客人；他說不會耽誤你很久。」

梁志多自是順梯下樓了，連連說：

「快快有請，有請！知府大人派蘇進士來了，我有病也要見。」

家人把蘇軾領進客廳就出去了。

梁志多把看門家人當做了替罪羊，興高采烈打招呼：

「我那看門家人太笨，連蘇進士來了也轉達不清；不是我第二次問清了，險些把蘇大人你拒之門外了。萬莫見怪！」

蘇軾才不管他胡編些什麼理由，於是說：

「梁大人別來無恙？府台陳大人派下官微服私訪，是有件要事密報梁大人。」

梁志多一聽「密報」二字，萬分欣喜。既有機密事情密報於我，就表明知府大人把我也當成了他圈子裏的人；這個蘇軾是萬萬得罪不得了。

梁志多於是擺出一副極得意的神色說：

「蘇大人有府台大人的密示只管說吧！在我家裏，沒有一個異心人，全都是我的心腹，一起忠於陳大人、忠於皇上、忠於朝廷。什麼消息也不會從我這裏傳出去。」

蘇軾說：「這一點我完全放心。陳大人更知道，梁縣令對朝廷、對皇上，忠心耿耿，特要我微服登門轉告你：陳大人已接到密報，在渭河流域，就在梁縣令寶雞縣治範圍之內，有人要帶頭倡導，在洪水泛濫期內，不爲官府走排駕運木材。知府大人想聽聽梁大人的意見，萬一眞的發生了這種事情，梁縣令準備怎麼對付？」

梁志多很不在乎地說：

「這有何難，我可以派出衙役，把那些膽敢抗拒條規，不在洪水期間押送木筏的刁民，當成『違抗政令、圖謀不軌』的罪犯，抓起來，押進牢裏。看誰還敢違抗？」

蘇軾輕輕一笑，說：

「梁縣令想過沒有，他們行動的目的，就是在洪水期間不下河走排。你把他們抓了，他正好坐在牢裏，躲過洪水裏走排的凶災。梁縣令，你這不正中了他們的下懷？知府大人特意要我提醒梁縣令：千萬不能這樣辦！」

梁志多萬沒想到還有這層道理，忙忙點頭：

「知府大人教訓極是，不能讓刁民們清清閒閒躲在監獄裏。那麼，陳大人的意思是什麼？」

蘇軾說：「知府大人要我先告訴你，有人告狀，說洪水期間走木筏死了很不少的人，全都是山林霸主想趁洪水發大排賺大錢逼人下河冒險。陳大人要我問問梁縣令：這洪水裏淹死人的事情你知道嗎？」

梁志多脫口否認：

「哪有這樣的事？」

蘇軾說：「陳大人說，眞有淹死人的事也不爲怪，自古說：水火無情。那責任也不在官府，而在那些逼他們下河的山林霸主。」

梁志多一聽，馬上轉了口：

「哦，記起來了，洪水期間是淹死過一些人，但是很少。」

蘇軾快口接話：「何需很多！有幾個就夠了。老百姓常說：人命大如天。他們再不肯在洪水期間下河走筏，肯定就是淹死人的事所引起。」

梁志多說：「淹死幾個人有什麼大不了？刁民們因此而拒絕趁洪走筏，陳大人又不贊成抓他們，未必就聽之任之不管了？」

蘇軾說：「知府大人說：管有兩種管法，一種是採用強迫手法，就是梁縣令剛才說的抓起來；另一種是懷柔政策，就是陳大人主張的哪一種，具體作法是順著那些放筏工的要求，禁止在洪水期間走筏，而叫他們平時多放排筏，要官府在平水期間多進木料。這不就兩全其美了嗎？這兩種對策，梁縣令你看是哪一種爲好？」

梁志多忙不迭地點頭：

「當然是陳大人的懷柔對策好，我那個強迫抓人的對策不好。請蘇進士回府衙代我轉達陳大人：下官堅決支持陳大人實施懷柔對策，宣佈禁止洪水中走排，要各官府衙門平時多備木料。」

蘇軾進一步探底說：

「梁縣令如此忠心於陳大人，我回去一定好好稟報。陳大人還要我提醒一下梁縣令：眞要實行懷柔對策，嚴禁汛期放排，那麼必須加強各縣之間汛情的互相通報；因爲南北兩岸都有許多大小河流注入渭河，彼此之間平水與洪水並不一致，不互通水情，這懷柔對策也實行不了。梁縣令以爲這個道理對嗎？」

梁志多立即附和：

「對對！陳大人訓示極是，各縣之間必須互相通報水情。」

蘇軾說：「可是知府大人說，知府並撥不出這樣一筆專項銀兩，全靠各縣自己想辦法。梁縣令認爲這辦法好想嗎？」

梁志多說：「事在人爲！一個縣抽調幾個人來管汛情通報，隨便哪單位都行；薪俸到原單位領，經費便無問題。請蘇大人轉告知府大人，只要府台大人下個條規，我們寶雞縣不會有阻礙！」

蘇軾說：「謝謝梁縣令！下官一定如實稟報知府陳大人，梁縣令放心好了。」

蘇軾又到渭河流域其他幾個縣去做了斡旋疏通工作，根據各縣縣令的不同特徵，運用了各種不同的斡旋方式，全把他們拉到自己一邊，贊成實行禁止汛期走排的懷柔對策。

蘇軾初登政壇，展示了左右逢源的才智。

昏庸高官蘇軾巧對
父子交友義結同心

到各縣斡旋如此順利，蘇軾更來了勁頭。他沒有回鳳翔去，而是直接到了京兆府。

在鳳翔時，蘇軾未曾記得，京兆府知府劉敞，是自己的文壇詩友；過從密切。所以當時曾提出要鳳翔知府陳希亮出具手札，自己持以去京兆府疏通。現在突然記起來了，劉敞爲人又十分豁達，自己去通融此事應無問題，根本不再需要陳希亮寫什麼信了。所以便沒回鳳翔而直接到了京兆府。

蘇軾心想，自己是「遊覽進士」的身分，劉敞又是老熟人，還要什麼通報，他來到京兆府直直往裏走。

不料門衛擋駕說：

「請客官留步！此乃府衙重地，並非酒肆茶樓，請客官自重。」

蘇軾一愣；忙往身上一瞧，明白了：自己穿著便服，怎麼能擅闖公堂？於是停下步來，對衙役說：

「快去稟報知府劉大人，故友蘇軾來訪，要他親自出迎。」

蘇軾與劉敞太熟了，常有詩文唱和，所以對衙役擋駕有點生氣，故意擺出一點老熟人架子，要劉敞出迎。

誰知擋駕衙役說：

「本府前任知府劉大人早三天已調離；現任知府況大人況祝大人，恐不是客官的故友了。」

蘇軾一驚：眞是好事多磨，新調來的知府況祝，連名字也沒聽說過，這微服私訪卻跑公堂，恐怕要受冷遇。

開弓沒有回頭箭！蘇軾打定主意會見況祝知府。知府已是大官，公堂非同兒戲，不拿出官職來恐難進得去了。於是從身上摸出一張名刺來，遞給門衛衙役。

嘉祐二年欽點進士授大理寺評事簽判鳳翔府

蘇軾 字子瞻

衙役一看名刺，知是赫赫有名的蘇進士來了，忙拱手致歉說：

「望蘇大人恕罪！在下確乎不知。」

蘇軾說：「不知不罪。本官求見況大人。」

衙役拿著名刺大步走進去，不一會出來說：

「有請蘇大人！」

蘇軾穩重地走進公堂。

已經五十歲的況祝本已起身迎接，一見是個穿便服的年青人，馬上表現不快，頓時坐下來。心想，且先考考他的學識眞假，給這年青人來個下馬威。

打定了主意，況祝二話不說，開口就是兩句五言詩：

良莠終須別，
魚目豈混珠？

蘇軾一聽，這況祝信不過我，要考詩文？自當認眞對付。稍稍沉吟便接上兩句：

錦衣身外物，
所裏或癡愚。

況祝倒抽了一口氣：好厲害！我才懷疑他魚目混珠；他已經罵我是錦衣繡服裏一堆癡愚廢物了。不能善放了他，再來兩句，使他望而卻步！於是又接上兩句：

煉金但憑火，

敢問可入爐？

蘇軾心裏一聲冷笑：連「眞金不怕火煉」這樣粗俗的比喻都用上了，可見這自命非凡的况祝知府不過爾爾。結尾兩句一定要在意境深度上超過他，要在高雅脫俗方面壓過他。稍作思忖，蘇軾續上兩句：

千載尋知遇，
廉頗藺相如。

兩個人鬥嘴作成了一首五言律詩，况祝深感自己文才遠不是這青年人的對手。他把流芳百世的廉頗、藺相如「將相和」的典故拿來作和解，明顯是高雅異常，而尋求合作體諒的心態畢現。這當是眞正的殿試頭名進士蘇軾無疑了。

况祝自造臺階自己下，爽聲大笑起來：

「哈哈！果眞不愧殿試頭名進士，蘇大人鑒諒了。看座！奉茶！」

蘇軾在衙役送來的凳上坐穩，又平靜地接過香茶，呷了一口，說：

「况大人何此過獎？即興酬唱，把玩而已。下官奉鳳翔知府陳諱希亮大人之命，微服私拜京兆府府台大人，實有要言密報。但請屏退左右，始可細談。」

况祝對手下人一揮手，他們全都出去了。况祝於是說：

「願聞其詳。」

蘇軾說：「啓稟大人，下官先有一問：尊大人治下之府縣官衙，是否有在敝府治下寶雞縣等地採購木筏材料之舉？」

況祝微有驚訝地說：

「當然有。但不知蘇大人問此何故。」

蘇軾說：「敝府陳大人特派下官報知況大人：敝府已得獲密報：因爲每次洪水中放筏走排，幾乎全有事故，筏工喪生，故爾他們已集體議決：從下次的洪水汛期起，凡是汛期均不再有筏排放來。敝府陳大人懇請況大人知會屬下，趁洪水未來之前，多貯木料，以備不時之需。」

況祝老於官道，剛才作詩鬥嘴已比蘇軾略遜一籌，便想要在官場鬥智方面再贏了回去。

他用左手大指、食指、中指三個指頭夾著下巴上的白鬚，慢慢捋著，捋到鬚尾時搖一搖；搖完了又捋，捋到尾又搖……如此像作某種養生運動，實則在想如何回擊進攻。不多久，他說：

「蘇進士轉告陳大入之言差矣！豈不知朝廷命官，食的是皇恩俸祿，理當爲聖上效忠。敝府地域寬廣，人口甚眾，所需之木材頗多。貴府知州大人不爲敝府臣民著想，而替治下刁民筏工說項，恐非正常。須知爲皇上效忠，絕非可以與爲刁民說項相提並論也！」

蘇軾心裏一驚：這況祝有意刁難。看他捋鬚搖尾自得其樂，分明有小瞧我的意思。我豈能在他面前示弱！於是，他也習慣地抬起左手，以手掌在右鬢絡腮青鬚上捋一捋，又用手背在左鬢絡腮青鬚上撫一撫，顯得胸有成竹，慢條斯理批駁況祝說：

「況大人所言未必不偏頗矣！下官嘗聞：普天之下，莫非王土。貴府治下，皆是皇上子民；敝府治下，又焉能不是皇上子民耶？寶雞縣等地筏工，拒絕在洪水期駕排東下，只是為保障自身之生命安全。今見一些子民在洪汎中駕排喪命，英明聖上會不關懷麼？聖上肯定恩准他們，不再在洪波中冒險駕運木筏！」

況祝說：「蘇進士此言更顧此失彼！若然容得刁民們擅作主張，在洪水期停運木筏，豈不影響敝府治下對木材之大量需求？」

蘇軾說：「自古道：有備無患！尊大人曉諭屬下，在清水季節多多備料，等那洪水來時，再有什麼憂患？」

況祝說：「歷來條規，洪水期不停排筏，今貴府執意讓刁民洪汎期不運筏材；本府治下，恐難保不因筏材供應不足而受損失，屆時告到朝廷，有誰能擔當得起？」

蘇軾針鋒相對：

「況大人！貴府系皇上治下，敝府就不是皇上治下麼？貴府會告，敝府就不會申辯麼？敝府陳大人已命下官作過調查核實：近十年來，洪水平均每年為五次，每次洪水期為十二天，即是說全年洪水期才二個月。以全年其餘平靜清水期之十個月，還彌補不了二個月洪水期的備料空缺，恐難自圓其說吧？」

況祝氣勢洶洶地問：

「貴府陳大人是執意孤行下去？」

蘇軾義正詞嚴地答：

「恰恰相反！敝府陳大人絕不一意孤行，一聽到筏工們不再在洪汎中走筏運材的消息，馬上派下官來知會貴府，請諭示屬下提早備足木料。若然貴大人執意不聽，那不妨另擇他途！」

况祝驚問：「哪一途？」

蘇軾笑答：「請貴府治下另到他處去進木料可也！」

况祝一下啞口無言。他知道除了到渭河採購寶雞筏材，京兆府並無他處可運來大批木料。愣了一會，連呼：

「送客！送客！」

蘇軾回到鳳翔，問陳希亮作了詳細彙報。陳希亮高興異常。正好給筏工們送一個順水人情：禁止洪水期再放排筏！

於是一份「試行條規」頒發了。主要內容由三條發展爲四條：

其一，官府採購之筏材，嚴禁汎期放筏；

其二，渭河流域縣治，互通汎期情報；

其三，發現私人霸主強壓筏工汎期走排者，嚴懲不貸；

其四，提請各筏材採購者注意，在每年十個月的平水期中備足用材，以免二個月洪水期筏材斷檔，而致停工待料。

本條規副本，分送有關之州府如京兆府等，以供參考。

這個德政由蘇軾發起並促成實施。其公開的聲譽自然是記在知府陳希亮的名下。

但百姓們心裏有一本帳：蘇軾的恩德牢記在心中……

眞是天有不測風雲，昨日還爲渭河洪水吞食筏排民夫而悲切，想盡一切辦法，立了一個禁止汛期放排的新條規，今日卻突然遭受了乾旱之苦。

鳳翔府治下之扶風等縣，接連三個月沒有下雨，稻麥勢將乾枯。蘇軾根據民間的傳說，建議知府陳希亮去眞興寺閣求雨。

陳希亮愛民如子，自然遵照辦理。求雨得雨，旱象解除。蘇軾建喜雨亭以作紀念。

轉眼到了暮春時節，恰逢同年進士曾鞏路過鳳翔，蘇軾乃邀約一班文人學士去自己修建的喜雨亭飲宴遊樂。當時文人，無不以吟風誦月、享受女人爲樂事。本地文人楊柳青挑逗地說：

「蘇大人，曾大人！在座只二位是名正言順的進士，敢問二位大人如何看待女？」

曾鞏含蓄地說：「孔聖有云：飲食男女，人之大慾存焉。豈有別論？」

蘇軾說得率眞：「世界之大，曰陰曰陽；人口之衆，唯男唯女。捨卻一邊，何成世界不論是女人對於男人，還是男人對於女人，彼此都是對方的依賴物和激揚者。謂於不信，凡有女人在場，男人舉手投足豈非更加激越自豪？總希望得到女人的青睞。同理，女人也需要男人。有道是：『女爲悅己者容。』殊無謬也！」

楊柳青說：「著哇！蘇大人，如此說來，今天這世界豈非少了另一半？」

蘇軾大笑：「哈哈！好你個楊柳青，成天青樓出入，狎妓優遊，原是『渾圓世界』去了！好，勞煩你去怡紅樓請幾位芳女吧！哈哈！」

楊柳青也笑了：「哈哈！臨時請還來得及麼？」於是撮攏嘴唇，吹響長長的口哨：「噓——噓——噓——」

不大一會，三位名妓從暗藏處款款而來，進亭子向各位斂衽萬福，自報姓名：楊楊，柳柳，青青。自然這是怡紅樓上的名號。

蘇軾猛睜亮眼：「啊哈！原是三位仙女養育了我們的文士，」指著楊柳青：「難怪他自取名號竟是楊、柳、青！哈哈！」

「哈哈哈哈！」全亭歡笑不止。

這下子文士們詩詞唱和有了一致認可的命題：高雅的男歡女愛！

楊柳青的詩最爲直白：

青天無今古，
人間重至情。
愉悅遭拆散，

男女共沾巾。

曾鞏的詩便相當高雅：

從沒無情蝶，
豈有不果花。
若非偕連理，
人世斷煙霞。

蘇軾早有幾分酒意，指指亭外的景色說：

「諸位請看：紅花墜落，青杏尚小，柳絮楊花，飄飛漸少。此非季春之特有景色麼？早幾天我偶然路過一戶大家庭，在綠水環繞的厚實圍牆之外，看見裏邊有高高的鞦韆。鞦韆上肯定是深閨的千金小姐，從那銀鈴般的笑聲，我想見她是出塵脫俗的美麗。心想我若非已有妻室，非冒昧進去求婚不可。我對她眞夠一往情深。誰知只不多久，她竟進屋去了，一路帶走了笑聲，直到再也沒有聲息。我直是惱怨她毫無情意。其實她何曾知道外邊有個多情種子！

「歸家夜來，嬌妻自是給了我諸多歡愛，可是奇哉怪也，我歡愛中卻出現那圍牆裏的笑聲，笑聲中幻化出一張賽若天仙的美女。我我我，我豈非癲狂了嗎？」睒著惺松的醉眼用手指著陪酒的名妓楊楊，補充一句：「那幻化的仙女竟然是她！哈哈哈哈！」

「哈哈哈哈哈哈！」笑聲幾要掀破亭頂。

楊楊羞紅了臉，低下了頭，卻用媚眼餘光照著蘇軾，充滿了愛戀自豪。

曾鞏笑道：「哈哈！子瞻賢弟，酒後眞言，難得如此率眞純淨！」

楊柳青說：「蘇學士定有好詩饗我眾人！」

蘇軾說：「那是自然。剛才子固兄詩裏有花有蝶，我便詠一闋《蝶戀花》！」隨即吟誦：

花褪殘紅青杏小，
燕子來時，
綠水人家繞。
枝上柳綿吹又少，
天涯何處無芳草。

牆裏鞦韆牆外道，
牆外行人，
牆裏佳人笑。
笑漸不聞聲漸渺，

多情卻被無情惱。

楊楊脫口而出：「好！蘇學士至人至情，少有可比。姐妹們，我們且邊彈邊唱，高歌蘇學士的《蝶戀花》，盡拋灑纏綿悱惻。」

於是喜雨亭裏回蕩著美妙的歌聲。

飲宴剛罷，三架花車及時趕來，楊楊、柳柳、青青三人款款登車，腰肢美妙地扭擺。

楊柳青說：「文人豈能無禮？蘇、曾二位大人自會送三位姑娘返回！」

這在當時實在是司空見慣。蘇軾與曾鞏正求之不得。於是，蘇軾、曾鞏、楊柳青三人分別上了楊楊、柳柳、青青的花車。

只等蘇軾上了花車，楊楊一把抱住他親吻個沒完沒了。似乎這親吻消耗了許多的精、氣、神，楊楊不住地喘息，呻吟。在呻吟和喘息中透露出無限的歡愛滿足；喃喃地說：

「蘇郎！今晚你無須再夢幻，已經是實實在在的我了！」

道不盡三個文人學士一夜銷魂……

蘇軾在大理寺評事簽判鳳翔府任上剛到三個年頭，實際上，掐頭去尾，只幹了不到二年半，仁宗皇帝趙禎駕崩。新皇英宗趙曙即位，年號由嘉祐改為治平。

其實當時趙曙才是一個傀儡而已。當時他雖已經三十一歲，完全有處理朝政的能力了；但他並非死去的皇帝趙禎的兒子，而是趙禎的侄兒。

趙禎、趙曙都是宋朝第二個皇帝太宗趙匡義的嫡系後裔。趙禎是趙匡義的孫子，趙曙是趙匡義的曾孫。

但趙曙雖是趙禎的侄兒，卻從小便由趙禎撫養。

趙禎的皇后曹氏賢淑有加，對趙曙視從己出。

仁宗趙禎在位四十二年，終於沒有一個兒子，乃立了趙曙這個從小帶大的侄兒作了太子。不久趙禎駕崩，趙曙繼位。爲了報答先王和皇后的養育之恩，自己雖已三十一歲，還尊先王皇后曹氏爲皇太后，請她垂簾小殿，共襄朝政三年。他自己甘願當三年傀儡皇帝。

新皇登基，照例有大赦犯人、擢升命官等舉措。剛巧蘇軾以京官外任鳳翔也已三個年頭，按朝制京官外任不出大錯，屆滿三年即可奉調回朝。

新皇頒下詔令，調蘇軾回京，官爲「判登聞鼓院」。「判」是任命朝官的一種定制，意思是以大兼小。

當時朝廷設了一個登聞鼓，專供官宦黎民用於擊鼓鳴冤之用。設立相應的官府便是「登聞鼓院」，專管文武百官及士兵章奏表疏轉呈。凡言朝政得失、公私利害、軍務機密、乞恩雪冤等事，都須經該登聞鼓院轉呈訴狀。

如果登聞鼓院不負責轉呈其狀紙，投狀者便可以到登聞檢院去告登聞鼓院。

可以看出，這登聞鼓院與登聞檢院，是爲民請命的執行和監察衙署。主管登聞鼓院者，必須是爲官清正、品德高尚、聲譽隆盛之人。蘇軾被朝廷調任主管登聞鼓院，可見其來鳳翔二年多，聲名早到京都了。

在鳳翔兩年多來，蘇軾盡心竭力推行的「渭河木筏條規」深得讚賞。朝廷對此有嘉勉傳來，讚揚陳希亮實行仁政，贏得了民心，使黎庶更歸心於皇恩聖德。那個對此條規曾橫加攔阻的京兆府知府況祝，早已在無情的事實面前羞愧自疚，無地自容了。所以，陳希亮對蘇軾十分感激，對他榮調回朝甚爲歡欣。

席開四十桌，所有府衙要員，當地名人達士，全都應陳太守之邀來爲蘇軾餞行。最令人驚異的貴客，是十年曾救過百餘名落水筏工的劉善老劉兆和。他經蘇軾推介，由陳希亮派去專差，從寶雞縣騎龍鎮邀請來了；席間就坐在蘇軾身旁的西席首位，眞是無限風光。按照傳統禮儀制式，凡桌席甚多，而又有兩個需要安排首席的貴客時，應該擺成東、西兩相對應的兩個第一席，即東首席和西首席。

今天宴席爲歡送蘇軾而設，理應由蘇軾坐東首席。但自己是陳希亮手下的屬員，自然就尊著陳希亮太守坐了。陳希亮知道慣例如此，也不推辭，便坐下了。

蘇軾坐副席即西首席，也是天理應當了。但他臨入座時說：

「諸位！這位劉兆和老人，是我炎黃子孫的傑出代表。他在十年當中，在渭河裏，救起了一百多位洪水中落水待斃的駕排郎。被當地人尊稱爲劉善老。正是他的善行品德，催生了一部『渭河嚴禁洪汎走筏』

的新條規，如今這新條規已得到朝野的普遍讚賞。所以我說：我這個西席首位，理應恭讓給這位劉善老先生！」

在全體的讚譽聲中，劉兆和窘迫地坐在了西席首位。

劉兆和感動得老淚閃花。當大家都落坐之後，他倒站起來了，哽咽著說：

「我劉兆和不知是哪輩子積了大德，遇到了這麼多的大好官，太守陳大人，簽判蘇大人，還有在座各位大人。我布衣百姓不懂官禮，我只會行百姓粗禮，望各位大人莫見笑。」

劉兆和說完，雙手合十，合十的兩手掌之間，夾持著一雙筷子；先是高高的舉過頭頂，再就慢慢縮回，將合十持筷的雙手放在自己額頭正中，邊作鞠躬邊說：

「謝天恩！謝皇恩！謝官恩！」

三鞠躬，三句話，老淚再憋不住，嘩嘩的往下流。慢慢坐下去。

全場官員和名人達士皆被感動，暗暗念叨：

「炎黃子孫是多麼好的子民！」

坐在劉兆和身邊的蘇軾更唏嘘不已。正當劉兆和坐下之時，蘇軾又陡地起立，向首席陳希亮拱手致禮說：

「陳大人！晚生有幸，在大人麾下效命三年，未克職守。然大人如此高看，設宴餞行，又蒙各位同僚大人暨名人達士賜步賞陪，本人眞是感恩不盡。尤有甚者，在我身邊的這位劉善老，今天給了我最深刻的教誨，教誨我今生今世做一個好官，以回報黎庶。我無有禮物回贈劉大人和在座諸位，唯有以小詩一首聊表決心。」

隨即吟誦：

誰謂百姓乃子民，
分明官員父母身。
稻麥養育何能忘，
又聆殷殷教誨聲……

酒至半酣，忽然一個年青夥子闖了進來。只見他高高大大，威威武武，濃眉大眼，驃悍異常。身穿武林俠士的緊札短打，顯得格外利索精明。他大大咧咧，風風火火，毛毛躁躁，衝向東席首席陳希亮身邊。已有醉意的蘇軾心裏一驚：這是何人？怎地如此囂張跋扈？明知自己並無半點武功，蘇軾偏偏陡然站起，似要撲去保護知府陳大人。本能的條件反射吧！誰也無法自我控制。

還好，那狂彪青年開口了：

「爹！您眞太不惦記孩兒了！有這麼好的進士大哥來了兩年多，爹您也不派人來告訴我。今天他要走了，你還不派人叫我回來送送他！」

哦！原來是陳希亮大人的公子。蘇軾放心地坐下來，想起早有人講過，陳希亮只有一個獨生兒子，名叫陳慥，字季常，今年二十二歲；從小只愛習武練功，行俠仗義，多少年不回家，難怪沒見過。

「慥兒！諸位大人面前，休得無禮！你只會責怪老父不惦記著你，你又何曾記得還有一個家？只知道滿世界參師習武，行俠濟世。你以爲光憑你的武功，就能鋤強扶弱，濟世救人嗎？簡直不知天高地厚！爲父也曾幾次派人找過你，可連你的影子也找不著！」

陳慥憨笑起來：「嘿，嘿嘿！不聽爹嘮叨了！我找蘇大哥去！」

陳慥說完，一徑走到西席下首，對準蘇軾拱手致禮說：

「你一定就是蘇進士！我聽說了，你今年二十八歲，比我大六歲，是當然的大哥！蘇大哥！認下我這個小弟吧！你的清正廉明的名聲，早在百姓口中傳之很遠。」

蘇軾早已恭敬起立，這時拱手還禮說：

「陳公子豪爽氣派，下官早有耳聞，欽佩之至。今日得見，名不虛傳。只是這兄弟稱呼，似有不妥。承蒙令尊陳大人垂愛，已把我當做了忘年的弟兄。在下若再與陳公子結交兄弟，豈不有失綱倫？」

陳慥大咧咧地說：

「不行不行不行，爹他是老一輩，怎麼能跟我搶要弟兄？早先他把你叫做兄弟，那正是你值得結交的證明。如今我回來了，你把我爹叫叔叫伯隨你便；這兄弟只能是你我兩個人，我是弟，你是哥。其他事我一概不管！」

蘇軾大笑起來：「哈哈！難得難得，只要令尊陳大人不介意，我當然是求之不得，像你這樣的豪俠兄弟，我到哪裡去找？只是一宗……」

陳慥追問：「哪一宗？」

蘇軾說：「我是文人，手無縛雞之力。可不能和你切磋武藝啊！哈哈！」

陳慥說：「大哥笑話了。我爹總是責罵我，不喜歡讀書做學問，光有武功只是粗野。今天我當著各位大人的面發誓：從今以後，我要學蘇大哥的好樣，認眞讀書。我聽有人說，蘇大哥你令尊蘇洵蘇大人，是從二十七歲起才發憤讀書，如今也成大器，是眞的嗎？」

蘇軾說：「家父未敢說已成大器，然確實是從二十七歲起，發誓攻書，此後二十年不輟，早幾年蒙有聖恩，授他秘書省校書郎之職。」

陳慥說：「好！我就以令尊老伯大人做榜樣，從此認眞讀書。我要跟你蘇大哥去，一面跟大哥學文，一面還要練武；用武功保護蘇大哥一生的安全！」

蘇軾說：「好兄弟！學文全靠你自己有決心，我卻不需你保護，你要學文就不能分心。」

陳希亮看兒子有了轉變，也十分高興，插話說：

「慥兒！你下決心學文就好。子瞻說得對，他要你保護幹什麼！你自己專心習文吧！」

陳慥說：「爹！你放心，我向你保證：學文我不會分心，子瞻大哥卻需要保護。他的文才如此之好，而身子骨又手不縛雞，怎保得沒有壞人對他加害？」

蘇軾說：「季常，好兄弟！你剛才不是說了嘛，我早已在黎庶百姓的紛紛議論之中，就算遇到了強人加害，那萬千的百姓，不是會給我極好的保護麼？呵呵！」

陳慥也大笑了：「哈哈！大哥文才高，小弟說不過你。反正這輩子我跟你學文交友，我爹也該放心了。爹你說是嗎？」

陳希亮說：「慥兒與子瞻結交，是你的大造化。我當然求之不得！」

幾天以後，蘇軾攜夫人王弗及七歲的長子蘇邁，坐馬車返京。

風和日麗，愉悅舒心。蘇軾夫婦在馬車裏逗著兒子玩耍。

突然趕車人叫道：

「老爺！此地是渭河大橋，有人在渭河中高喊老爺的名字！」

蘇軾連忙從馬車裏走下來，一時呆了：但見渭河之中，一個接一個的大木筏，靜靜地排在清悠的渭水河中，前後怕有十里。

站在龍頭的正是那年的龍老大牛大水，他領著數以百計的筏工駕排郎，有節奏地高聲喊著：

「蘇大人！蘇大人！蘇大人……」

蘇軾走上渭河大橋，頻頻向河裏招手。

河裏劉大水領著眾人立即換了聲腔，齊刷刷叫著：

「送蘇大人榮調回京！」

「祝蘇大人前程萬里……」

蘇軾已熱淚婆娑，高聲回應：

「龍老大！謝謝你！謝謝各位駕排郎！我蘇軾此生若不勤政愛民，有何臉面再見養身父母，百姓黎民！……」

有女長成窺者甚衆 朱批才子小妹驕橫

蘇小妹和兩個哥哥回四川眉山老家爲母親守孝，三個年頭實爲二十七個月；如今大哥蘇軾在鳳翔任簽判又兩年多了，即將返京，她是多麼的高興。

幾年一過，她已不是十三歲的小孩了，她已經過了及笄的年齡。

古人的傳統作法，女子到十五歲，就要把頭髮用簪子束攏，叫做「笄髮」。這是表示一個人由少年向成年轉變的界限，所以十五歲便叫做「及笄」之年。蘇小妹已經十七歲，當然早過「及笄」之年了。

「及笄」還有個轉借的含意，便是可以出嫁了。古人早婚，女子十五歲出嫁者甚衆。但也並不盡然。《禮記．內則》有言：「女子十有五年而笄。」

有註疏解釋這話說：「十五歲可許嫁，笄而字之；其未許嫁，二十則笄。」

可見古人也有二十歲才嫁女之事例，且不違犯禮儀的成制。

小女長大，父母最大的心事，便是爲她選一個好婆家嫁出去。實際上就是要爲女兒找一個如意郎君。

但蘇家卻有一點特別。

父親蘇洵在秘書省任校書郎，沉浸於古本秘籍的整理。

目前，蘇洵由皇帝詔令指派，他和陳州府項城縣令姚辟，共同編纂一部禮儀全書《太常因革禮》。「太常」是個官名，專管禮樂祭祀之事。從秦始皇起設立，各朝各代均襲用。不過秦始皇時稱為「奉常」，到漢朝中葉才改名為「太常」。

古之「太常」官職，品位極高，除宰相而外，「太常」是列卿之首，可見中國自古以來多麼重視祭祀和禮儀。

現在蘇洵、姚辟要編的這本《太常因革禮》，便是從古代到當時，各朝各代宗廟祭禮因陳變革的歷史資料，卷帙巨大，有一百卷之多。要翻閱、核實、摘抄、整理、注釋的歷史資料汗牛充棟。蘇洵忙得不亦樂乎，喜得不亦樂乎。一個人幹上了自己喜愛的工作，總是這樣越忙越樂。

皇帝要項城縣令姚辟和蘇洵共同編這部書，一是因為陳州府項城縣離京都不遠；二來這個姚辟是進士出身，必有京官另任，暫任項城縣令，也是京官必先外任考核的朝制使然。

實際上姚辟近年已舉家遷來京都，他掛項城縣令之名，幹的是京官之事。

蘇洵的小妾黃氏，雖不是蘇小妹的親生母親，但她心地善良，為人賢淑。雖然只被小妹叫為「黃姨」，她卻把小妹的婚事看做自己女兒婚事一樣重要。

這與黃氏本身沒有生育有關。大抵沒有兒女的繼室或小妾之類，都想去感化丈夫前妻所生的兒女，使他們不排斥自己。何況黃氏本身品質很好，又嫁在這個「蘇門三傑」之家，她十分心滿意足了。

但黃氏畢竟不夠做蘇小妹母親的年齡，所以她主動回避，從不主動向蘇小妹提婚嫁的事情。她總是慫恿著丈夫蘇洵說：

「老爺！小妹這麼大了，不能老依著她倔脾氣總養在家裏吧？你當爹的不關心她，還有誰來關心？老爺再忙也要過問過問。」

蘇洵說：「誰說不是！」隨即又嘆一口氣：「唉！小妹太聰明，她選夫君太挑眼。也難怪，連我這個當爹的，都不願輕易把她嫁了。覺得不找一個才智超群的人給她，都太委屈她了；也對不起她死去的媽。這就耽誤下來了。

「現在皇上要我主持編《太常因革禮》，我稍有懈怠都有負於浩蕩皇恩。小夫人你自己不好出面，就叫任媽去給她說嘛。小妹是任媽帶大的，最聽任媽的話。」

黃氏輕輕一笑說：「咦！老爺錯了。小妹還是小孩子的時候，大人說的話都聽，何況她是任媽帶大的呢？女孩子一大就不同了，她有自己的一套想法，要找什麼樣的婆家，要配什麼樣的夫君，她都有很高的標準。這標準還很不固定，常常喜怒無常，全憑一時感情衝動。

「任媽對小妹，就像對親生女兒一樣，已經暗請媒婆給她找過幾個公子哥，小妹一個都看不上。一時說這人太高，一時說那人太矮，其實弄半天還是同一個人。她這哪是在挑夫婿呀？她根本沒有往心上去。

「任媽被小妹弄得唉聲嘆氣說：唉！女大十八變，心思大過天！我從小帶大的小妹，都猜不準她心裏想些什麼了。

「老爺！這事你非親自過問不可！我們家裏除了老爺你，再沒有管得住她的人。老爺你起碼要弄清小妹她心裏想的是什麼，告訴任媽和我，才好請媒人去找合適的男家來試試。」

蘇洵頻頻點頭：「對對。這是個頭大的問題。你走一趟，把任媽叫來，我親自問問，看她爲小妹找過一些什麼樣的人家，小妹又是怎麼答覆。我猜一個差不多，才好找小妹，當面給她說。」

黃姨歡快地去找任媽。

任媽原名叫任采蓮，和蘇洵與程夫人是同輩份、同年歲的家鄉人。

程夫人生下蘇軾之後，患了月子病，沒有奶水。

當時任采蓮剛生個女兒，因家裏窮，丈夫病了沒錢治，寧願到蘇家來當奶媽，掙了錢給丈夫治病、養家。

任采蓮身體特壯實，加上蘇洵家裏殷實富厚，吃食營養充足；程夫人又是慈善心腸，常買許多補藥燉豬腳，燉母雞，給任采蓮吃了添奶。

於是任采蓮遇到了奇蹟，她一個人的奶水竟把蘇軾和自己的女兒同時餵大了。奶水的充足使她本人都覺驚訝。

任采蓮當然知道是程夫人天天給她補身體的結果。她對蘇家感恩戴德。

到主家的蘇軾和自家的女兒兩個孩子兩歲斷奶時，任采蓮說什麼也不肯離開蘇家了。

當時蘇洵遊學在外，一個偌大的家，實際是由程夫人一個人作主。

任采蓮跪在程夫人面前，熱淚漣漣地說：「夫人！我是八輩子修來的福氣，得遇了你這位活菩薩。我們都是女人，心裏都明白：一個人的奶水再足，也養不活兩個嬰孩；任誰家的奶媽都是沒有辦法過日子，爲自己掙點錢養家活口，忍著心拿自己的孩子餵米湯、餵米粉、餵灰漿。

「偏是你活菩薩，買那麼多補藥肉食幫我發奶、添奶、補體子，讓你家大公子和我家小閨女，吃我一個人的奶水長大了。我我我，我下輩子變牛變馬報答夫人你都太遲，我這輩子就來報答你，當女工、當勤雜、當跑腿，隨你夫人一句話。我不要工錢都行，就是要我死我也不走！」

程夫人早把任采蓮扶了起來，也陪著她流著淚說：

「天老爺叫我們作一對好姐妹。其實你不必求我，我也捨不得你離開。再多的錢也難請你這鐵心鐵意好女工。我是怕你有家事丟不開，才沒有提要留下你。

「既是你有這個想法，我就不多說了。你看見的，我這家裏空房子這麼多，你住一個單間去，軾兒兩歲了，我也放得心；不要你再帶著軾兒睡我這個大房間了。

「不嫌棄，你叫你男人也來和你一起住。」

任采蓮千恩萬謝著。

程夫人又補充說：

「我聽軾兒他爹說了，我們家有的是空房，閒著也是閒著，不如請一些人來開一個家庭作坊，叫什麼紗縠。總是近不久可以辦得起吧？要籌辦也就不簡單，孩他爹自己沒時間管，我也管不了，要找一個好管帳先生不容易，還要請師父來傳授紗縠技術……到那時要請的人更多。不過任媽你是誰也代替不了！」

從此，任采蓮再沒離開蘇家一步。

後來，任采蓮在蘇家住著，又生了一個女兒，不過和蘇家二公子蘇轍不是同時生養，任采蓮沒趕上同時也做蘇轍的奶媽。可蘇轍也是由她帶大的。

以後蘇小妹也是由她帶大。

任采蓮兩個女兒十多歲時，丈夫因病去世，一切安埋後事，都是蘇家承擔。她的兩個女兒，也是在十五歲時先後出嫁在當地，蘇家還分別給她們置辦了嫁妝。

任采蓮自是更鐵心鐵意在蘇家做事，通盤看來，她和蘇洵一家老小完全溶爲一體了。

蘇洵規定全家老小一律叫她「任媽」，她成了蘇家一個特殊的人物。

任媽隨著黃姨進了蘇洵的房間，她五十出頭仍很幹練，臉模身架表明她年青時體面結實。幾十年的親密無間，已消除了主僕之間的形式隔閡。任媽早已不行萬福禮之類的客套了。她進門就說：

「老爺叫我來問小妹的親事，我都被她弄糊塗了。」隨即自己坐下來，完全和在自己家裏一樣。

蘇洵也像對待自己家人一樣，見任媽已知叫她來的用意，便不再催她問她，任她自顧自的弄妥貼了再說。

任媽坐好以後，細聲細氣往下說：

「小妹滿十五歲那天，我就試探她說：『小妹，我兩個女兒都是十五歲出嫁的。』小妹反問一句：

『她們怎麼都那麼早熟？』

「我知道小妹她婚姻沒動，再不提這事了。到她十五歲半那天，我又試探說：『小妹，你說怪不，我兩個女兒都是嫁出去半年就懷上了孩子。』小妹又反問我：『她們哪裡那麼蠢？也不曉得趁年輕多痛快玩玩。』」

「我當時就納悶：小妹婚姻怎麼還沒動！她身上並沒有毛病啊！她是十四歲八個月動的月信，每月推進一兩天，很正常。這些事當然瞞不了我。我一想，人的婚姻是有動得遲的。又等下去。

「等到小妹十六歲那天，我又笑笑說：『嗨嗨！小妹你不知道，兄弟姐妹眞是手牽手投的胎，我那兩個女兒，都在滿十六歲不久就生了頭胎，都是外孫子。』

「小妹很高興，問我：『那小傢伙一定很好玩吧！』

「我一聽，知道小妹婚姻動了，就開始暗地裏找媒婆，爲小妹選婆家。

「第一個選的是西塘街王秀才的兒子，叫王孔廉。王秀才家裏殷實，王孔廉長得又好，文才也不錯，我便試探小妹說：『小妹，有個秀才，家裏很殷實富裕，他兒子才十七歲就已經考上了秀才，將來肯定超過他爹了……』

「小妹不等我把話說完，馬上頂回來說：『任媽，你等他超過他爹的時候，再告訴我吧！』

「我一聽這個王孔廉她想都不想，就又請媒人找第二個，第三個……」

蘇洵插斷任釆蓮的話說：

「任媽，你不要一個二個排隊講了。小妹剛才頂你的那句話意思很明白：她挑的首先是文才。這一點我也同意。我家小妹文才這麼高，找一個比不上她的不是委屈她了？其他的你就不要挨個再說，剛才小夫人講，小妹看同一個人一時說太高，一時說太矮，這是怎麼回事？你只把這件事告訴我就行了。」

任媽快活地笑起來：

「呵呵！老爺問這件事，這是我想出來的辦法，我一連給小妹談了好幾個，她總是變著法子往外推，我揣摩她是要看人品。我就叫媒婆找到一個文才好高的舉人，又年青又俊氣。

我事先要媒婆跟那個舉人約好，要他某月某日到文廟裏去敬香。我帶著小妹也到了文廟裏，偷偷指著那舉人對小妹說：『小妹，我聽人說那個人是舉人，你看長得多俊氣。』小妹瞟一眼再不看了，只是淡淡地說：『他那麼矮登登，只怕一肚子全是草。』

「我當時就想，小妹你連第二眼都不看，未必就看清了。我又要媒婆約了那個舉人，改個日子，另穿一身衣服，再到文廟去一次。

「那天我又哄著小妹到了文廟裏，悄悄又指著那同一個舉人，試探小姐說：『小妹，你看那傻氣舉人，他好像不矮。』

「小妹又只瞟一眼說：『他那麼高高挑挑，只怕肚子裏空空如也。』

「我心裏大吃一驚：小妹是犯什麼毛病了？怎麼同一個人一次說太矮，二次又說太高。眞是想笑都笑不出。」

蘇洵一聽，也差點笑出聲來，心裏說：「小妹眞是個活寶貝！」

心裏覺得好笑，口裏卻仍然一本正經，蘇洵對任媽說：

「你既不要笑，也不要急，小妹她那是要親自挑選有眞才實學的文士俊傑。說不定她心裏還打主意要考試招親！這下子我知道該怎麼辦了，任媽你回去休息吧。」

經過這一晚上的盤問，蘇洵心裏已全然明白：任媽對小妹的婚事著實花了不少心思，可算得是小妹不是母親的母親。

但是，任媽的水平學識，比小妹差太遠了。她用的那些相女婿的辦法，在小妹那裏都行不通。

蘇洵暗暗打定主意，等忙過這兩天，把《太常因革禮》全書的編目框架定下來了，會要休息幾天。一定要趁這休息的機會，好好想個辦法，把眞正有才學的年青俊傑，召集攏來，自己爲女兒擇定一個好女婿。

第二天，蘇洵比平時早半個時辰，來到編纂室。心想，多加點一早一晚的時間進去，儘快把總編目框架定下來，再安心安意爲女兒找女婿去。

沒成想姚辟比他到得更早，等蘇洵到時，姚辟已經忙了好一陣子。

同時，編纂室內還來了一個年青人，高大而英俊。怎麼？相貌和這位姚辟縣令這麼相像？蘇洵會過意來，這一定是姚辟的公子了。

果然姚辟介紹說：「蘇大人！這是犬子姚蓬。蓬兒，快向蘇大人請安。」

姚蓬忙行單跪禮說：「晚生姚蓬，拜見蘇大人。蘇大人安好！」

蘇洵忙攙他起來說：「世侄何必如此大禮？」

姚辟抖底說：「蘇世兄！下官聽聞，令嫒蘇小妹才情橫溢，不讓鬚眉；且花容月貌，賢淑善良。愚弟今乃攜犬子來向世兄求親。

「犬子姚蓬，現年十九歲，已中舉人。明春廷考，或可有幸進士及第。

「今天愚弟帶了他來，先請世兄看一看，考一考。如果世兄認可，愚弟一定是明媒正娶，為兒子完婚。

「犬子模樣世兄現已看過，應無多少礙眼的地方。文才卻看不見，是否請世兄出題考一考。說不定這也是天賜機緣，這編纂室就只有你我兩個，當面談妥當然更好；如若不成，沒有外人知道，誰也用不著擔心別人說長道短。世兄以為如何？」

蘇洵自是十分高興，的確天賜機緣，昨晚才找任采蓮問清情況，今天就有姚府求親來了。是個好兆頭。

仔細再看眼前的姚蓬，身架高挑，面容和善，雖然略顯文弱，但長得十分英俊，相貌上絕無問題。想想家世，我是秘書省校書郎，他是項城縣令，正是門當戶對。

關鍵是才智學識了，萬一是外秀內拙，就會害苦女兒。怕要出題試試……

蘇洵正在思索命題，突然一想不妥：女兒是個活寶貝，做爹的還得順著她。儘管我考得如何稱心如意，背不住她自己還要再考一次。

於是，蘇洵朗聲笑了起來：

「呵呵！姚大人，恕我直言相告，令郎人品相貌絕無問題，老夫稱心如意得很。

「只是我那女兒任性，加之我只有一個女兒，如今她母親也早死了；小妹她執意要親自考試男方的文才，我也不好多加干涉。

「姚大人既誠心求親，就請改天帶上令郎的詩文手稿交我，我再轉彎抹角叫小女點定點定。她看上了什麼都好辦，他看不上，我都沒有法子。」

姚辟說：「蘇世兄如此直率坦誠，最好不過。不必等改天了，犬子今天就帶來了窗課。」轉身吩咐兒子，「蓬兒，快將你的窗課送呈蘇世伯蘇大人，請世伯轉交令嬡點定。」

姚蓬這次是雙膝跪下了，雙手捧著詩文過頂：「世伯在上，晚生姚蓬窗課，煩請世伯轉請小姐點定。」

蘇洵接過詩文手稿，攙起姚蓬說：

「明天請聽消息！」

回到南園宅邸，蘇洵掏出姚蓬的詩文，自己先看看，心想品評一下心裏有底。

好一個姚蓬！果然才氣超絕，文章篇篇錦繡，詩詞首首珠璣，越看越是高興。蘇洵心想，姚蓬才學上也無障礙了，只不知女兒與他的緣份如何。便起身到女兒房裏去。

蘇小妹不知爲什麼事在慪氣，蘇洵進去時，見她撅得嘴巴老長。便想開點玩笑，先緩和一下氣氛再說。於是，蘇洵拿出文人的格調來，說：

「小妹！你這嘴巴可是有詩爲證啊……」隨即念出兩句詩來：

未出房門三五步，
撅嘴已到畫堂前。

蘇小妹一聽有詩對，樂了起來，看著蘇洵的長鬚，戲耍著說：「爹！你那長鬚更可考古啊，你聽詩吧……」

口角幾回無覓處，
忽聞毛裏有聲傳。

蘇洵又指著女兒微微陷進去的雙眼說：

「小妹！你的眼睛深得好特別，也有詩啊……」

幾回試眼深難到，
留卻汪汪兩道泉。

蘇小妹更不示弱，指著蘇洵的長下巴說：「爹！你那下巴創造奇蹟了，更不能無詩啊……」

當年一點傷心淚，
至今流不到腮邊。

兩父女開心得相對哈哈大笑。

蘇洵先停住笑，遞過姚蓬的詩文說：「小妹！朝裏有個好官的兒子，作了不少詩文功課，要爹爹點定。爹爹奉了聖旨，要加緊編一百卷的禮儀全書《太常因革禮》，忙不過來，你代爹爹點了吧！我明天來取，上朝時交還那位好官朋友。」

蘇洵說完，逕自走了。

蘇小妹對詩文特有興趣，連夜秉燭看文稿，一看文章錦繡，好不喜人。但細察之，並不美妙。

蘇小妹提起朱紅筆，從頭一一批點，幾乎全是贊詞。

但是朱批之後，在封面上寫的評語卻礙事了。評論寫道：「好文字！此必聰明才子之大作。但是通盤觀之，秀氣洩盡，華而不實，恐非久長之器也！有詩為證……」

新奇藻麗既所長，
含蓄雍容必所短。

登科取制或有餘，
斯年長壽恐無享。

蘇小妹毫無遮攔的性格，超群脫俗的才華，可惜生在女流之輩。她批點詩文簡直沒有半點人情世故，自己怎麼想的就怎麼寫。

蘇小妹當晚即命丫環綠萼把所批點的文稿送回父親的住房。

蘇洵一看，嚇了兩大跳：一跳跳姚蓬，這樣的評語怎麼拿得出手？二跳跳小妹，小妹批點人家才華太露恐要短壽，那麼小妹她自己呢？不也是才華太露了麼？難道她在這無意之中，也透露了自己難有大壽的悲慘前景？……

苦思良久無良策，蘇洵迷盹起來，竟伏在桌上瞌睡了……他彷彿進到一個光怪陸離的稀奇世界，五顏六色的花朵，擺滿一個輝煌的宮殿。奇怪了，這些花朵怎麼都叫不出名字來？突然，他發現坐在宮殿御座上的花王，竟是一個面目猙獰的老者。

花王厲聲責問自己說：

「愚蠢的蘇洵！你闖進我的萬花宮殿，是想知道越是鮮豔的花朵越是曇花一現的道理麼？」

蘇洵誠惶誠恐，認真回答說：

「稟花王，微臣正有此意，乞花王教誨。」

花王訕笑起來：「嘿！更蠢！這麼簡單的事情，你也弄不明白。你不想想，世上萬事萬物無一不有固定的『恒常』，或五十，或八十，各不相同。就說曇花吧，它『恒常』最高，足數一百。可是它不知蓄勢緩發，竟然足數全發，豈不是只有曇花一現的命運麼？『一百』的恒常足數被他一瞬間便發放完了，當然很快凋謝。」

蘇洵恍然大悟：「蒙花王教誨，微臣明白了這層道理。」

說完，蘇洵瀏覽擺滿宮殿的各種鮮花。

在那爭奇鬥豔的萬花叢裏，蘇洵發現有兩株最鮮豔奇特的花朵，已在慢慢凋謝。

蘇洵忙拜叩花王說：

「啓稟花王，正在凋謝的兩朵最鮮豔的花叫什麼名字？微臣怎麼不認得啊？」

花王在鼻子裏笑了兩聲：

「哼！哼！說你愚蠢眞愚蠢，你面前桌上的冊子裏寫得明明白白，你一看不就明白了嗎？」

蘇洵連忙從地上爬了起來，走攏面前的案桌，一看有一本《早謝之花》的冊子，他迫不及待掀開第一頁，上面赫然寫著兩個大字：

姚　蓬

蘇洵嚇一驚非同小可，這「姚蓬」果如小妹所說：

「……斯年長壽恐無享。」

蘇洵顧不得多想，這「姚蓬」兩個大字之後的許多小字，他都不及去看，便急忙翻開第二頁，又是赫然三個大字：

蘇小妹

蘇洵一時懵了，這可如何是好？小妹肯定不是長壽之人，越應該跟她早些找好婆家嫁出去……

情急之中，蘇洵想把整本「花冊」全部看看，忙又翻到第三頁……

不知從何處走來一個花姬，一下便把蘇洵手中的名冊奪過去了；第三頁的字他根本沒看清。

只聽花王怒罵著：

「大膽蘇洵！竟敢偷看你不應知道的天機！」

蘇洵嚇得彈跳而起，原是南柯一夢。

蘇洵睜眼看時，小妾黃氏正一手拍打自己的肩膀，一手在抽扯自己伏身壓在桌上的姚蓬文稿。

黃氏瞇瞇笑著說：

「老爺！妾身睡一覺醒來，見老爺竟伏在一卷文稿上睡著了。妾身想看看是什麼文稿叫老爺這樣迷盹。」

蘇洵拿起姚蓬的詩文遞給她說：

「小夫人你看看也好，看看我那寶貝女兒都批了些什麼昏話。」

黃氏看完文稿上「姚蓬」的署名，和批註後「蘇小妹」的落款，明白了，說：

「老爺！敢莫是想把小妹許給這位姚蓬公子，小妹卻不知情，昏批了『斯年長壽恐難享』的詩話！」

「小夫人夠聰明，猜對了。」

「但不知這『姚蓬』係何家公子？」

「就是項城縣令姚辟的公子，姚大人奉詔命和老夫一起編纂《太常因革禮》。」

黃氏一聽大喜：「老爺！這很好，門當戶對。但不知姚蓬公子人品如何？」

蘇洵說：「高挑英俊，少有可比。」

黃氏說：「那老爺不如對小妹說穿此事，興許她就同意了。」

蘇洵問：「讓人家姚家父子看見小妹這昏話批語，還有興趣談這婚事嗎？」

黃氏說：「這還不容易嗎？老爺把小妹批了詩話的封面取下收好，就對姚大人他們說，小姐留下來作個紀念。豈不正好促成這婚事了！」

蘇洵喜不自禁：「好一個掩耳盜鈴的妙計。」

邊說邊把姚蓬文稿的封面小心撕了下來，放進自己的抽屜裏，補充說：「小夫人此計不差。」

黃氏說：「看來老爺這樁心事可以了結了。」

蘇洵正要鎖上抽屜，突然想起不對，忙說：

「小夫人！此計尚有不安，小妹有多聰明，很快就會查出爹要她嫁的這個姚蓬，就是寫文稿的才子。

小妹自認爲姚蓬必定早夭，斷然不會應承這門婚事。那樣一來，豈不弄巧成拙，後果堪虞！」

黃氏不以爲然說：「老爺！爲小妹幾句沒根據的昏話，扯散這到手的好姻緣，未必是妥當的吧？」

蘇洵說：「小夫人有所不知，我剛才伏在這裏作了一個奇怪的夢，預兆不祥。還是先緩一步爲好，不是小妹明面上總是推三阻四拒談她的婚事嗎？我們也正好裝糊塗，等個一年半載再說。明年春天又是大比之期，等姚蓬公子高中進士之後，更好說話了。小夫人你說的那掩耳盜鈴之計還是有用，我把撕下封面的文稿交還他們，就說小姐有意留下作個紀念，勉勵姚蓬不要分心，好好鑽研學問。這豈不是兩全其美？」

……

自然是得益於母親程夫人的德行熏陶，得益於乳娘任媽的善良誘導，蘇軾極為看重倫理親情。他弟弟蘇轍也一樣。

蘇門學士評詩論巧 未來奸相初現端倪

蘇氏兩兄弟手足情深，互為懷念，悲歡進退，兩兩相依。

從陝西鳳翔府返回京都汴梁路途上，蘇軾決定稍為彎一點路，到商州去看看弟弟蘇轍一家。兩兄弟自從三年前在汴梁分手，再沒見過面，相互之間是多麼思念啊！蘇軾回京途中，豈有不彎道去探望之理？他已事先寫信通知了蘇轍。

蘇軾一家人所乘坐的馬車，慢慢駛進一個鎮子。

車內七歲的兒子蘇邁耳朵尖，聽見車廂外趕車老伯說：

「請問這叫什麼地方？」

「四十里鋪。」

蘇邁一把抱住王弗的頸脖子，在她耳邊悄悄說：

「媽媽！到四十里鋪了，離叔叔家只有四十里路了。」

王弗愛憐地抱過兒子，笑了：「呵呵！傻孩子，這是好事，爲什麼要悄悄告訴媽媽？」

蘇邁天眞地說：「莫等爹曉得，等到了嚇他一跳。」

王弗側眼一瞧，原來丈夫在打瞌睡。她連忙親著兒子說：

「邁兒你這是心疼你爹啊！你爹平時太累了，趁這幾天坐馬車是該好好地休息一下。」

王弗話還未了，忽呀外邊有人問話：

「請問趕車大爺！車上坐的是不是我哥哥蘇軾？」

「是啊是啊，敢莫你就是蘇轍蘇二老爺？」

「當然是我！」蘇轍歡聲大叫：「哥，嫂！哥，嫂！」

王弗掀開門簾跳下來，驚叫道：

「啊！小叔！怎麼好勞駕你迎接四十里？」

蘇轍大笑：「哈哈！嫂子！四十里鋪是老名字，這裏離商州城只有十里路了。哥呢？邁兒呢？」

「你哥還在睡大覺呢！」王弗一邊說一邊掀開車門簾叫：「邁兒快擂醒你爹，你子由叔來接我們了。」

小蘇邁握著雙拳，在蘇軾身上擂小鼓：

「爹快醒！爹快醒！叔來了，叔來了！」

王弗把蘇邁抱下車來，指著蘇轍說：

「邁兒記得叔叔嗎？還不快行禮！」

蘇邁一跳老高說：「記得了記得了，叔叔比爹爹瘦些。」忙就跪下行禮：

「叔叔安好！」

蘇轍把蘇邁抱了起來，連連親著他說：

「我的好小侄！可把叔叔想壞了！」

蘇軾睡眼惺忪走下車來。蘇轍抱著蘇邁猛跑兩步，連著蘇邁一起，把蘇軾和蘇邁一起攬在懷裏，聲音哽咽說：

「哥！這三年我何止做一千個夢，回回夢見和你在一起；就像我從小跟你一起讀書，今天總算又見面了。」說著已掉下淚來。

蘇軾也擦著熱淚說：

「子由！哥也一樣想你，春天看花想、夏天納涼想、秋天爬山想、冬天賞雪想。哥奉命去寶雞、周至等四縣減決囚刑，前後七天，回鳳翔專寫了五百言詩給你，這三年我總共寄給你二百多首詩作，你都收到了嗎？」

蘇轍說：「收到了收到了。哥，也不知怎麼的，其實你一時一事都寫詩告訴了我，可我還是想得慌。

好了，見面了就好。今天我還帶了三位朋友來迎接你，他們怎麼都不聽勸，非要迎到這四十里鋪不可！」

蘇軾說：「三位朋友遠道出迎，眞太謝謝了。是哪三位？」

蘇轍說：「等一下讓他們自我介紹吧！他們在前面那個小酒館，等你和嫂子呢。」

一塊「朋來酒店」的酒招子，在春風中舞動。三個年青人站在酒招下，朝著蘇軾一齊拱手異口同聲說：

「晚生恭候蘇尊師三天了！請進屋坐下再說話。」

一行人走進酒館，進了樓上雅座單間，一桌酒席已經擺好。

三個年青人把蘇軾尊在上座東位，把夫人王弗尊坐在西位，這才輪流作著自我介紹。

年紀稍大的瘦高個說：

「學生黃庭堅，字魯直，江西洪昌（今南昌）人氏。願拜蘇進士蘇大人爲尊師。」

話剛說完，黃庭堅果然跪拜下去。

蘇軾慌忙將他扶起說：

「如此大禮，實不敢當。」

第二個是年青些的英俊小夥子，高而壯實，儒雅風流，他自我介紹說：

「學生姓秦名觀，字少游，江蘇高郵人氏。願拜蘇進士蘇大人爲尊師。」

邊說邊也跪拜下去。

蘇軾又扶起秦觀說：

「受此大禮，於心有愧！」

第三個是矮瘦個子，似比前二個更年青，他自我介紹：

「學生晁補之，字無咎，山東巨野人氏。願拜蘇進士蘇大人爲尊師。」也跪拜了下去。

蘇軾挽起他說：

「向來長江後浪推前浪，蘇某只怕枉有師名。」

於是大家入席，享用豐盛的美餐。

蘇轍邊吃飯邊介紹說：

「哥！他們三個都是通過了州、府考試的舉子，正在京都等待明年春天大比的廷考。也和我們當年跟爹到京都求取功名一樣，四處以文會友。

「這次，他三人先到了我們在京都南園的家，向爹稟報要來鳳翔找你。爹看到明年科考還有好長時間，他們願意各處走一走也好，就告訴他們從我這裏經過，再到鳳翔。

「可巧他三位到我這裏時，我接到你的信，要從我這裏返回京都，他三位才沒有再往前走了。最近這三天，他們算計你快到了，每天都在這裏迎候。」

蘇軾感慨萬端，停止了吃喝，由衷地說：

「後生可敬，誠如斯也！蘇某敢不爲三位效命麼？只怕蘇某才疏學淺，盛名之下，其實難副，有違了各位的初衷。」

王弗這時笑著打趣丈夫，笑笑說：

「可不是嘛，他叔你不知道，你哥還差兩年才三十歲，可已經有點老懵了。他叔你不是後天生日麼？你猜你哥跟你帶什麼禮物來了。鳳翔兩大特產：十醰西鳳酒，五十斤胡桃（今通稱核桃）。

「我就說你哥了：『西鳳酒你哪裡是送給子由啊！明明是你自己嘴饞想喝。』

「你哥不得不承認，可是他抬槓槓說：『我想喝我帶了總比不帶好吧？』

「最可笑還是那五十斤胡桃，我剛才在這四十里鋪街上一走，看見滿處都是胡桃，比我們鳳翔的品種還好。

「你說，你哥這不是老懵了嗎？」

眾人友好地大笑起來。

蘇軾剛才在街上只顧和弟弟說話，根本沒有往街上瞧，這時他傻瞪著眼睛問妻子⋯⋯

「夫人是編話哄我了吧？」

蘇轍接口說：「哥！這你就冤枉嫂子了。你怎不記得胡桃的來歷？那是一千多年前，西漢張騫出使西域，從胡羌國帶回的種子，不然怎麼叫胡桃呢？

「當時漢朝京城是在長安（今陝西西安），我這商州比你鳳翔離長安要近多了，胡桃種子從長安京城往外傳，這裏近當然發展更好了。」

蘇軾這才恍然大悟，連連拍打著自己的太陽穴說：

「老懵了，老懵了！怎麼把這個都忘記？好，我自己罰自己作一首詩以謝罪。」

胡桃

蘇某原癡漢，
竟敢忘張騫。
願捨青皮骨，
唯留鐵骨堅。

黃庭堅、秦觀、晁補之三個蘇門學士幾乎同時脫口而出：

「好詩！」

接著，便你一句我一句爭著往下說：

「尊師眞是快才，高才……意趣深遠，出口成章……既責罰了自己，又介紹了胡桃的來源……還點明了胡桃的特性：正是要漚爛了青皮肉，才有裏邊的核桃……最主要的是最後畫龍點睛那一句詩眼：唯留鐵骨堅！」

蘇軾誠懇地說：「一首認罪小詩，諸位太拔高了。」

來到商州蘇轍家裏，人員立刻分成了兩撥：一撥是蘇軾妻子王弗，帶著小兒子蘇邁，和蘇轍夫人史翠雲，嬉嬉哈哈進了內房，兩妯娌有談不完的親熱話。

另一撥是蘇軾、蘇轍、黃庭堅、秦觀、晁補之五個文人，走進蘇轍的書房去了。他們要探討和切磋文詞。

三人各自有很大的抱負，又都崇拜蘇軾的文才，自願成爲「蘇門學士」。這時，他們都挑選了自己最爲得意的作品，送呈蘇軾請求指教。

蘇軾很認眞地讀著這些作品。邊讀邊有一些新想法迸出來，也用朱筆在文稿中作一些批點和圈定。蘇軾認爲，黃庭堅、秦觀、晁補之三個人都有極高的天分，詩文都達一流水平。如無大的失誤，明年科考得中進士絕無問題。但三人也確實不夠成熟老辣。

蘇軾心想：他三人對自己這樣尊敬，這樣誠懇，自己不好好幫助他們，也就太辜負他們一片心意了。經過仔細考慮，蘇軾叫弟弟在客廳裏擺好五套桌椅和文房四寶。五個人到了客廳，便各據一席。蘇軾要進行一次集體創作和評卷批點的活動，眞是別出心裁，別開生面。

大家分頭入座之後，蘇軾說：

「分頭作詩，集體評點。這既不是誰講課誰聽課，更不是誰考誰。而是我們五人共同切磋。

「我年紀最大，經驗和教訓都多些，我當更多盡點力氣。

「每個人的詩文創作都各有優點和缺點，各有長處和短處。我們今天就是要互相取長補短，共同提高。

「爲了要在提高詩文水平方面互有借鑒、互相切磋，必定要有一個共同題目的作品。這樣才可分析比較，互相促進。

「這個題目不由我一個人出，由大家討論來出。因爲我也要在這個標題之下作詩，我不能自己命題先占便宜。必須等大家議妥了題目之後，一起同時開始作詩。

「體裁：一首七言絕句。

「題目：大家議。

「昨天，承大家美意，都吃了我弟弟的生日酒。子由他生在這仲春月末，一個春季是三個月，分別爲孟春、仲春、季春。仲春一過，三春過一多半了。大家想一個有『仲春』特色的詩題吧！」

蘇軾話剛說完，大家七嘴八舌，一下出來了好多題目：「春歸」，「春深」，「春嘆」，「送春」，「留春」，「惜春」……

大家反覆品味，以《惜春》爲最好。隨便你是「憐惜」、「可惜」、「嘆惜」，還是「珍惜」，都可以作出很多好詩來。

於是各自鋪紙揮筆，展示自己的文才和智識。每個人都是認眞思索，仔細琢磨，考究遣詞用字。不到半個時辰，五人都已在宣紙上寫好自己的《惜春》詩。

四人寫好詩作時間不是相差很遠，可見同在第一流的行列裏，彼此不會懸殊。

蘇軾說：「請三位學士按年齡大小依次亮出詩作。」

黃庭堅首先亮出：

「追花逐月何可羨，枯榮草木總關情。何妨閒適由他去，獨留春意寓吾心。」

蘇軾開始講評了：

「魯直這首詩非常好，可見他超逸絕塵。他把花草樹木全都點化為春意。」

停頓一陣子，讓大家都已默記，蘇軾這才接著往下講：

「從更嚴格的意義上講，魯直這首詩似乎改動兩個字還會更好些。大家看著，把第四句的『春意』兩個字改為『吾春』兩個字，使全詩變成下面的樣子……

惜春

黃庭堅

追花逐月何可羨，
枯榮草木總關情。
何妨閒適由他去，
獨留吾春在吾心。

「改成這個樣子，我個人以為要好一些。感情更濃重一些，回味更深長一些。關鍵是原詩那個『春意』

兩字太平泛了一點。「一改成『吾春』便把這『春』當成自己獨有的了。感情濃重就由此而來。

「同時，『吾春』與『吾心』這兩個詞，在音韻上是重疊，是加重，『吾』和『吾』加重，『春』和『心』加重，算是雙重的加重，二詞連接起來，韻味就更多一些了。

「這裏，涉及到詩詞押韻的本質問題，我想多繞舌幾句。

「詩必押韻，押韻的核心本質是什麼？那就是：讓一個音韻，透過某種節奏變化，某種時空間歇，某種感情渲洩，再回到原來的地方。簡單說：音韻適時歸位，就是押韻。

「押韻，可以使人發生音韻共鳴，進而變成感情共鳴，使人在共鳴中得到詩化美的享受。

「否則，那不是詩詞而是散文。

「完全可以這樣說：一個連充分利用音韻美去感染人的道理都不懂的人，根本就不成其爲一個詩人。

「因爲，我們華夏漢語，有音韻美這個優點，你無視這個優點，甚至否定這個優點，除了使別人對你的詩嗤之以鼻之外，還能得到什麼呢？」

講到這裏，蘇軾又停了一會，謹愼地詢問黃庭堅：「魯直，我這樣說是不是太武斷了？你的詩其實已達一流水平。」

黃庭堅像小學生一樣站了起來，恭恭敬敬的回答：

「尊師講得太對了！兩字之改，使拙詩頓然生色。」

蘇軾要秦觀亮出他的詩：

「蝶舞花飛呈倦態，新晴細步履平沙。柳下桃溪馱春去，暗隨流水去天涯。」

蘇軾講評說：「少游這首詩也是一流作品，他的特點是婉約而細膩。他珍惜春天的強烈感情，不是透過大喊大叫去渲洩，而是透過暗隨流水去追尋的方式來表達，這就叫做『婉約』。

「再看少游的表現手法，不是把春天的萬紫千紅都寫到，而是只抓住一些細小的景物，作深入的開掘：踏在細軟的河沙上，跟著馱走桃花的溪水去追逐春天，這就叫做『細膩』，『細緻而油膩潤滑』。」

作了這些肯定之後，蘇軾也讓大家有個回味記憶的時間，然後繼續說：「少游這首詩，要是改動兩個字，似乎也會更好一些。

「第一個字改第一句尾上的字，將『態』字改成『乏』字；第二個字改第四句倒數第三字。將『去』字改爲『到』字，使全詩變成下面的樣子……

惜春

秦觀

蝶舞花飛呈倦乏，
新晴細步履平沙。
柳下桃溪馱春去，
暗隨流水到天涯。

「大家看，『呈倦態』與『呈倦乏』完全是一個意思，但原詩的『態』字與下一句的『沙』字不在一個韻格裏，而改後的『乏』字與下一句的『沙』字是在同一個韻格裏，『乏』字在上句是『仄』聲，『沙』字在下句是『平』聲，念起來十分和諧。

「這裏還就詩的押韻規矩再多講幾句。本來，詩的押韻可以『一三五不論』，『二四六分明』，即第一句、第三句、第五句這些單數句，可以不考慮押韻，而在二、四、六等雙數句上押韻就行。

「這叫做『樓外樓』的押韻方法，是通常的押韻規則。

「而如果一、三、五等單句也能押韻，押的是與二、四、六等雙句相同韻格的壓聲韻，它和二、四、六等雙句押的平聲韻配合起來，就格外好聽。

「這叫做『樓上樓』的押韻方法，是更高雅的押韻規則。

「凡是有條件押成『樓上樓』韻的，當然不應該放棄這個機會。

「我把少游詩中的『態』字改為『乏』字，就是為了達到這個目的，韻諧『樓上樓』，念誦更上口。

「再看第四句，把『去』字改成『到』字，勁道是不是更足一些？這是因為『去』字是被動型，你去那裏，我追去那裏，就是這個意思；而『到』字是主動型，不管你跑多遠，我非追到你不可？這樣，詩的氣魄就更大些了。」

又停頓了一小會，蘇軾也認真地問秦觀：

「少游，我這樣講評你的詩，改你的詩，不是強詞奪理吧？」

秦觀也陡地站了起來，歡快回答：

「尊師所改，一字千鈞！學生牢記了。」

蘇軾又讓年齡最小的晁補之亮出詩來：

「問春何故去匆匆，龐葩細朵盡褪紅。莫不天公藏何處，此生拼卻苦追尋。」

蘇軾講評說：「無咎這首詩也是好詩，但比起上兩首要差一點。好在哪裡呢。好在有一個完整的構思，表達了珍惜春天的主題。

「缺點就是太空泛，缺少具體可感的畫面，顯得太籠統而不夠細膩。

「你是籠統得很，此生都要去追尋春天，好像決心很大。可是和少游那句『暗隨流水到天涯』一比，他的就細膩可感，你的就太籠統抽象。

「這首詩至少要改動三個字，才會稍好一些。第一個字，把第一句第四個『故』字改為『此』字；第二第三兩個字，把第二句末尾『褪紅』兩字，改為『凋零』兩個字，使之成為下面的樣子……

惜春

晁補之

問春何此去匆匆，
龐葩細朵盡凋零。
莫不天公藏何處，

此生拼卻苦追尋。

「爲什麼將『故』字改爲『此』字呢？因爲『故』字和『去』字兩個字都是尖仄聲，兩字挨在一起念誦不諧和，『何故去匆匆』，有點拗口。而『此』字則是『團仄聲』，和下一個尖仄聲『去』字挨在一起，『何此去匆匆』，念誦起來便順口了。

「再看爲什麼將『褪紅』兩字改爲『凋零』兩個字，因爲原詩『褪紅』的『紅』字，與末尾第四句那個『追尋』的『尋』字、並不是一個韻格；改成『凋零』的『零』字，就和末尾的『尋』字是同一個韻格了。

「儘管這樣改了，稍好一些，但並沒有改變全詩空泛籠統的毛病。

「無咎，我這樣批評你的詩，你不會怪我太苛刻了吧？」

晁補之沒有站起來，而是誠懇地跪下去了；堅決地說：

「尊師如此教誨，無咎終生沒齒不忘。嚴師出高徒，學生會盡心竭力，不辜負尊師寄予的厚望。」

蘇軾沒料到這小伙子會如此認眞，趕緊跑過去扶起他說：

「無咎！你還只有我一多半的年紀，你的詩就寫得這麼好了。我相信，等你到我這個年紀，早已超過我了。」

晁補之再次謝過，坐了下來。

蘇軾對弟弟說：「子由！該我們兩個了。你先亮詩吧。」

蘇轍說：「各位學士！按我哥剛才講的那些來對比，我的詩簡直不成其爲詩。一時也寫不出新的來，只好獻醜了。」

惜春

蘇轍

鳴鳩乳燕寂無聲，
日射西窗潑眼明。
午醉醒來春不見，
遮頭捂眼夢裏尋。

黃庭堅、秦觀、晁補之幾乎同時脫口而出，你爭我搶往下講：

「好詩，好詩……多有意境，好一個『春不見』、『夢裏尋』！多麼強烈的感情表達……」

蘇軾笑笑說：「子由的詩也只平平，諸位過獎了。

「末尾由我獻醜，我也是眼高手低，把你們的詩批來批去，其實我的詩也還有很多需要琢磨修改的地方。先亮出來再說吧！」

惜春

蘇軾

草木不隨春意去，
浮華脫卻換綠蔭。
從今只識八千歲，
普天凝聚乃靈椿。

三個學士同聲稱讚：

「多大的氣魄！多高的概括！……看著春是去了，其實是春化作了漫山遍野的綠蔭……把《列子．湯問篇》裏的神話典故用活了……《湯問篇》說：古有大椿者，以八千歲爲春，八千歲爲秋……尊師概括在一起：普天之下，凝聚成一個八千歲的大春天！只怕學生們這輩子也寫不出這麼高格調的《惜春》詩來了……」

蘇軾正待說幾句謙虛的話以作收尾。

忽有家人在門外高聲唱喏道：

商洛縣令章惇章大人駕到——

蘇軾和章惇是老文友了，又是早幾年的同榜進士，連忙奔上前去迎接，喊著章惇的字說：

「子厚！久違了！不知駕到，未及遠迎，當面謝罪！子厚從商洛賜步舍弟寒舍，眞是蓬蓽生輝，哈哈！」

章惇也大笑說：

「子瞻奉詔返京，正所謂平步青雲，鵬程萬里！下官昨天得知子瞻暫時歇駕令弟府上，百十里路豈能阻隔多年情誼？今日專程拜訪，以志祝賀榮升！他日京都晤面，還有賴子瞻諸多提攜！」

蘇轍介紹在座的黃庭堅、秦觀、晁補之三位學士，都是準備明春參加大考的舉子，剛才五人一起共作同題《惜春》詩。

章惇極爲高興地說：

「好！朝廷又將獲得大批賢才，誠乃社稷有幸，聖上隆恩！諸位大雅之作可否讓下官拜讀？」

蘇軾對弟弟說：「子由！將詩稿通通收好交子厚教正，連我們兩個的也不例外。」

蘇轍忙將五首詩收齊，遞給章惇時補充一句：

「我等『拋磚』，以期『引玉』，子厚兄當有同題大作壓軸！」

章惇迅速看完五首詩後大笑：

「哈哈！果然俊傑賢才，篇篇爭奇鬥豔，各有千秋。不過依下官看，諸位如此『夢春』、『嘆春』、『惜春』、『追春』，實在太辛苦。容下官也湊上幾句，表達一下本人之心聲。」

說完也題詩一首。

惜春

章惇

春有何可惜，
明年豈不來。
莫如逐令走，
盛夏正荷開。

蘇軾心裏冷丁一個震悚：怎麼這位老朋友隨波逐流？

第二天幾個人結伴遊玩，在一座懸岩的獨木橋上，蘇軾怎麼也不敢過。章惇卻自自然然走了一個來回。蘇軾說：「子厚膽子好大，只怕以後殺人也不會手軟。」

章惇笑而不答……

意外團圓小妹賣弄 駙馬贈畫告誡張揚

黃庭堅、秦觀、晁補之三人，趕回京都去了。他們要去精研詩文，複習史集，以便迎接一年之後的朝廷大考。

蘇軾、王弗夫婦帶著小兒子蘇邁，在弟弟蘇轍家住了下來。暢敘別後離情，享受手足天倫之樂。

蘇轍夫人史翠雲，在生活上給他們安排得舒適愜意，兩家人本是一家人，融洽無間。

蘇轍說：「哥嫂們不在這裏住滿十天，絕不讓你們走！」

蘇軾當然也樂意。官員調任期間，朝廷從不追究是早一天到任或是晚一天到任。

就在蘇軾住到第七天的時候，京都一道聖詔傳來：著調蘇轍回京，授翰林院秘書郎職務。

兄弟兩家人禁不住狂歡慶祝。

一反昨天還拖延返京的故態，蘇軾催促弟弟：

「子由快收拾行裝，過兩天我們一同返京！」

蘇轍比他更急：「哥！有什麼要收拾？幾箱書籍文稿，幾籠被褥用項，一個時辰就弄好，明天就可動身！」

蘇軾說：「那就求之不得！」

於是比原先預計的時間加快，在蘇軾踏進蘇轍家的第八天，兩兄弟兩家人合在一起，分乘三輛馬車，向京都急急進發。

汴梁城裏，宜秋門外，南園蘇宅，今天是五年多來最歡快的一天了。

那次蘇洵邀請四十桌佳賓，慶祝二個兒子高中進士，以及自己也榮任秘書省校書郎，好一個盛大的闔家歡慶場面。

自那以後，接連是程夫人病故，父子們奔喪眉山；三年返京後，又逢蘇軾、蘇轍先後離京外任……五年多何曾闔家團聚過呢？

如今這皇恩所賜之歡聚機遇到了，豈能不熱熱鬧鬧歡慶一番。

蘇小妹雖然已經十七歲，但沒出嫁就還是個嬌小姐。在父親、任媽、兩個哥哥的眼裏，則永遠是個孩子。她高興得心花怒放，熱血沸騰，嚼糖飲蜜了。

蘇小妹自告奮勇，充當迎接兩位兄長返家團聚的總指揮。

爲了把整個南園蘇宅裏裏外外抹拭打掃，弄一個乾乾淨淨，她要管家楊威老伯，請了好幾個臨時幫工。

從前爹爹的書童小廝李敬，已經升做全家僕役領班。李敬帶著請來的幫工，到各處地下打掃，牆上撣塵，門框抹拭。

蘇小妹帶同隨身丫環綠萼，到前前後後監督檢查。

昔日的乖巧小女，如今已是大家閨秀。行止舉動，身邊必須有個丫環；這是身分的標誌，也是禮儀的擺設，更是閨秀本人的人品和德行證明。

大門前那副對聯：「爲文飾地，把酒謝天！」早已換成了漆繪堆雕。

蘇小妹對李敬說：「李敬哥！這副門框楹聯，你要親自擦拭，至少擦三次，要擦得閃亮放光。你記住了？」

李敬剛進蘇家做書童時，也是個孩子。與小妹常以哥妹相稱。

現在兩人都大了，小妹稱自己爲「李敬哥」是她的禮貌客氣，是蘇家從不把傭人當下人的結果；自己是下人一個，再沒有資格稱她爲「小妹」了。於是歡快回答說：

「小姐，你放心好了，保你找不到半點灰塵。」

現在，蘇小妹把全家各處檢查了兩三遍，內外乾淨，匾額溜光，聯對亮彩，眞是挑不出半點毛病來。

可是兩個哥哥，遲遲沒見人影。不是早有快馬報信，今天午時以前準能到家麼？如今辰時過去一陣子了，已時馬上就到，哥他們怎麼還不到家？蘇小妹眞是太想念兩位哥哥了；自己的一點才智學識，還不都是從兩個哥哥那裏學來的？蘇小妹好不心焦。她想起自己在兩個哥哥眼裏，一定還是個孩子……對，是孩子；是孩子我就有孩子的鬼主意，今天要逗哥哥一回……

蘇小妹在溜溜眼珠想主意，一眼瞟見自家斜對面有一間燈籠鋪，便對丫環說：

「綠萼！快到斜對面那家王記燈籠鋪，買兩個大紅燈籠來。」

綠萼很驚詫：

「小姐！大相公、二相公馬上就回家了，你還有心玩燈籠？」

蘇小妹說：「什麼玩花燈？我要出兩個燈謎，考考我兩個哥哥。」

綠萼爽聲一笑說：

「呵！瞧我家小姐多少鬼心眼，趕明天說上了姑爺，還不知把新姑爺怎麼折騰呢！」

蘇小妹瞪她一眼說：

「綠萼你再嚼舌頭，我明天就叫爹找一個瞎子跛子，把你嫁出去！」

綠萼俏皮地一吐舌頭說：

「瞧我這舌頭沒嚼爛呢！」飛跑著出去買燈籠了。

等綠萼把兩個燈籠提出來，蘇小妹早寫好了兩個條幅。

一條是「抵擋中炮」。

一條是「唯放風箏」。

綠萼看不懂，忙說：

「小姐，你這是什麼對字？牛頭不對馬嘴！」

蘇小妹說：「傻綠萼！這哪是對聯？我不早說了出兩條謎語麼？快幫我紮在燈籠下邊。」

綠萼邊紮邊笑：「小姐要把燈籠掛在哪裡？」

「大門口。」

「小姐要在大門口考兩個相公？」

「他們要是猜不出來，大門都不讓他們進。」

「唉呀！小姐不怕老爺怪你瞎胡鬧？兩個相公在外邊兩年多，回來你還不讓進？」

「我爹是明白人，這兩條謎語意思好，爹不得責怪。」

綠萼急了，跺一腳說：

「那小姐快把謎底告訴我，萬一兩個相公一時猜不出，我就悄悄告訴他們，省得他們進不得屋，幾多不好看！」

蘇小妹笑了：「嘿！我這兩個哥哥呀，要是連這樣明白的謎語都猜不出來，還當什麼『進士』？還圖什麼『高升』？」

綠萼也笑答：「嘿！小姐你這話就不對了，兩位相公不已經是進士了麼？如今從地方升到朝廷作京官，不已經是高升了嗎？」

蘇小妹急了，連連跺腳：

「你不懂你不懂，快拿去叫李敬掛起來。」

說巧不巧，李敬剛把燈籠掛在大門上，收拾好樓梯，蘇軾一行人已朝家門快步走來了。

蘇軾、蘇轍領著兩家人早都下了馬車，快步向家裏走著，誰不想早一刻見到闊別兩三年的親人？

站在門下的蘇小妹，遠遠一見哥嫂，比兔子還快，一溜煙跑了過去，哥哥嫂嫂叫個不停；一下子來了眼淚，再忍不住了，猛地撲在大嫂王弗的懷裏，哽咽著說：

「大嫂！小妹夜夜夢裏見你們，醒來不見只有哭。」

王弗說：「好妹子！哥嫂也是白天黑夜地叨念你啊！」

蘇軾說：「小妹長這麼高了，不許再哭。先去見爹吧！爹好嗎？爹編書很痛快吧？」

蘇小妹說：「爹好！這幾天他哪還有心思編書啊，早告假三天，在家裏等你們呢！」

一行人說著走著，到了大門口。

蘇軾萬分感慨，站下身來念了一遍門聯：

「爲文飾地，把酒謝天！眞是皇恩浩蕩，我一家又團聚了。」

說完，蘇軾抬腿就要往裏進。

蘇小妹不讓了，一把攔住眾人說：

「哥！這燈籠下是小妹製的兩條謎語，專門歡迎兩位哥哥，兩個哥一人猜一條，猜不出這大門怕是不好進！」

蘇軾笑道：「呵！就我家小妹主意多！」一看東邊那燈籠上的謎面：「抵擋中炮」！馬上大笑起來：

「哈哈！小妹同我下象棋了？你中炮將軍，我『進士』嘛，哈哈！」

蘇轍一看西邊燈籠下的謎面：

「唯放風箏」。也爽聲大笑：「哈哈！小妹眞好心思，」轉身對蘇軾說，「哥！小妹放風箏祝我們『高升』啦！哈哈！」

於是滿處是哈哈喧天。

只有綠萼在拍自己的腦袋，自言自語說：

「我怎麼這樣蠢？兩條謎底：『進士，高升！』明明小姐剛才都告訴我了，我還猜不出來。」

一行人早進了大門。

蘇軾、蘇轍急步奔到蘇洵跟前，雙雙跪下說：

「不孝孩兒給爹爹請安！」伏在地上哽咽。

大媳婦王弗、小媳婦史翠雲，和蘇軾的長子蘇邁，依次向蘇洵跪拜問安。

任媽和黃姨沒有和男人一起分享歡樂的權利，只能遠遠地望著大門口；那裏的親熱場面好動人。

任媽和黃姨只能遠遠地哭泣。

大門口蘇軾、蘇轍站了起來，飛快跑到任媽和黃姨面前，撲通跪了下去。

蘇軾說：「謝謝任媽奶養之恩！謝謝黃姨關愛父親之恩！」

任媽挽起了蘇軾。

黃姨扶起了蘇轍。

任媽說：「大郎二郎這樣有出息，任媽我這輩子活得不冤了。」

黃姨說：「程老夫人兒子們這樣知書達禮，我做繼室是八輩子修來的福。」

全屋上下，無分主僕，全都其樂融融。

積善之家，滿門吉慶。

正要擺席舉行家宴之時，突聽大門前高聲唱喏：

駙馬都尉王大人駕到——

當朝駙馬王詵，字晉卿，汴梁人氏。他是宋朝開國功臣、安國軍節度使王全斌的後代，娶當朝皇帝英宗趙曙的女兒蜀國公主爲妻，官封駙馬都尉。

皇帝出乘，爲三十六乘，每乘爲一匹馬，每四乘即四匹馬爲一輛車，三十六乘即爲九輛馬車，是爲正車。

另有一輛「副車」，也是四乘馬車。

這其中「副車」有個官員專門管理，官名就叫「駙馬都尉」，品位極高，是緊隨皇帝左右的心腹。以後更規定，只有皇帝的女婿才可以當「駙馬都尉」，簡稱「駙馬」。一直沿用下來。

這位當朝駙馬王詵，年青英俊，倜儻瀟灑，有「美男子」之雅稱。

王詵能書能文，善畫善琴，比蘇軾大八歲。他仰慕蘇軾的文才，於蘇軾高中進士之時兩人結爲密友；是蘇府的常客。全家人包括僕人都很喜歡他。

王詵夫人蜀國公主，取這名字也有來由，是因她出生之時，皇朝正平息了四川的一次大的邊關叛亂；四川古稱蜀國，新生嬰兒便取了個「蜀國公主」這吉利名字。

蘇軾、蘇轍兄弟同榜進士及第，朝野一片讚頌之聲。蜀國公主聞知二蘇是四川眉山人氏，便說自己的名字與二蘇的故鄉有緣，對二蘇也格外高看。二蘇在京時也被蜀國公主召進駙馬府敘談多次，關係非同平常。兩家過從十分密切。

有人說王詵太傻，說他放著好好一個駙馬爺不當，有清福不會想，偏要去畫畫，作詩文，討辛苦；還與文人學士廣爲結交，弄不好便惹來風險了。可是王詵自得其樂。

這樣一位皇親國戚來了，蘇洵、蘇軾、蘇轍三父子自然得趕緊出迎。

蘇洵領著兩個兒子迎到大門口，正要按朝制行跪拜大禮。

王詵一把拉住說：

「免了免了！我是聽說兩位蘇進士返京，特來叨擾一杯酒喝！」

蘇洵說：「家門小事，未敢驚動駙馬爺，不想駙馬爺倒想著下官了。正好便宴已經擺下，只是事先未知，太簡慢駙馬爺了。還是請入席吧！」

王詵說：「且慢！蘇大人剛才說，二位進士令郎返京爲官，只是『家門小事』，卻是言之差矣。豈不知朝中事無大小，皆繫國家安危，舉手投足，一言半語，很可能就招災獲罪，豈可當『家門小事』來看待麼？」

蘇洵說：「謝駙馬爺教誨！我等自當謹言愼行，以期報皇恩於萬一。」

王詵說：「今天我也是無功不受祿，在領受蘇老先生盛宴之前，先送兩件禮物給尊府上。」

隨即，一個隨從將兩卷畫軸呈上給王詵。

王詵不接，朗聲說：「當庭張掛！」

蘇洵馬上謝過王詵，叫老管家楊威接過兩幅畫，張掛在正堂上方東西兩端。原是駙馬王詵親繪的兩幅工筆重彩。

第一幅是個立軸，題名：

《把酒謝天》。

畫的是「南園蘇宅」的前門，及其門內門外的高槐古柳。工筆彩繪，一絲不苟，連門楣上「南園蘇宅」字跡，以及門旁的對聯「爲文飾地，把酒謝天」，都照原字體臨摹仿寫，逼眞逼現，栩栩如生。

此畫叫人一眼便可看出底蘊：這宅第的主人是如此的感戴皇恩，以錦繡文章，裝飾大地，作爲報答；豪情捧酒，以謝皇天。眞個是誠心一片，正氣凜然。

第二幅畫是個橫軸，題爲：

《九萬三千》。

畫的是後花園池塘、水榭、涼亭，以及周圍景色：綠葉紅荷，荷下滿處是紅鯉；九曲橋連著池岸；岸邊是桃梅李果，藏諸綠蔭，一派盎然生氣。

涼亭上的對聯：「九萬青天亭作傘，三千碧海水聚池。」也都如實繪出。

這幅畫給人的深刻印象是：這一家的主人沒有擴張的野心，只有收斂的意氣；即使招有九萬青天，也只讓他作個亭榭，即使擁有三千碧海，也只聚這一泓池塘。

蘇洵、蘇軾、蘇轍父子三人，豈能看不出這兩幅畫的深意？這是駙馬爺送來的兩幅「護身圖」！表達主人對皇朝的忠心不二。

但是，當時廳內嘖嘖稱讚畫作精美的人，大都看不出「畫幅護身」的底蘊，三蘇父子也不好明說出來；以免被人添油加醋，惹出事端。

蘇洵十分深情地說：

「駙馬爺！下官將更加嚴厲家教，謹言慎行，以答謝駙馬爺作畫的高超技巧，和贈畫的良苦用心。現在，請去入席吧！」

王詵說：「不！還有一事。剛才我跨進大門，看見一對燈謎，謎底分明是『進士』『高升』；雖是謎趣，似太張揚，恐遭詬病。」

蘇洵微微發怒說：

「哼！小女作小兒嬉戲，不知深淺！小妹，小妹，小妹！」四處張望。

只見蘇小妹已領著李敬，將那對燈籠取了回來。在這屋裏，除了爹爹和兩位哥哥，當然只有她看得懂駙馬爺贈畫的底蘊。所以，她馬上叫李敬把燈籠取了。

蘇小妹走近發怒的蘇洵面前說：

「爹且息怒！女兒知罪了！」

站在一旁的王詵瞇笑著說：

「啊！小妹長大了，好一副花容月貌啊！」說著，轉臉對著蘇洵，「蘇大人！女大莫留家，留家扯厤紗！這民間土俗話，恐怕不是全無道理。大人找個婆家，把她嫁出去吧……」

男人自有男人的世界。

蘇洵每天仍去秘書省編纂《太常因革禮》。對於女兒的親事，仍不十分上心。他對和他一起編書的姚辟的公子姚蓬，仍抱有很大希望，反正不到一年了，朝廷科考之後，姚辟一準進士及第，若不壽夭，小妹肯定會應允了。於是將小妹婚事暫且放置在一邊。

蘇軾每日去登聞鼓院，清理登記，分類轉呈，各地文武百官和士兵章奏等等。總希望給蒙冤受屈之人以實際幫助。他只要事情一到手，總是負責到底，所以很忙。

蘇轍每天去翰林院，一頭栽進經、史、子、集的保管與整理。好比如魚得水，盡夠暢遊，哪有時間再顧其他的事。

男人們一時忽略了小妹的婚事，女人可就片刻也沒忘記。

首先是任媽，這位不是母親的母親，成天就只暗暗為小妹的婚事在操心。她有自己的一套想法，覺得只有去找蘇軾夫人王弗去談。

這天，任媽像閒逛似地逛到了蘇軾夫婦住的房子，找到王弗說：「大郎嫂子！我有件事想找你幫點忙。」

王弗也是聰明賢淑，又有些許文才的女人。她笑瞇瞇地反問任媽說：

「這怎麼能算是你求我幫忙呢？我一猜你就是爲小妹的婚事來找我，對嗎？」

任媽既吃驚，更歡喜：

「哈！，大郎嫂子可眞聰明，你怎麼一下子就猜中了我的心事？」

王弗說：「任媽！我們都是女人嘛，女人本來就心細些。你老人家兩個女兒，都嫁了好夫婿，如今在眉山家鄉早就兒女成行，家道殷實。你老又沒有其他家人，還會有什私事，需要找我來幫忙？肯定是爲我們家自己的事了。

「你老人家二、三十年來把我家當成了你家。如今我家也算福星高照，不缺什麼。

「唯一令大人們操心的，就是小妹的親事了。小妹是你一手帶大的，你把她當親女兒一般；我還能猜不出你是爲小妹的親事作難嗎？」

任媽慢慢接上話說：

「大郎嫂子說的，眞是在情在理。小妹轉眼就是十八歲，再不嫁出去，知道的人怪她心眼太高；不知道的人，還說我們家裏對她太不關愛。」

任采蓮說話習慣成自然，早已把蘇家說成「我們家」了。

王弗顯得更親熱地說：

「任媽你可說到我妯娌兩人心裏去了。我跟他叔夫人史妹，已經商量過好幾回了，覺得再不幫她找個好夫君，也就眞是對她太不關愛了。」

任媽一聽這話好高興，說話都快了很多：「我尋思好久了，小妹她才學好高，不找一個配得上她的她不得要。大郎二郎身邊盡都是高才學人，一定要他們幫助找。」

王弗說：「任媽，你同我和史妹對了心思。我跟史妹也是想，要在子瞻、子由兩兄弟身邊才子中爲小妹找一文才高的如意郎君。我三人想到一起了。」

任媽問：「你們找到這號才子了嗎？」

王弗說：「有是有一個。只怕要等到明年春天，廷考殿試他中了進士，才好談。」

任媽急了：「不能等不能等，那進士才有幾個人，想找進士的王公大人的小姐又有多少；臨時打主意，小妹興許就輪不著了。

「這事要早動手，先跟那才子掛上邊，等他中了進士再辦喜事。臨時抱佛腳，小妹也不樂意。」

王弗連連說：「對對對！到底任媽帶小妹日子長，比我跟史妹更瞭解小妹。我們馬上就動手吧！先找史妹商量商量。」

王弗和任媽帶了小蘇邁到了蘇轍住的房間。

王弗和史翠雲悄悄商量了好一陣子，最後兩人幾乎同時說：

「好！就是他了！就這樣辦！」

任媽忙問：「大郎二郎嫂子你們說的是誰啊？到底怎麼辦啊？」

王弗說：「任媽！這事暫時還不能全告訴你。因爲我們小妹和那個才子都是才學衝破頂的人，眼睛長到了腦頂上，都不相信別人說長道短，非要自己親自選定不可。

「我們呢，只能在暗地裏爲他們搭鵲橋，牽紅線，讓他們互相之間偶然『碰到』了，彼此考問也稱心如意，還不知道背後有人在牽線搭橋。這樣子事情才有把握。

「任媽！你看小妹是不是這個脾氣？」

任媽好高興，忙不迭地說：

「正是正是。老爺都說，小妹不相信任誰的介紹，她非要親自挑選不可；說不定哪，小妹她還要搞個考試招親呢！」

王弗說：「這就對了。我們三個這就開始，暗地裏牽這根紅線，這件事除我們三個人，任誰也不能漏出風去，連爹爹和子瞻、子由那裏，都不能露出馬腳。

「就是我們三人之間，當著外人的時候，都要裝得互相之間一點不知道似的。

「要辦這事，我和史妹會暗地請任媽你哄著小妹到這裏去，又到那裏去。要你明白老人家裝糊塗，你不怨怪我和史妹兩個吧？」

任媽說：「只要小妹找到好婆家，我不怕裝糊塗一輩子！」

王弗說：「任媽！我再問你個事：就前不久，有三個年青學士黃庭堅、秦觀、晁補之到了我們家，跟爹說，他們要到陝西鳳翔府去找子瞻，有不有這事？」

任媽說：「有。」

王弗問：「那妹也見過黃、秦、晁三個學士了？」

任媽答：「沒見著。」

王弗一驚：「哦？這是怎麼回事？」

任媽說：「剛好那天小妹跟我去敬文殊菩薩了。回來一聽說這事，我後悔了好半天，後悔我讓小妹失去了一次『考試招親』的好機會。」

史翠雲笑了：「哈哈！任媽，錯得開的不是眞姻緣，是眞姻緣錯開了又走得攏。你說的那個文殊廟在哪裡？」

任媽說：「在城南郊外，離我們這裏不是太遠。」

史翠雲急問：「文殊是什麼菩薩？小妹她喜歡不喜歡去拜敬？」

任媽很激動：「小妹最喜歡敬的就是文殊菩薩。她說文殊菩薩是童子菩薩，頭髮向上紮著五個小髮髻，像個天眞的小孩。

「小妹說，『文殊』兩個字是佛教梵文翻過來的譯音，原來的意思就是一個『妙』字歸總：妙天，妙德，妙吉祥！」

王弗快口接話說：「對極了，任媽！我家小妹。不就是一個『妙天眞』嗎？哈哈！」

小妹斷腸情牽駙馬 賢嫂牽線對句秦觀

就在當晚，蘇軾下了朝回家，興高采烈地對妻子王弗說：

「夫人，快過來，這一下我們家有舒心日子過了，告訴你也高興高興。」

王弗走過來說：「子瞻！什麼事這麼高興啊？還有多餘的歡快讓我分享？」

蘇軾說：「你不是知道，我們登聞鼓院，是專門辦理鳴冤訴苦的事情嗎？」

王弗說：「我當然知道。是不是你幫人家伸了冤了？」

蘇軾說：「可不！早一陣子我接到一個訴狀，那人被冤枉得太慘了，簡直叫人讀不下去，直掉眼淚。

「我把那訴狀加上我的奏本，直接稟奏聖上，伏乞聖明裁決。

「今天，聖上恩准我的奏章，爲被害人伸冤報了仇。你說我能不高興？

「我三父子研習《易經》你也知道，爹還正在寫一部《易傳》呢！

「《易經》的宗旨，我三父子看法一樣，只有四個字，叫做『奉天行道』！跟強盜們說的那個『替天行道」完全是兩回事。

「綠林強盜說的那個『替天行道』是什麼意思呢?那是說『天』不公道,要他強盜來『代替』天主持公道!

「《易經》的『奉天行道』不同,是說『天道』就是『公道』,公道就是『善道』,善道就是鏟除『惡道』。凡是人,就必須遵奉著『天道』,也就是遵奉著『公道』、『善道』,去鏟除『惡道』。所以說這『奉天行道』也可叫做『抑惡揚善』,首先就承認有個『天道』可以『奉行』。

「而那些強盜們推出一個『替天』,就是根本不承認有『天道』、『公道』、『善道』,而要由強盜們『代替』推行『天道』、『公道』、『善道』。

「一個『奉』,一個『替』,一字之差,千里之失。

「今天我轉呈民間的大冤狀,聖上頒詔給他伸冤報仇,這就是聖上『奉天行道』的大功德!

「辦完這事我好高興,跑去跟爹說:這是《易經》倡導的『奉天行道』、『抑惡揚善』的一個絕好例子。

「爹也告訴我一件好消息,他主編的《太常因革禮》一書,全書一百卷,初稿已全部出來了。再有一年的修刪補訂,就可以付梓了。爹的多年心血總算出成果了,能不高興嗎?

「我在爹那裏還沒走,子由又來了,向爹報喜說,他自從當了翰林院秘書郎,簡直是到了詩裏所說的那個境界:『海闊憑魚躍,天空任鳥飛!』他擬定了一個全面注釋經、史、子、集四部全書的計畫,翰林院說極好，準備稟奏聖上恩准實施。

「夫人你看，我們一家三父子全都幹上了自己最稱心如意的事，眞是皇恩浩蕩，何復他求！你不該爲我分享一些快樂？」

王弗爽朗答應說：

「對極了，子瞻！我有你的快樂可分享了；黃姨有爹的快樂可分享了；史妹有子由的快樂可分享了；可你就不想想：我們家還有人過得並不舒心！」

「誰？」

「小妹！」

「她又怎麼了？」

「她轉年十八了，還沒一個如意郎君。她怎麼舒心去？」

蘇軾大笑起來：

「哈哈！我當是什麼事；這不過一件小事而已，很快解決。

「那天，在商州子由家裏，一看黃庭堅、秦少游、晁補之三人的詩文，我當時就覺得少游跟小妹正匹配。

「我跟子由一說，他和我想法完全相同。」

王弗有點吃驚，倒抽一口氣：

「喲？你原來是明白人？」

蘇軾歡快反詰：「哈！我幾時糊塗了？」

王弗說：「那你說這事準備怎麼辦吧？」

蘇軾說：「好辦得很！現在到明春大比已只有幾個月，少游他考上進士沒問題。到那時我跟他倆挑明了一撮合，未必小妹與少游他們會不樂意？」

王弗喟然一嘆：「唉！子瞻，你原來並不明白。」

蘇軾認眞起來了：「我不明白什麼？」

王弗挺嚴肅地說：「你不明白我家的小妹，連爹和任媽，都碰了她好幾回釘子。

「小妹志大才高，她非自己考核認准了，不會輕易許人。

「你也不明白你的學生秦觀少游，我和史妹早派人打聽過了，秦觀和小妹脾氣幾乎完全一樣：只認自己當面比才學，試意趣，如果有一點不合意，只怕是尊師你也未必說得動他。

「秦觀這麼才貌雙全的小夥子，還愁沒有大家閨秀排著隊讓他挑選嗎？只怕到時候你那如意算盤打不靈哦！」

蘇軾忽地急切起來，來回踱幾個小步說：「依夫人看，這事成不了？」

王弗說：「要依我就成得了！你得裝糊塗！」

蘇軾突又笑開了：「哈哈！只要小妹和少游成了事，我裝一輩子糊塗！」

王弗說：「那好，你聽著：一裝糊塗，你要少游把自己所寫的詩文，全部收集攏來交給你，就說你要幫他批改；

「二裝糊塗，你還要找四、五個才氣不如少游的學士，也把他們所寫的詩文交給你，說你幫他們看一看，改一改；

「三裝糊塗，你裝做不曉得，我會把你交來的這些詩文，交給小妹去批改，不管小妹如何批改法，你都不能向男女雙方透露：這裏也有『考文招親』的意圖；

「四裝糊塗，小妹在某個時候，會由任媽帶著，在某個廟裏，『偶然』和少游碰面，你要裝做半點不知內情；

「五裝糊塗，這事的前前後後，你半點都不能透露給任何人，包括爹爹和子由那裏都不能說；

「六裝糊塗……」

蘇軾岔斷說：「行了行了，不用你再七點八點往下數了。反正小妹、少游這件事，我一概不知，夠糊塗了吧？」

「夠糊塗了。」

「可有件事，我不是裝糊塗而是眞糊塗了。」

「什麼事？」

「你知道我在商州收了黃庭堅、秦少游和晁補之三個學生，如今倒只要少游一個人的詩文來批改，你把其餘兩個人怎麼看？」

「你這是明白人故意裝糊塗！你不想想：黃庭堅已經有了妻室，晁補之比小妹還小一個月，是弟弟，你怎麼能把這兩個人和小妹扯在一起？」

蘇軾連連叫苦：「不行不行！我要把黃庭堅和晁補之的詩文一起收來，交小妹改。不然太露骨，會被他們三個發覺穿了包。」

王弗卻笑了：「哈哈！這事就我裝糊塗，我就說，除了秦少游的詩文，其他兩個的我沒見到。」

蘇小妹認眞地在畫一幅工筆重彩花草畫。

畫面上只有一朵大大的秋海棠花。

這種花是多年生草本，喜歡長在濕地上；它的莖桿是淡淡的紅色，它的花也是淡淡的紅色；雌雄同株，雄花是一個單雄蕊，高高挺立在雌花花蕊正中的上方，雌花有子房三室，隨時準備承接雄花花粉；葉是心臟形。

蘇小妹早已是詩詞書畫樣樣精通。

她歷來習練大寫意潑墨山水，只求神似，不求細部逼眞。她的畫已有了相當的繪畫技巧。

大哥蘇軾曾經半似微笑半是鼓勵說：

「小妹頗有畫聖吳道子之遺風。」

那天她出了「進士」「高升」兩條謎語歡迎兩位哥哥。駙馬王詵點撥說：

「似太張揚，恐遭詬病。」

蘇小妹備受震驚，萬沒想到這爲官之家要如此謹愼。

爹爹蘇洵後來狠狠批評了蘇小妹，細想起來，駙馬和爹爹說的道理實在很對，多少朝，多少代，多少貴胄權臣，不往往是只因一次不經意的言行就遭致殺身之禍麼？

蘇小妹從此很爲自責，因過份自責而導致消沉。

無憂無慮的小姐生活，衣來伸手，飯來張口，悠哉遊哉，一下子變成了無所事事，無所適從。蘇小妹便把日子打發在學習繪畫上去了，這正符合她消沉不願見人的想法。

也許是因王詵送給父親的那兩幅畫用上了自己所出對聯《把酒謝天》與《九萬三千》的意境，蘇小妹內心裏對王詵是何等的感激。

從那以後，蘇小妹一改自己的畫法，而學駙馬的畫風：由原先的寫意山水，轉爲駙馬的工筆重彩；由只重神似不拘形似，轉變爲毫髮無差的細緻逼眞。這是完全背道相向的兩種風格。蘇小妹決定從靜態的花草工筆入手。但總畫也不滿意，不是這個花瓣不夠逼眞，便是那個花蕊不盡人意……

「工筆眞難啊！」蘇小妹自我感慨，「虧他駙馬爺，畫得《把酒謝天》和《九萬三千》那樣的全張宣紙巨幅……」

越不像越要學，越難學越更勤。蘇小妹現時的工筆就頗有點工力了。生成的堅強倔強，一旦和相應的聰明才智結合起來，定能創造某種奇蹟。

眼下，蘇小妹對自己剛完成的這幅《秋海棠》，就自覺滿意了。

瞧那畫面，逼眞逼現，獨獨一朵大秋海棠，淡淡的紅莖紅花，襯以心臟形綠葉，是多麼地自愛自豪。地上，那圍它而轉的幾蓬青草，不正是傾倒在美麗的秋海棠面前麼？那青草被風兒吹得微微抖動，不正是在向秋海棠折腰致敬麼？

蘇小妹自得其樂，欣賞了一番，甚爲滿足，欣然揮毫題款：《秋海棠》。

附小詩曰：

與其斷腸去，
何如相思來。
莫問何所在，
只緣意暖懷。

怎麼，駙馬王詵的身影竟從花中閃現出來？蘇小妹趕緊勒住自己的心猿意馬。

這當然是只有她自己曉得的絕對秘密：少女蕩漾的春心，一時難覓歸宿；任憑壯年英俊的駙馬爺闖進心扉，自然只能是永遠的夢幻。

「小妹！在做什麼哪？」大嫂王弗走進小妹臥室，軟語說話，細步輕移。

蘇小妹竟沒聽見，還在對著自己相思、斷腸的《秋海棠》凝神。

王弗再不驚動她了，躡手躡腳走到蘇小妹身後邊，朝她桌上一看：呀！多美的一朵秋海棠！小妹什麼時候工筆畫也這樣出色了？

一看那畫上的題詩，王弗心裏已全然明白：秋海棠被人稱爲「相思花」或是「斷腸花」，不是沒有道理。瞧它那淡淡的紅花，淡淡的紅莖，不正好寄託少男少女們淡淡的哀愁麼？

王弗心思縝密，知道小妹的脾氣是捉弄不得的。便又躡手躡腳，走離蘇小妹身後，慢慢又退出臥室。這下好了，王弗裝做還沒進來過的樣子，在門外故意大聲喊丫環：「綠萼，綠萼！你小姐在嗎？」

蘇小妹飛跑出門，高興迎上：

「啊！大嫂來了！綠萼到街上給我買繡花絲線去了。大嫂進房吧！」

王弗邊走邊說：「小妹在幹什麼啊？怎麼好多天悶在閨房裏不出屋？」故意裝作不知道，徑直走向桌旁：「大嫂要看看小妹又寫什麼好詩了。」走攏桌邊驚喜叫道：「呀！好一朵美麗的秋海棠！我家小妹怎麼這樣聰明？士別三日，刮目相看，才幾天，小妹又把工筆重彩的畫法練得這樣熟了！」

蘇小妹移過一張凳子，按著王弗的肩頭；叫她坐下。

自己也搬個凳子坐在她對面說：

「大嫂別盡誇了。其實我這工筆畫，才起頭學。」

王弗說：「小妹才起頭就畫這麼好！眞了不得。」

說完故意停了下來，又欣賞了一陣子畫，壓低聲音，附攏蘇小妹耳邊，王弗悄悄說：

「從小妹畫這秋海棠，題這詩句，我就猜得出：小妹是想要由自己選好意中人，不然寧願先害點相思病；慢慢總會找得到的！

「就像我和你大哥吧！還是他在眉山州學讀書時，我就偷偷看上他了。後來一見面。他也喜歡我。他這才暗地自請媒人，找我們兩家的父母談妥。這不，我兩個過得有多和睦甜美。

「小妹，你說大嫂這個說法對麼？」

蘇小妹高興得把凳子挪攏王弗，乾脆拉起了嫂嫂的手，握著，搓著，拍著，打著，一邊歡聲說：

「我的個好大嫂！你就像鑽進了我的心。」

王弗一邊撫摸著小妹光鮮鮮、生嫩嫩的臉頰，一邊順著小妹的心思說：

「我這麼個好妹子，我都不捨得隨便給了人。大嫂跟你關心著，有合適的，我讓你們偷偷去碰面，你覺得行的，再來談。叫他找個媒人還不容易？你不合適的乾脆不要談。要不然你現在心一軟，說不定將來日子不好過。

「眼下就算了，大嫂暫時還沒給你相中合適的人。先談點別的吧！

「你大哥聲名大了一點，好多青年學子要拜他爲師，拿一大些詩文稿子要他批改。

「如今你大哥他主管登聞鼓院，幫人家鳴冤昭雪，多少事情！這麼多詩文稿子，他實在批改不了，好犯愁。

「我說，你就不會找個人，代你批改？」

「他說，除了小妹，誰也幫不了這個忙！」

「小妹你看，你大哥幾多看重你。」

「今天，你大哥托我找你，幫他批改幾本詩文，你不會拒絕吧？」

王弗說著，掏出六本詩文稿來，放在自己膝上，並不主動遞給蘇小妹。

蘇小妹一把抓過王弗膝上的六本詩文稿子；歡聲說：

「大嫂！你等著，用不了一個時辰。大哥大嫂待我這麼好，這點小忙我能不幫？」

在蘇軾弄來的一大堆詩文稿中，王弗故意挑出較差的五本，壓在秦少游的那一本上頭，合攏共是六本。

蘇小妹拿起這六本詩文稿子，到桌上去，抽出朱筆，準備逐一批點。

王弗故意把差的放在上邊，蘇小妹自然也是一本二本往下看。

蘇小妹看詩文好快。第一本嘩嘩的只翻到第三頁，啪地一下合轉來，在文稿封面上批上四個朱紅小楷：

再讀三年

正要簽上大哥蘇軾的名字。一想不妥，站在第三者的位置上，還好幫大哥說話些，讓他好推掉才氣不夠的學子。於是在批語下邊署上「蘇小妹」三個字。

心裏說：這個學子一看無名的「蘇小妹」都批了要他「再讀三年」，肯定不好再纏大名鼎鼎的蘇軾了。

第二本多看了兩三頁，蘇小妹還是搖起了頭。提起來筆，在封面題了八個字：

不去蕪雜，哪得精純？

第三本幾乎只看了個頭，蘇小妹心裏起火：這樣狗屁不通；也敢送我大哥批改？

她本想就寫上「狗屁不通」四個字；一想不好，那樣一題，讓人瞧我批改人太粗俗了，沒有涵養。於是提筆寫上文縐得多的一句話：

學步請先學爬！

第四本、第五本稍好一些，但仍不夠滿意。蘇小妹分別題批「已經入門」和「精進有望」。這使蘇小妹心裏好過一點，畢竟還有可造就之才在找大哥……但離自己的要求還太遠、太遠、簡直不能談……

「什麼太遠不太遠？」蘇小妹在心裏自己問自己，「難道我是想在這些人中找郎君？笑話！」

蘇小妹想著，把那第五本「精進有望」文稿拎起來往前一扔。啪！掉了一本。

原來這一本「精進有望」的底下，還有一本薄薄的文稿，這文稿太少，墊在第五本底下，顯不出來。

蘇小妹拾起這本薄文稿，不經意地翻開來看。心裏想：前面那麼厚厚的五本詩文，都沒有好貨色；這薄薄的一本能好到哪裡去？

沒成想開首第一篇便被吸引了。

浣溪沙．春閨怨

漠漠輕寒上小樓，
曉陰無賴似窮秋，
淡煙流水畫屏幽。

自在飛花輕似夢，
無邊絲雨細如愁，
寶簾閑掛小銀鉤。

蘇小妹心裏一驚：這是誰呀？怎麼如此洞悉一個深閨少女的惆悵？她迅速翻到封面去看作者的名字：

秦觀　字少游

前五本沒一本看得上眼，蘇小妹直到末了也沒瞧他們是誰。這個秦觀少游，頭篇作品就打動了她，她不得不翻到封面去記住他的名字。

好個秦少游，竟闖進了春閨怨女的內心深處：孤獨獨上小樓豈不輕寒？陰沈沈是天氣亦心氣，使這春天已似秋之盡也，遠眺那淡煙流水，恰似我室內畫屏幽幽！

這上片三句已非同凡響。

下片三句更深一層：飛花輕似夢，絲雨細如愁，好一個夢，好一個愁，空有窗簾珠寶，只掛住殘月銀鉤！

蘇小妹已被其情、其景、其意、其態所懾服，趕緊再往下看。真是篇篇佳作，字字珠璣。文稿雖薄薄，早已勝多多。

蘇小妹怕大嫂看出自己已經被秦少游才情所折服，連忙提筆在封面寫下四句批語：

今日聰明秀才，
他年風流學士。
幸有二蘇同時，
不然橫行一世。

寫完批語落了款，蘇小妹覺得出了一口大氣：我有兩個進士哥哥，豈怕你秦少游一個？

蘇小妹半是自豪半是欽羨說：

「大嫂！告訴大哥，只此一個秦少游，就勝過百個千個。叫大哥收學生要謹愼些，像前面那五本，什麼詩文，不過糞土之作！」

王弗早把蘇小妹的心思看透，眼下卻不得不裝糊塗，因應著說：

「小妹！我替你大哥謝謝你。你給他分了憂。你的話我一定如實轉告。」

出得門來，王弗好不激動，心裏說：

「可喜可賀，小妹的相思斷腸者，已不再是那雲中夢幻駙馬，而變作了可見可得的秦觀少游！我的『橋』已搭成，下邊該牽『線』了……」

轉眼到了文殊菩薩的生日。

還是五更時分，秦觀就起來妝扮成一個遊方道人的模樣，頭裹青布唐巾，身穿皀色道服，腰繫黃絲條帶，足穿白襪草鞋，手中托一個金漆的化緣缽盂，頸上掛一串指拇大的念佛數珠，裝著右腳微跛的樣子，一跌一起，來到了文殊廟等候。

此時天正微明，他跛不跛腳都不要緊。只是想先訓練訓練，不然等一下怕還跛不像呢！

一個當代一流的文才俊士，何以突然要裝扮成一個雲遊道士？

還要裝成跛子呢？這當然有來歷。

秦觀對功名很爲看重，心想進士及第之前絕不談親結婚。反正現在年輕得很，十九歲還沒滿呢，急什麼？

忽然，蘇家的僕役領班李敬來到了秦觀的住處。

那次秦觀隨同黃庭堅和晁補之去陝西之前曾到過蘇宅，當時便是李敬接待，兩個已是熟人了。

可是今天李敬突然變得十分神秘，進得秦觀屋裏，就把他拉到裏屋，關上門，悄悄說：

「秦公子！奴才李敬，是我家大相公夫人大少奶奶派來的，專門來向你道歉。」

秦觀說：「你說的大少奶奶，是不是我尊師蘇軾蘇大人的夫人王弗？」

「正是她。」

「她什麼事要我道歉？」

「秦公子你不是把一本詩文交給我家大相公批改嗎？大少奶奶心疼大相公，看他白天在朝裏累得很了，不想讓他晚上再批改你的詩文。大少奶奶自己作主，偷偷拿了你的詩文交給我家小姐去批改了。」

秦觀高興地問：「你說的小姐，是不是蘇小妹？」

李敬冷冷地答：「不是她還是誰？」

秦觀說：「你不提她我倒忘記了，那天我和黃庭堅、晁補之去蘇宅，怎麼不見她？」

李敬說：「她敬文殊菩薩去了。她最信文殊菩薩。」

「哎，李敬啊！這沒別人，我倒問你個事，都說你家小姐才貌雙全，是不是眞的？」

「哪還有假？可事就出在這上頭哪！」

「出什麼事？」

「我家大少奶奶，把你的詩文交給他批改，她給你批一些不三不四的話。這不，我大少奶奶叫我給你道歉來了？」

秦觀素來自視甚高，誰敢把自己的詩文批個不三不四？早已有些怒火中燒了。忙問：

「詩詞稿本你帶來了沒有？」

「當然帶來了。」李敬從懷中摸出遞上。

秦觀接過，急切就念：

「今日聰明秀才，他年風流學士。幸有二蘇同時，不然橫行一世。蘇小妹。」

秦觀念完這評語，怒氣全消，縱聲大笑：

「哈哈！這哪是什麼不三不四，我在二位尊師蘇進士面前，本就差得太遠了嘛。李敬你回去，告訴你家大少奶奶，這事她不用向我道歉。」

李敬又故作畏懼說：

「秦公子！光是這四句話，我家大少奶奶也不必道歉了。是我家小姐還說了些難聽的話呢！」

秦觀重又火起：

「她說什麼話，你只管說來。不管她說些什麼，我都有辦法對付！」

李敬畏畏縮縮地說：

「我說出來秦公子不要生氣。」

「我不生氣。」

「我家小姐說，她根本不相信這是秦公子你的詩詞。」

「啊？平白無故，她爲什麼懷疑我？」

「哎呀呀，聽我又說走樣了。我把小姐原話學一學吧：『展文獻字，難保都是本人作品，普天之下。請高手捉筆代刀者豈不多多！只有當面對試，方可測出眞才實學如何。不然，經過州考、府考、廷考之後，怎麼皇上還要經過金殿面試，才欽點進士呢？』這才是我家小姐的原話。」

秦觀心裏釋然，並且欣慰了，朗朗一笑：

「呵呵！李敬，我錯怪你家小姐了，他的這些話，是絲毫不錯的。就不知道有不有這樣的機會，我要和你家小姐當面比試詩文，我要叫她相信，這本詩詞，全是我自己的作品。」稍停，又問李敬：

「你在蘇家多年了吧，你能不能告訴我：在哪裡能『偶然』碰上你家小姐呢？」

李敬故作地想了一想：「啊！有了，後天就是文殊菩薩生日，我家小姐准去進香。」

秦觀興奮已極：

「她怎麼去？」

「坐轎。」

「有誰陪著？」

「任媽。」「大約是什麼時候？」

「黎明時分。小姐她怕太晚了人一多，出都出不來了。」秦觀雙掌一拍：

「好！後天黎明見分曉！」

這個「後天」就是「今天」了。

裝扮成遊方僧人的模樣，是秦少游兩天來籌謀的結果。

他想，如果不是道人，到文殊廟去，只能是香客。但一般香客，怎麼能天剛亮就獨自一人上了山？只有遊方道人才會孤身一個。半瘋半癲，好更趨近蘇小妹看個明白，對答清楚。如是年輕的男香客，就得處處注意：男女授受不清，容易招來痲煩物議。

秦少游認定光是裝扮一個道人還不夠，還必須裝成身上有某種殘疾，才不會招人起疑，也使蘇小妹本人更不注意。

那樣一來，就等於我在暗處看明處，把蘇小妹看一個透亮徹底；而她，卻在明處，看不見我暗處的秦少游，只道是一個不經意的瘋癲小道士。

但是，裝個什麼樣的殘疾呢？瞎眼、歪鼻、癩痢頭，這些面部五官的缺損不可取。這些部位的殘疾，除了天災人禍造成，裝扮就無必要。免得蘇小姐第一眼引起厭惡，以後要改變都難。

兩條胳膊殘疾吧，既難裝，又不容易被別人看見。那就只有跛腳了，對！稍微擺點樣子就出來，走幾步更看得明顯。

於是，秦少游這雲遊道人「跛」起來了。跛著跛著心裏說：這樣最好！小小一點腿跛，對形象損害不大；正可以考察一下蘇小妹的本心，看她是只重視一個人的外表，還是更喜歡內在的文秀才華！

天色微明，兩輛轎子來到文殊廟門口。

前面轎子裏出來一個如花似玉的小姐，雖只是綠色本底繡金色花朵，簡單的兩色衣服，已於樸實中顯出少女的綽約丰姿。

趺坐在廟前廊檐下的秦少游猜想，那可能就是蘇小妹了。但還不敢肯定。

稍頃，後邊轎子裏走出一個精神利索的老媽媽。秦少游猜出，這是任媽確定無疑。

只見老媽媽要去扶小姐上臺階，倒是小姐反轉過來扶住老媽媽說：

「任媽！應該是我扶你老人家才對！」

任媽也不推辭，只是說：

「我們相幫著上去吧。」

於是二人互相攙扶著一步步跨上臺階。

秦少游有點納悶：不是說大家閨秀都刁蠻而任性麼？怎麼蘇小妹對一個傭人任媽，倒這樣恭敬？看來這蘇府家教有方。

秦少游從廊檐下站起來，右腳跛走兩步，迎著蘇小妹說出一個上聯：

「請小姐但發慈悲，有福有壽；」

秦少游邊說邊伸出金缽，攔住蘇小妹的去路。

蘇小妹一看，好個年青英俊的道人，只可惜跛了一點腿。看他化緣說話，竟是一句上聯。怕是有些來歷，且要小心應付了。

蘇小妹略一思忖，立刻用一句下聯對上：

「問道人敢求施捨，何德何能？」

「保小姐百病不生，身如藥樹；」

「舍道人一無所有，懷揣瓊（窮）花。」

「猜小姐厭惡殘疾，不肯施予；」

「願道人涵修內美，當有善終。」

「祝小姐求神得償，貧道且待；」

「勸道人祈佛造化，鸞儔或來。」

蘇小妹心神已被打亂，進廟來已覺迷離。她猜不透這個跛道人是何來歷。忽想起那年初到京城，二哥蘇轍扔銅戒尺砸傷我的腳，還笑咒我「尖尖腳」正配「跛跛翁」！壞二哥，莫非被他咒靈了。咒得這個跛道士來纏著我。

其實，這青年雖跛猶俊，只可惜是個道人。

呀！不對，莫非又是二哥在背後使鬼，叫人裝扮一個跛道士來試我的心。肯定是了，還是個大才子呢，不然怎出口成章，吟聯待對？

好！等一會看我不罵他一個狗血淋頭！罵他什麼呢？罵他什麼呢？對，罵他「瘋道人」。蘇小妹今天向文殊菩薩跪拜敬香，倒是更虔誠了。不過只求一件事：保佑小女子得一個如意郎君！

這次進香沒有多久，大約只有半個時辰，蘇小妹便做完了佛事，隨同任媽急匆匆趕出了廟門。呀？瘋道人已不見蹤影。

這可怎麼辦？再到哪去找？

蘇小妹心亂如麻，拉著任媽到一邊悄悄問：

「任媽！我剛才有什麼話得罪了那位雲遊道人了嗎？」

任媽已知道事情會怎樣進展，半點也不心急，反而故意說：

「小妹！你兩個吟詩作對，我怎麼聽得懂。」

「任媽，那你看樣子呢，他是不是怪我什麼了。」「小妹，怕是你嫌他腿跛了吧！」

「任媽！我沒有啊，我說若是他涵修內美，會有善終。他不會聽不懂啊！」

「小妹，你那詩對裏，是不是有嫌他才學不夠的意思？」「任媽！我沒有啊！依我看，他的才學，除了我大哥二哥，我還沒會過第三個。」

「小妹，那一定是他自己覺得是個道士，反正跟你也成不了什麼事，只有走了，也省得留下一筆扯不清的冤孽債。」

「任媽！你眞是聽不懂，他那些詩對裏，其實已經說了，眞有合適的人，他願意還俗。」

「唉呀，小妹！你剛才怎麼不跟我說，那我當時就把他留下了。」

「不嘛，任媽！你要跟我去打聽他。」

「好好，小妹！我打聽我打聽，打聽到打聽不到，就看小妹你的造化了。上轎回去吧！」

蘇小妹神態慵慵，隨著任媽從偏僻處往外走。又在四處搜尋了一遍，還是不見瘋道人的影子。

「唉——」蘇小妹長嘆了一聲，鑽進轎子。一路上後悔不迭，早知他會走，我乾脆改天再敬香……

下得山來，到了一個平坦之地。路邊有一戶人家，專做香燭紙錢生意。爲了讓上山敬佛之人多買他的香燭，特在路旁修了一座亭子。

眼下是秋天季節，燥熱還沒褪盡，這小亭子在大白天肯定歇息的人很多。

現在時辰還早，亭子裏只坐著一個人……

任媽按照原先的約定，掀開轎簾朝亭子一望：「跛道人」正在呢，忙喊：「停轎，停轎！小妹小妹，快下來快下來！」

蘇小妹下轎忙問：

「哪裡這麼快就到家了？」

任媽說：「小妹敬香心誠，你要我找的人找到了。」

蘇小妹好不急切：

「在哪裡？」

任媽用手一指：

「他在亭子裏歇腳！」

蘇小妹三步兩步走過去，心想，剛才你害得我好苦，這下子我要罵你出夠氣。

秦少游裝扮的雲遊道士，也已起身迎了出來，左腳一歪一跛……煞是有趣。

蘇小妹一驚：呀！不對！剛才在廟門口他明明是歪跛右腳，怎麼一下子變成歪跛左腳了？原來他是裝歪騙我……

說不清是驚是喜，是愛是恨，蘇小妹暗暗一咬牙，這下子看我怎麼罵你吧！剛才在廟門口是你出上聯我對下聯，不知你肚裏文才到底有多深淺；這下我要搶先，我念上聯罵你，看你到底是學士還是草包……

蘇小妹打定了主意，還隔著好幾步就說了：

「瘋道人恁地貪癡，敢覬覦隨身金穴；
「小娘子倚天竊喜，怎無奈撒手寶山。」
「瘋道人迷戀凡塵，何又求出家超度；」
「小娘子既享安樂，卻怎地拜佛敬香。」
「瘋道人一派胡言，偏不見真容真語；」
「小娘子三生有幸，當可聞進士進香。」

「瘋道人膽大包天，應知曉謊言惡報；」
「小娘子死心踏地，當等得人月團圓。」

正在此時，李敬從樹叢裏一衝出來，好似才從大路跑來一樣，一路揮臂高喊：

「秦公子！秦公子！哎呀呀！你好端端的學士不做，做什麼雲遊道人？我家大相公叫我找你切磋詩文，害我找得好苦哦！」

秦少游從懷裏掏出自己的詩文稿本，捧在手上朝蘇小妹深深一揖：「多謝小姐批點詩文！」

說完轉身，隨著李敬走了。哪有什麼歪跛，分明是英俊瀟灑一青年……

蘇小妹恍然大悟：我也被人當木偶牽著耍了……這人是誰？是誰？……啊！對對！是大嫂，是大嫂！看我回去不揭你的皮！……

得償所願秦觀登榜 舊題換解三難新郎

水到渠成。

秦少游與蘇小妹既已兩情相悅，一切都神速進行。

秦少游連請托媒人都等不得了，他擇了一個黃道吉日，親自攜了聘禮，來到南園蘇宅，向蘇洵求親。

蘇洵豈有不應允之理。只是囑咐一件事：

「大比之期已只半年，少游！你該盡心盡意，好好溫習功課，千萬不要大意啊！等明春廷試、殿試之後，再定婚期吧！」

轉眼時間就到。

廷試通過了。

皇帝殿試進行了。

三月十五日，春光明媚，皇城發榜。

秦觀、黃庭堅、晁補之這蘇門三學士，以及與蘇洵一起編纂《太常因革禮》的同事，項城縣令姚辟的公子姚蓬，也就是蘇小妹曾批詩說他「登科取制或有餘，斯年長壽恐無享」的姚蓬，都高中皇榜。姚蓬還是甲科頭名，是名副其實的「狀元郎」。

看完榜喜不自勝，秦觀迅即趕到南園蘇宅，向老丈人蘇洵磕頭報喜，並且由衷敘說：

「承岳父大人不棄，許以皇榜高中之後，令小婿與令嬡完婚。

「但是，小婿祖家江蘇高郵，一時也來不及在京都置備家業；如何爲好，但憑岳父大人作主！」

蘇洵身體已然欠佳，老態日甚一日，更捨不得自己的寶貝女兒小妹遠行。

不必過多思慮，蘇洵當下就說：

「我這南園有多少房子！撥給你們兩間，一間做你們的新房，一間作你的書房。

「禮儀酒席，一概由我置辦，你兩個馬上完婚！」

秦觀好不高興：

「多謝岳父大人恩典。但不知大人的意思是定在哪一日？」

蘇洵略略思索了一會，斬釘截鐵說：

「擇日不如撞日，就是今日吧！今日你得皇恩登榜，從此脫白掛紅，仕途無比寬闊。今日便是上上吉日。」

秦觀自是求之不得，但仍從側面試探著說：

「那籌辦事項來得及嗎？親友恐怕也請不周全了。」

蘇洵胸有成竹說：

「籌辦之事，交楊威老伯總管，保你半宗不缺。

「現在才是辰時，什麼都來得及。

「請客更好說，你就請你幾個同窗學子，我就請幾個最親近的友人。

「不必個個俱全了。先趁這頒發皇榜的上上吉日完婚最是要緊。」

一切都按蘇洵的安排進行，極其熱鬧的婚禮，什麼都井井有條。

客人雖未周全請到，仍有十桌之多。

秦觀的同窗好友，同是蘇門學士的黃庭堅和晁補之到了。

此時秦觀撇開妹婿的身分，和黃庭堅、晁補之一起，不忘師恩，先向蘇軾行了謝師禮，再向蘇洵行了謝師祖禮。

黃庭堅已經結婚，夫人今天也一起來了。她向蘇軾夫人王弗，行了謝師母的斂衽禮。

黃庭堅的夫人叫孫江英。

大家以「江英」的諧音「獎人」逗趣說：

「庭堅兄得中進士，他夫人特地『獎人』來了，哈哈哈哈！」

蘇門三學士中最年輕的晁補之湊趣說：

「少游兄得『獎』最優厚，不比庭堅兄已經結婚在先。少游兄才眞正是『洞房花燭夜，金榜掛名時』。雙喜同降，哈哈哈哈！」

黃庭堅善於捕捉說笑的機緣，他接過話頭反唇相譏說：

「補之賢弟祝賀別人是假，自己盼『獎』是眞。

「趕明天，叫少游賢弟也設計一場木偶戲，牽一個『小妹』獎給補之，哈哈哈哈！」

大家都已知道，秦少游與蘇小妹，被蘇軾夫人當成「木偶」，牽成了一段姻緣。

這事在京城早已成爲一段佳話。黃庭堅此時說出來打趣，笑聲幾乎掀破了屋頂。

項城縣令、《太常因革禮》編纂姚辟應邀來了。

蘇洵親自到前門迎接。一看不見他兒子姚蓬同來，也不見姚辟偕夫人同行，甚感詫異，忙問：

「姚大人！尊夫人和令狀元公子怎麼未曾同來？」

姚辟面帶憂慮之色，輕聲說：

「犬子偶感風寒，賤荊愛子心重，陪他在家了。」

蘇洵心中猛地一顫：啊！兆頭不好！姚蓬榮登榜首，就感風寒；未必小妹那讖語有驗？她說姚蓬「中科有餘，壽年不足」，偏就眞的生病了……

蘇洵想起來，當初小妹說姚蓬太聰明，難以長壽。當時蘇洵便連想到自己的愛女，小妹不也是太過聰明了麼？難道竟也是壽夭之人？

當時蘇洵嚇得懵懵懂懂，伏在桌上做了一個怪夢，夢見花王的名冊上，第一個夭折的是「姚蓬」；第二個便是「蘇小妹」，當時便嚇著了。今天是小妹完婚的喜慶日子，快莫想這些不吉利的事。

是夜，秦少游與蘇小妹雙雙拜堂，成就了百年姻眷。

前廳十桌筵宴已畢，客人俱已送走。

月明如晝，朗朗星稀。

秦少游從前廳走向後室，走向自己的新房。

快到新房了，發現李敬帶著兩個人還在井邊汲水，看來廚下的收拾工作還沒有結束。

秦少游心想：事情太緊急，客人又比預計的要多得多，眞是太難爲這些下人了，弄得他們這時候還在汲水洗碗筷，眞該去道謝一聲。

於是，秦少游緊趕幾步，走近井邊說：

「李敬！謝謝你們，眞是太辛苦你們了。」

李敬大笑起來：

「哈哈！秦姑爺！還記得那天麼，我奉了大少奶奶的命，給你送去小姐作了朱批的文稿；從那天起，我就天天在盼，盼著今天這一份辛苦啊！哈哈哈哈！」

秦少游又再三謝過，趕回走向自己的花燭洞房。

奇怪！新房怎麼緊閉不開！

只見小庭之中，擺著一張圓圓的小花桌，桌上擺著紙筆墨硯文房四寶。文房四寶旁邊，擺著三個紙套封。紙套封旁邊，一排溜三個盞子，一個是玉盞，一個是銀盞，一個是陶瓦盞。丫環綠萼笑瞇瞇站在桌旁。

秦少游甚是不解，也沒意趣理會它，只對丫環說：

「綠萼！快傳與小姐，新郎已到，請快開門。」

綠萼說：「奉小姐之命，有三個題目相試。三試俱中，方可進房。」

秦少游笑笑說：

「本進士經過州考、府考、廷考、殿考，何懼考試。」認眞地問：「題在哪裡？」

「紙套封中。」

「三盞作甚？」

「玉盞盛酒，三試俱中，三杯美酒，請進新房。」

「若中兩試？」

「銀盞奉茶，兩盞解渴，罰在外廂，明晚再試。」

「若中一試？」

「瓦盞呷水，一口不多，罰在外書房再攻書三個月。」

秦少游輕輕笑了：

「呵呵！若遇上別個新郎，興許他會要求試題少作兩個。下官可是不同，從鄉間考到金殿，多少題目，何足懼哉，慢道是三道題目了。」

綠蕚非常自豪，故作驚人之語說：

「我家小姐，不比平常盲試官，只要之乎也者，能應個故事而已，我家小姐題目好難做呢！」

秦少游說：「難與不難，作作就知道了。請發第一道題。」

綠蕚說：「第一道題是五言絕句一首，要全部讀懂絕句意旨，也做一首絕句。新郎之絕句，要恰合新娘絕句的意旨，方爲中了。請姑爺接此第一個紙封套內之試題。」

綠蕚邊說邊捧上紙封。

秦少游快手接過，取出封套內的詩稿，果是一首五言絕句：

銅鐵投洪冶，
螻蟻上粉牆。
陰陽無二義，
天地我中央。

秦少游看罷絕句，稍一思忖，即明白了意思。

第一句：「鋼鐵投洪冶」，不是熔「化」成水了麼！

第二句：「螻蟻上粉牆」，不是螞蟻攀「緣」上牆麼？

第三句：「陰陽無二義」，是從《易經》中引伸出來，《易經》有云：一陰一陽謂之「道」也。

第四句：「天地我中央」，天字與央字中間，不都是一個「人」字麼？

此四句詩，暗合著「化緣道人」四字，分明是嘲笑我，去年在文殊廟裝扮成「化緣道人」相親之舉。

秦少游並不言破，只提筆寫下一首七言絕句：

化冰消雪春已來，
緣到南園花自開。
道是名花原有主，
人題我解上高臺。

寫完交給了綠萼。

綠萼將此詩折成花箋形式，從預先準備好的窗戶隙縫中，遞到新房裏。

邊遞邊還高喊：

「新郎交卷，第一場完。」

房內蘇小妹看詩，雖無甚獨特意韻，但四句的第一個字連起來，正是「化緣道人」四字，算得解題了。

蘇小妹心想，自己那五言絕句，無非是文字遊戲耳，何來詩意呢，少游之應詩，也就合轍了。

但蘇小妹畢竟是蘇小妹，偏不說秦少游之詩已解了題，而是轉彎說：

「第一題勉強將就。」

屋外秦少游才不追究她的言詞，只對丫環說：

「綠萼快請第二題。」

綠萼說：「第二道題也是四句詩，不過是四條詩謎，每句暗含著一個古人，猜得一點不差方爲得中。」

說完，捧上第二個紙封套。

秦少游從紙封中取出題目一看，四句詩躍然紙上：

強爺勝祖計謀施，
鑿壁偷光夜讀書。
縫線在衣常憶母，
老翁終日倚門樞。

秦少游看後略加思忖，四句詩謎的謎底已經明白。

第一句：「強爺勝祖」是「孫」兒比祖父強，「計謀施」是弄「權」之術，合爲「孫權」，是三國時期吳國的國君。

第二句：「鑿壁偷光夜讀書」，本是一個古典故事，說的是漢朝大儒匡衡，年青時家貧無錢買燈油，便在牆上打個洞，借鄰居家的燈光來讀書。但凡謎語，其謎面與謎底不可直通，直通猜謎即爲笑話。此詩謎必另有借喻，那自然是說壁上打了洞，鄰居有亮從洞中穿過來，洞者「孔」也，亮來「明」也；合起來便是「孔明」，是三國時期蜀國的丞相。

第三句：「縫線在衣常憶母」，是巧借唐人詩句「慈母手中線，遊子身上衣」的意韻，表達思念母親之親情。「思」念母親者，是兒「子」，即爲「子思」，是孔夫聖人弟子七十二賢人之一。

第四句：「老翁終日倚門樞」，門樞即門框，是大門的樞紐所在，每天倚靠在此，必是對外瞭「望」；瞭望者誰？老翁也！老翁即是「太公」，此謎語乃指「太公望」。太公望是周文王的相國，姓姜名尙字子牙。他初時在渭水用直鉤釣魚，其實是等待文王來訪，終於得遇文王。兩人一談，相見恨晚。姜子牙對文王說：「吾太公望子久矣！」因而後世人把姜子牙尊稱爲「太公望」。

秦少游解了這四句詩謎的謎底，在一張紙上依次寫上「孫權」、「孔明」、「子思」、「太公望」四個人的名字，正要交給綠蕚。

一想不好，這樣直通通的光是猜謎，顯得太俗氣了一些，我何不也寫四句詩解答。於是把手一縮，將寫好四人名字的紙啪啪幾下撕了，提筆寫了一首七言絕句：

孫權本是孫仲謀，
孔明鼎國立春秋。
子思位列七十二，
太公望子冠諸侯。

寫完交給綠萼。

綠萼又折做花箋，從窗縫中遞進去。同時高喊：

「新郎交卷，第二場完。」

屋內蘇小妹看過解謎之詩，分明半點不差，卻硬是不肯說新郎少游答對了，繞一個天大的彎子說：

「准考第三題！」

綠萼說：「恭喜姑爺答對了兩題，第三題倒是容易了，只是一副對聯的上聯，姑爺作出下聯來，就可以喝三盞美酒進新房去了。

說完捧上最後一個紙封套。

秦少游想：一個對聯，再難不住我了。急忙打開上聯來看：

雙手推出窗前月

秦少游初時覺得不難，但開始想對句時便覺得左也不妥，右也不行。

「雙手」是一個數位詞，下聯也必須對一個數位詞；

「推出」是一個動作詞，下聯也必須對一個動作詞；

「窗前月」是一個畫面詞，下聯也必須對一個畫面詞。

三個詞合起來，又必須有一個整體的意韻，不然就失對了。

秦少游根據自己此刻的心情，立刻想到了一個下聯：

一把抱住金鳳凰

勉強也算可以。

「一把」是個數位詞，可以對得「雙手」；

「抱住」是個動作詞，可以對得「推出」；

「金鳳凰」自然是指新娘子了，一把抱住「新娘子」，這不正合了新娘子的心意麼？

屋內蘇小妹一看，馬上罵出聲來：

「對的什麼混帳句子！你看上聯『窗前月』，『月』是一件東西，『窗前』是指地方，明明白白，『月』在『窗前』。可你對的『金鳳凰』，單指一件東西：『鳳凰』，只說它是『金』貴得很，並沒指明在什麼地方，如何對得『窗前月』？

「再看你那下聯的意思，低下粗俗，他日要傳出去，把你這新科進士臉面丟光！」

蘇小妹氣憤地說著，並且厲聲叮囑丫環說：

「綠萼！你姑爺這句混帳下聯，千萬不能傳出去。他對對得不要面子，我出對的還要面子呢！再對！」

秦少游在門外早已臉面熱辣。他知道蘇小妹說的句句在理。便不再強辯，再想另外的好下聯。一時沒有佳句，秦少游急切起來，開始覺得有點寒意，便把手籠在袖子裏慢慢走動。地方越走越大，夜寒越來越深。

突然一陣夜風吹來，秦少游冷得脖子一縮。晦，有了！現在是三月十五，是暮春；這風吹來，豈止是冷在脖子上？其實周身都冷……於是對成一句下聯：

周身吹遍暮春風

分開看看：「周身」勉強算得一個數位詞，因爲「周」代表上下四方；「吹遍」是一個動作詞；「暮春風」是指三月的風，也算一個有畫面的詞了，「暮春」雖不能指出是在什麼地方，也指出是什麼時間了。

於是，馬上又謄寫了這句下聯，叫綠萼又塞進房裏去。

蘇小妹在房裏傳出話來說：

「比第一次對的好，但仍不及格。

「上聯第一個字是『雙』，即是『二』，是具體的數位，下聯的『頭個字也必定要是一個具體的數字，從一到十，從百從千到萬到億都可，就是不能用『周身』、『滿地』、『到處』一類的模糊數位詞。

「上聯末尾『窗前月』，下聯末尾三個字，也要對什麼地方的什麼東西，不能用什麼時間的東西來作對。

「不然，怎麼叫對仗工穩？再對！」

屋外的秦少游這下子急了。

他何嘗不知道小妹講的對聯規則，只是一時對不出罷了。

堂堂一個新科進士，連這七字對聯都對不工穩，豈不叫人笑話？

越急越對不出，越對不出越急。秦少游抓耳搔腮，滿院子走動起來。

時間穿梭一樣過，轉眼就聽打三更了。秦少游還是苦想不出……好不犯難。

「梆！梆！梆——」

三更的鼓聲，傳到房內蘇小妹耳裏。蘇小妹也馬上急切起來。

良宵苦短，秦郎你怎麼還對不出下聯？

蘇小妹自己開始後悔：小夫妻鬧著玩玩，對個對聯何必如此講究格律？剛才那句「周身穿遍暮春風」雖不工穩，但勉強也是要得的了。大不該當時自己鬥氣，硬要秦郎對出一個更好的下聯來。

這下不好了，秦郎他只會越急越對不出。外邊的夜露多冷，暮春風吹，渾身涼徹，眞難為你了，秦郎！秦郎！也怪我一時任性，不准你進洞房來。如今可好，有什麼辦法可以解救？莫不成洞房花燭夜就夫妻分開？一個在屋外挨凍挨急團團轉，一個在屋裏自食苦果守空房……

萬萬不可！小夫妻各自心裏難受不說，新婚夜夫妻分開不吉祥！

得想個什麼辦法，叫綠蕚去請大哥來，給少游指點一下。

少游他不是沒有才華，實在是一時急迷了心竅，轉不過彎來，鑽進牛角尖裏去了。

小妹在房來也轉起圈來，苦想著怎樣巧妙地把大哥叫來點撥一下……

其實這時蘇軾根本就沒有睡，他正是在準備著給妹丈秦觀解難題。

並不是蘇軾有什麼神仙道術掐指會算，他是太瞭解小妹了。

小妹聰明絕倫，卻是刁頑任性。就在我大哥二哥面前，她都常常要出一些花花點子，為難為難我們。比如那次我和子由從陝西返回京都吧！她還制兩條「進士高升」的謎語來考我們，猜不出連大門都不讓進。

那麼今天晚上，她也可能給少游出點難題。萬一少游一時急懵了，回答不上，可能就進不了洞房，那就不僅會造成尷尬，以後傳出去還會貽笑大方。

他遠遠地躲在月亮的樹蔭下，瞅著妹妹新房這邊的動靜。看見小妹出了三道難題要考少游，心想越更早睡不得了，一定要看見少游考中三道題，進了洞房才行……

不太久，看見少游圓滿地答中了頭兩道題，蘇軾以爲今晚上不會有事了，便進自己房子裏去了。

誰知第三次再出房門來時，卻見少游眞的被難住了：少游對不出第三道題目的對聯。

可惜不知道小妹上聯出句，又不能出面去打聽；只有再等機會了，說不定少游急得抓耳搔腮，會把上聯念出來呢！……

等，等，等，三個人都在等。

蘇小妹在屋裏等，一等自己的秦郎對出下句，二等自己琢磨一個好主意，叫綠萼去請大哥，以便給秦郎以點撥……

屋外的少游在等，等一個好下聯從天而降，等一個外部啓發撲面而來……

樹蔭下的蘇軾在等，等少游急切得念誦出上聯來……

秦少游急得越走越快，轉遊的範圍也越轉越寬，念誦上聯的聲音也越念越大……

終於，少游他轉悠到先時李敬他們汲水的水井旁來了，他念誦的聲音也已聽得明明白白：「雙手推出窗前月，雙手推出窗前月……」邊念邊用手比劃著雙手推窗的樣子，肯定是想在這動作中得到對出下聯的某種啓示……

蘇軾差點沒笑出聲音來，心裏說：

「少游啊少游，聰明一世，糊塗一時，這麼簡單的對聯，就把一個堂堂的進士難住了……」

也難怪，家鄉土俗話說：聰明到頂，要人提醒。應該趕快提醒一下少游。蘇軾在地上撿起了一顆大石子，朝那口大泉水井扔去。
「噗——咚——」
秦少游猛聽見井裏有什麼響聲，幾步跨過去看，天上的滿月，倒映井底，大放光華；不知被什麼地方掉來的一顆石子，打破了水面的平穩，月亮在水裏晃悠悠，紋皺皺，仿佛在嘲笑一個新科進士，竟然對不出一個對聯：
秦少游看著想著，猛一驚起，下聯有了：「一石擊破井中天！」
「一石」對「雙手」，「擊破」對「推出」，「井中天」對「窗前月」，絕了！精巧絕倫，意境高妙，優雅綿長。
眞是上蒼有眼，天降靈石，妙句猶龍。
秦少游喜滋滋朝新房前的小桌走去……
屋內的蘇小妹正好也想出了主意：這麼晚了，怎好去叫醒大哥、打擾大哥；不如我自己敞開房門出去，假託我白天丟了一塊最心愛的繡花手帕，讓綠萼陪我趁月亮去花園找一找；秦郎他會蠢得趁機溜進洞房都不會了嗎？未必新郎進了洞房，新娘還會把他趕出去？蘇小妹喜滋滋走近房門準備打開……
忽聽門外秦郎高叫：「新娘你聽著：一個小小的對聯，豈能難得住新科進士？你口念，我口對，一聽就明白了。」
蘇小妹在房內大聲念出：

「雙手推出窗前月；」

「一石擊破井中天！」

蘇小妹猛地把房門拉開。

秦少游昂頭闊步走進去。

遠處陰影裏，蘇軾瞇瞇笑著，悄悄回到了自己的房間。

高僧勸誡退居林隱 天業地德蘇洵病亡

秦少游官授秘書省正字。

其岳丈蘇洵爲秘書省校書郎。

正字與秘書郎都是掌管秘藏圖書的官吏，唯一的區別就是「正字」的官職高於「校書郎」；就是說女婿比岳父官大。

在實際工作中，「正字」與「校書郎」可互相配合，共同完成某一個重大課題。

秦少游實際是來接替岳父蘇洵，修刪定稿一百卷的《太常因革禮》，以便盡快付梓。這當然有原因。

首先是蘇洵已日見老邁，行止舉動已不適於奔波操勞。該書的另一個編纂、項城縣令姚辟，其兒子、新科狀元姚蓬一病不起，屢現危險症狀，姚辟夫婦只有這一個兒子，當然因此而倍感傷心，已覺得難以繼續修刪《太常因革禮》。

但先皇趙禎把這本禮儀專著看得十分重要，正是他下詔編纂本書。他崩駕已經一年，現在實際掌握朝政的是他的遺孀、垂簾聽政的皇太后曹氏；她當然不能讓丈夫生前下詔編纂的這本禮儀專著胎死腹中。總要選一個合適的人，來接續完成修刪定稿工作。

秦觀當然是最好的人選。

其次，蘇洵一家，文才薈萃，忠孝雙全，同心協力，奏本力爭。

蘇洵、蘇軾、蘇轍這一門三傑，早已名震朝野；如今又加一個乘龍快婿、新科進士秦少游，更加如虎添翼，八面威風；再加上一個既不在朝、又不在野的蘇小妹，更是錦上添花，不絕鼓噪。

蘇小妹女流之輩不科考，當然不在朝；但她身邊一個父親、兩個哥哥、一個丈夫，都是朝廷京官，她京官夫人，自然也不在野。

尤其蘇小妹那些傳奇故事，什麼大門聯對「爲文飾地，把酒謝天」，什麼「洞房花燭，三難新郎」等等，被人添油加醋，四處傳揚，簡直使蘇門成了五傑齊名的勝地。

皇上早有愛憐之心，對蘇門一家多所恩寵。於是樂得做一個順水人情：授新科進士秦觀以秘書省正字之職，著其修定《太常因革禮》。

現在蘇門一家是五傑齊聚京師的全盛時期。可惜蘇洵被老病所累。但即使老而有病，子女和女婿全在一起團圓，已是最大的天倫之樂。所以蘇洵整日裏其樂融融。

轉眼又是半年了。已到了秋天的尾聲，離冬天不遠了。

這天，蘇宅門口來了一個雲遊僧人。他站在大門外，不進來，唱喏一樣，只說了八個字：

有人來見　無人走也

再不多說半個字，冷眼瞧著大門。

要在別個官宦之家，狗仗人勢的家丁狗腿，早對這衣衫襤褸的瘋和尚一頓好罵。可蘇洵家教有方，要求嚴格。上自老爺少爺，下至家丁僕役，全都溫文爾雅，善待他人。大門口更是晝夜有人守候。

負責守門的是李敬，他已由原先的書童小廝，升做了僕役領班。已由蘇家替他娶妻安家，他已生有兒子，劃撥有專門的住房。他對主人家能不盡忠守職麼？

李敬守在大門旁的耳房裏，幾乎不離開一步，殷勤恭謹接待每一位客人。

雲遊僧人只叫那麼一次：「有人來見，無人走也。」李敬聞聲奔出大門，向他拱手施禮說：「大師請進！老爺有病在身，不能迎客。少爺上朝未歸，請大師進屋等一等。」

僧人並不動步，卻是微微一笑說：

「蘇宅家教有方，李敬果也可教。」

李敬驚問：「大師，你怎知道小人的名字？」

僧人說：「知之者，知之之理；不知者，不知之理。何須多問。」

李敬說：「是！大師請進門。」

僧人說：「不進已進，已進何進？此信一封，子瞻獨覽。」

僧人的髒手，遞來一封雪白的信。信封上是四行大字：

雲遊落定
子瞻有幸
如若飄零
唯從天命

李敬恭恭敬敬接過信來，謹慎地問：

「大師！大相公上朝未歸，只有老爺在家養病。如有急事，可不可以先呈老爺？」

僧人說：「老泉清靜，清靜老泉。勿得打擾，專交子瞻。」

李敬甚感詫異，心中不免恐慌，又問：

「小姐在家，可不可以交給她看看？」

僧人說：「可看勿拆，既拆可看。爾已問完，吾該走也。」

僧人說完，對蘇宅大門合十念誦一聲：

「有幸！」轉身揚長而去。

李敬驚奇不已，心中似有許多迷團，想著只有蘇小妹可以解開謎底。於是飛快跑到蘇小妹那裏，遞了信對她說：

「小姐！剛才一個雲遊僧人送來了這封信。」

蘇小妹接信一看，信封上既無題頭，也無落款，念著四句偈語：「雲遊落定，子瞻有幸。如若飄零，唯從天命。」凝神少頃，大聲說：

「多謝世外高僧！」

李敬不解其意，還有一大堆問題要問蘇小妹，急忙就說：

「小姐！這信封上四句話是什麼意思？」

蘇小妹說：「這是世外高人們的偈語，把明白的意思，隱藏在話語裏邊，使人只可意會，不便言傳。高僧這四句偈語的意思是說，這封信能進我家，是我家萬幸。」

李敬高興極了，笑著說：

「哈！可不！小姐猜得好準，那僧人臨走之前，朝我們家大門作一個合十，只說了兩個字：『有幸！』就走了。小姐，你怎麼猜出來的？」

蘇小妹笑笑說：

「啊！我呀！我還猜你請他進屋，他不肯進。」

李敬忙不迭地說：

「正是正是。他不但不進屋，還說了兩句奇怪的話。」

蘇小妹問：「你還記得他是怎麼說的嗎？」

李敬說：「當然記得。他說：『不進已進，已進何進。』小姐，這是什麼意思啊？」

蘇小妹笑笑說：

「他這是說：雖然沒有進門，等於已經進了；既然已經進了，又還往哪裡進呢？所以他最終沒有進門。」

李敬問：「小姐一解釋，還真是這個意思了。你怎麼知道是我請他進門他不進來呢？」

蘇小妹說：「傻小子！你幾時接客人不請他進來？若不是僧人自己不願進來，不是早就進來了？哈哈！」

李敬陪笑起來：「哈哈！那小姐你告訴我，我並不認識他，他怎麼知道我的名字？」

蘇小妹說：「世外高僧，無所不能。需要知道什麼事，無所不知。這有什麼奇怪。」

李敬明明聽僧人交代了，這封信只能交給大相公蘇軾一個人看，但他想早點知道信的內容，故意誑蘇小妹說：

「小姐！僧人說這封信你可以拆看。」

蘇小妹猛地冷下臉來，喝斥道：

「李敬！不得騙人！這封信明明寫了只有我大哥一個人拆得：『子瞻有幸』四個字就有這個意思。我若看不出來，豈不上了你的大當？下次再來騙我，我必告訴爹爹處罰你！」

李敬慌忙單腿跪下說：

「小姐莫見怪，小人知罪了。我問過僧人，這封信可不可以交你拆看，他說了兩句話我也半明不白。」

蘇小妹說：「知罪就好，起來說：僧人說了兩句什麼奇怪的話？」

李敬起來回答：「僧人說小姐：可看勿拆，既拆可看。這什麼意思啊？」

蘇小妹高興了：「他眞是這樣說的？你可不許再騙人！」

李敬說：「再騙你我是小豬小狗！這兩句話我聽懂了一半：叫你莫拆。下一半不好懂：『既拆可看』，不是說小姐你若是不小心拆開了，就可以看了嗎？」

蘇小妹說：「你又犯傻了！高僧是說，這封信等我大哥拆開看了之後，必定交給我看。」

蘇小妹一邊說，一邊把信收進抽屜，對李敬說：

「你去守大門吧！晚上我親自把信交給大哥……」

李敬走走又回來說：

「小姐看過信後要告訴我信裏說些什麼。」

蘇小妹說：「當告訴自然告訴，不當告訴，問也白搭！」

蘇軾下朝回來，從小妹手裏接過這封信，一看四句偈語：「……子瞻有幸……唯從天命。」心裏猛然一沉，深感這封信十分重要，絕非小可。但究竟給家庭帶來的是吉是凶，是禍是福，就一點也分辨不出來了。

蘇軾拿著信走進自己的書房，鎖上房門，認眞讀起來。

子瞻：

吾蜀僧去塵也。汝不知吾，吾卻知汝。

張簡易者，汝之師也。張簡易者，吾之徒也。

然，汝非吾之徒孫，吾亦非汝之師祖也。緣盡於此，莫之奈何。《易》曰：「乾道變化，各正性命。」不可強求，汝當知也。

汝家正值昌盛；吾卻不賀也。《道》曰：「福兮禍所伏。」汝亦知之矣。

自汝家妹、觀聯姻始，汝師張簡易廣謂人曰：「吾生軾、轍家，尋有洵、軾、轍、觀、妹五傑橫空也，吾豈無耀哉？」

不幸者甚，汝家亦以此為耀也；誠悲夫！

故，吾代汝家處箋，期能醫病一二。處箋總括：「出椽腐也。」

處箋另附，唯二十二疊四十四字。其義皆隱。隱顯難服。天意貶服。其服應服。《易》曰：「天行健，君子以自強不息。」

處箋難解好解。若非好解，吾告之何？

蜀僧去塵

蘇軾很快讀完了信，意思盡皆明白：蜀僧去塵告誡我家：切不可以「五傑橫空」之類自我吹噓榮耀。也不能喪失先生的信心和勇氣，要遵從《易經》的教導：「君子以自強不息！」

只有兩處地方蘇軾頗費了一點心思才領悟到信中的信思。

其一是四句偈語：「其義皆隱。隱顯難服。天意貶服。其服應服。」這四句話是指那個後附的處方箋二十二疊四十四個字，其意義是隱蔽著的；當其隱蔽的意義一顯現出來，我就會接受不了；於是天意安排要我接受；眞要是這樣的話，那也只能服從天命，不作強求。

啊！這不是預示我將有很悲慘坎坷的命運麼？蘇軾弄懂這一層意思之後，不無懼怕驚慌。他知道這些世外高人有超凡本領，他們所說之話絕非戲言。

那麼，那作爲「處方箋」的二十二疊四十四個字是什麼內容呢？他迅速找來研讀：

野野　鳥鳥　鳴鳴　叫叫　友友　朋朋

應應　識識　知知　音音　語語　真真

情情　且且　勸勸　歸歸　林林　隱隱

聲聲　名名　戰戰　兢兢

蘇軾將這些互不關聯的奇怪疊字看了好多遍，反覆試用各種連綴方法解讀，隱隱約約也懂一點其中的意思，乃是規勸歸隱。但怎麼也沒法將全部四十四字各用一遍，使之串連爲詩文，意思也通暢明白。

蘇軾知道：這些禪道偈語式文字，都是世外高人所爲。須得用完全部的字聯通成爲詩文，才可算是眞讀懂了。

蘇軾偏偏始終做不到這一點。這便是他讀這信所遇到的第二個難關。

蘇軾再把蜀僧去塵的信重讀一遍，才注意信尾的三句話：

處箋難解好解。若非好解，吾告之何？

啊！對了：「好」解之好字，不是「女」「子」二字的組合麼？這「女」「子」只能是小妹。對！小妹一定能解讀得明明白白。

蘇軾對蘇小妹的超群才智深信不疑，拿著信和處箋便找蘇小妹去了。

果然，小妹看過蜀僧去塵的信，又看了兩遍「處方箋」偈語，馬上說，「大哥！我已經讀通了，待我寫下來給你看吧。」

隨即展紙揮筆，在一張頗大的宣紙上，將二十二疊四十四個字，演繹成了一首樓梯式的偈語詩：

野鳥鳴

野鳥鳴叫叫友朋

友朋應識知音語

應識知音語真情
真情且勸歸林隱
且勸歸林隱聲名
聲名戰戰兢兢

蘇軾仔細一看，果然全篇四十四個字，是二十二個字的重疊偈詩。一字不少，一字不多，於是笑笑說：

「小妹！你眞勝過大哥許多了。若非女兒家，功名將遠在我之上。」

蘇小妹說：「大哥！話不能這樣說。大哥把全部心思都用在學問、詩文、政務、人事糾葛等許多方面去了，自然少些時間研讀這類神秘隱語文字。小妹我婦道一個，無處施展，研讀這類文字自便多些。

「兄妹之間有什麼客氣可講，我們彼此天資相差無多。

「唉！只可惜小妹就是再聰明些也無大用，天命我是女人，只能認了。

「大哥，我只告訴你一個人，你連爹也不要告訴：小妹不會是長命人。」

蘇軾急得嗔她說：

「小妹！你胡說些什麼？好端端的生出厭世思想！」

蘇小妹說：「大哥，不是我厭世，是世難容我。」

蘇軾急問：「什麼意思？」

小妹慢答：「大哥，其實去塵大師的信，和這篇偈詩的意思，你已經全部懂了。你看這四句：『其義皆隱。隱顯難服。天意貶服。其服應服。』去塵大師實際是在告誡我們，我們全家人面臨的，將是很悲慘的命運，勸我們像小鳥一樣歸隱山林，不受聲名所累，不過那令人顫顫兢兢的生活。

「可他也知道我們一家人服不下這副要我們歸隱的苦口良藥，就是說我們家還是會被『聲名』牽著走。

「天意就會逼使我們服下這副苦口藥劑，那就是我們悲慘坎坷的命運了。

「大師又勸誡我們，眞到了這坎坷悲慘的命運裏，也要心悅誠服，不要強自出頭。

「悲慘的命運更欺負弱者，在陰陽交替的世界中，女人屬陰，是弱者。

「說到我們家，我是弱者。偏偏我又不該生得聰明了一生，比一般女人聰明一些，甚至比一些男人都聰明一些，把什麼事情都看得明明白白，那命運還能饒過我嗎？

「換一種說法：我能挺得住悲慘的煎熬嗎？土俗話都說，聰明命短；糊塗命長。正是這個道理。

「眼前還有個活例子：新科狀元姚蓬，是和爹爹同編《太常因革禮》的項城縣令姚辟的兒子。可以說是狀元帽子一戴，他就吐血病起。我偷偷瞭解過了，他就是太聰明，事事爭第一，拼命奪狀元。如今狀元奪到手，他命也拚完了。

「他是因聰明而太好強，拖垮了體子。原先沒有狀元頭銜，他還有拼到底的精神撐著。自從皇榜一發，他狀元到手，突然放鬆下來，還能不垮不病？只怕不久於人世了。他只比我大幾個月呢！

「大哥！你說這不是我的活例子麼？」

蘇軾聽了這一大篇話，內心矛盾極了。一方面，自己知道小妹說得絲絲入扣，千眞萬確，毫無虛假；另方面自己又接受不了這些事實。別的不說，單是小妹短命早逝這一條，他蘇軾就將受不住這個打擊。但是在表面上，他還得從正面去鼓勵小妹才行。

蘇軾裝做一副嚴厲的樣子說：

「小妹！你怎麼跟姚蓬去比？去塵大師信裏不是要我們讀《易經》，效法乾卦：天行健，君子以自強不息麼？」

蘇小妹說：「大哥！其實你自己也懂了，去塵大師說的那個『君子』是指你！

「在我們家裏，大哥你的功名、文名都會最高，可你受的苦也會比別人更多更大。

「去塵大師是要給你鼓勁啊！不然，他爲什麼要扮一個雲遊僧人，親自來送這封信，卻又不肯直接來說呢？他送信是看你值得鼓勁，他不肯公開出面是怕你纏上了他！」

蘇軾微微笑了：

「小妹，你也猜到是去塵大師親自送來的信？這一點，我們兩兄妹想法完全一樣啊！」

蘇小妹說：「大哥！我就說了嘛，我兩人天資本就相差不多，這還有假！」

蘇小妹話未說完，李敬跑進來報告：

「大相公！小姐！剛才，和老爺一起編書的姚辟大人家丁來送信：他家狀元公子已經升天。聖上追封謚號為『文冠大夫』。明天起舉祭七七四十九天。如有祭幛等獻上，明天最好。

「老爺不知為什麼，一聽狀元郎升天，就嚇得暈了好一會。現在好了，叫你們趕快去商量送祭幛等事情。」

蘇軾、小妹拔腿便往外走。

蘇軾人高腿長，小妹個小步短，她快跑幾步追上蘇軾說：

「大哥！爹爹已很虛弱，雲遊僧人送信之事，絕不能向爹提起，免得他又多想別的事情。」轉身又交代僕役領班說，「李敬你也聽清了，那個雲遊僧人要你轉信給我大哥的事，除了我們三個人，你不能讓任何別人知道。記住了！」

李敬應諾：「是！小姐。」

蘇洵在自己房子的睡椅上躺著，蓋著一條薄薄的被子。

他並非已到臥床不起的地步，只是剛才被姚蓬去世的消息所震駭，一下癱軟了下來，躺倒在睡椅上了。

蘇洵何以如此震驚？是因女兒小妹批斷姚蓬「才高命短」的讖語應驗了。在他的夢幻中，花王曾明白告訴他說：第一個夭折的是「姚蓬」，第二個便是「蘇小妹」……

他震悚著。作為父親，絕不能讓女兒在自己眼前消失。

當蘇軾、蘇小妹兩人進屋請安之後，蘇洵只是簡單的交代了幾句說：「狀元大人仙逝，聖上追謚文冠大夫。明天送的祭幛，由子瞻親自撰寫。小妹！從現在起，你每天白天都在這裏陪我，談談詩，說說話。」

蘇洵以為，用這辦法可以驅除可能失去女兒的悲哀。

蘇小妹說：「爹！女兒理應侍候你老人家……」

無形的感情世界，往往能造成一些有形的奇蹟。蘇洵很快地康復便是一個明顯的例子。

由於愛女小妹每日守在身旁，蘇洵似乎再不擔心「小妹花」會隨著「姚蓬花」過早凋謝而去。於是，一下子變得寬鬆舒坦起來。

又由於小妹聰敏過人，善解人意，幾乎爹爹的任何言行，女兒都能給以引起歡愉的回應，使蘇洵從中感到天倫之樂的莫大歡欣。

於是，很久以來病態懨懨的老人，竟很快康復了。臉頰上有了老年人絕少看見的一絲紅暈。

因病耽擱的《太常因革禮》修刪定稿工作，已經由女婿秦少游接手去完成，蘇洵已覺得自己在這世界上，沒有留下任何遺憾。即使現在突然死去，也該知足瞑目了。

一想又不對，自己的《易傳》還沒有完成，這不是一個很大的遺憾嗎？

蘇洵自三十年前跪在父親臨終床前發誓讀書以起，一直是諸子百家廣泛涉獵，其中自然包括群經之首的《易經》。但《易經》並不是各朝各代科舉必考的項目，便沒有更深的鑽研。

直到十年前兩個兒子進士及第，自己也被授以京官之後，蘇洵便把業餘時間都投入到研讀《易經》中去了。越讀越喜歡，越探究越明白，《易經》太偉大了，太淵博了。

世界上萬事萬物的剛柔、遠近、喜怒、逆順等等，無一不是《易經》所闡述的，天地陰陽之道的具體表徵，毫無例外。

有感於《易經》的偉大、高深、淵博，蘇洵決定撰寫一本易學專著：《易傳》。因為編纂《太常因革禮》太費時間和精力，他的《易傳》寫了多年而尚未完成。

近半年生病療養，更是完全停止了《易傳》的撰寫。當時心想：若是就此死去，《易傳》未得完成，那也是天意難違了。

自己又奇蹟般康復過來。蘇洵認為這是天假遺年，應該有所報償，首先想到的便是加快完成《易傳》的寫作。

蘇洵把自己對《易經》研習的心得體會集中起來，共有三點：

其一，《易經》是天人之學。

其二，《易經》以抑惡揚善為宗旨。

其三，《易經》中綜卦與錯卦乃相反相成。

蘇洵的《易傳》專著，也就由應對上述體會的三卷合成。

第一卷《天人之學》和第二卷《抑惡揚善》都已經寫成；唯有第三卷《錯綜發微》沒有真正開始，只是作好了條目準備。

所說要加速完成本書，實際上就是儘快撰寫好這第三卷：《錯綜發微》。

經過幾天的思索，蘇洵已想好了這一卷的開頭部分，這是解釋一下什麼是「綜卦」，什麼是「錯卦」。還只能算做常識性的內容。底下的實質心得體會，才是重點，即將八八六十四卦中互為「綜卦」或互為「錯卦」作三十二個組合的兩兩對比，加以奧義發微，給人以實際的啓發和教誨。

蘇洵已經老邁頹唐，目前的康復不過是回光返照；尤其是老年人不應有的臉頰紅暈的出現，更說明自己已時日無多。

而自己的兒子和女婿呢，他們忙於政務，不可能給自己幫什麼忙。

那麼，只有讓女兒來幫自己一把，儘快完成《易傳．第三卷．錯綜發微》的撰寫，以給後人留下一條學習《易經》的捷徑。那該有多好啊！

於是，蘇洵決定先讓女兒通讀一遍《易經》；再讀一下自己已寫好的《易傳》第一卷《天人之學》，和第二卷《抑惡揚善》，看她能領會多少。而不管她理解的多寡深淺，這總為下一步幫助整理和撰寫《易傳》第三卷打下了基礎。

不過蘇洵怕女兒完不成協助撰寫《易傳》第三卷的任務，決定先不把這事提出來。

於是，蘇洵對女兒說：

「小妹，這幾天你就把《易經》通讀一遍。讀完之後再讀爹寫的《易傳》一、二兩卷。我已把我寫好的稿子放在書桌上了。

「等你讀完之後，爹還要你談談自己的體會。」

小妹高興極了：

「爹！正好我兩個想到一起去了。我想，爹以前叫我讀這書，讀那書，什麼經、史、子、集都有，唯獨不叫我讀『群經之首』的《易經》，不知是什麼道理。這下我自己選書，我就非讀讀《易經》不可。萬沒想到爹這次恰恰是要我讀《易經》，更沒想到爹還寫了《易傳》；這下可眞更要認眞讀一遍了……」

蘇小妹天資如此之高，根底如此之好，沒費多少時間，就把《易經》全讀完了。她讀完有一種恍然大悟的感覺，仿佛自己一下飛升到高空，將整個世界看個明明白白，來龍去脈一目了然。

蘇小妹興奮至極，馬上讀父親所寫的《易傳》一、二卷。讀完覺得對《易經》已全部融會貫通，欣喜不已。

蘇小妹快步跑進父親內房，歡聲尖叫：

「爹！我眞像佛一樣大徹大悟了。整個世界如此紛繁複雜，《易經》將其概括闡述得有條不紊，一覽無餘。使人突然覺得自己高大了、成熟了。達觀知變，進退自如，再不會爲一些芝麻蒜皮的小事斤斤計較了。這是《易經》了不起的大功勞！」

蘇洵也十分高興，笑著說：

「唷！不然，怎麼把《易經》叫做群經之首呢？你具體說說讀了我的《易傳》一、二兩卷的體會吧！」

蘇小妹說：「爹！你這篇《易傳》，抓住了《易經》的本質和核心，提綱挈領，使我讀了以後，覺得對《易經》已全部貫通，明明白白：

「第一卷：《天人之學》，使我一讀就抓住了整個世界的兩大道理。第一個大道理：天與人是統一的，天理即人道，人道即公道，整個《易經》都在闡述這種『天人合一』的大道理。

「第二個大道理：整個世界時刻處在變化之中，這叫做『變易』；但這種變化又都有規律可循，這叫做『不易』；由於其有規律可循，人們可以透過某種方法，得到預知結果，從而在行動上趨吉避凶，這叫做『簡易』。整部《易經》，就是對這『變易』、『不易』和『簡易』進行探討和闡述，教人聰明起來。

「第二卷：《抑惡揚善》。使我一讀也抓住了兩個大道理。第一個大道理：人的本性是善良的，因為天人合一，天理即良心。天理為善，良心亦為善。惡是本性變壞的結果。

「第二個大道理：人必須作善行善事，不作惡行惡事，因為善惡到頭必有報應。一個人絕不可以見小善而不為，見小惡而施為。因為小善不積，大善不來。而看似施行小惡，累積會成大惡，以致十惡不赦……」

蘇洵十分滿意，喊出了心裏的聲音：

「天不薄我！我可以加快完成第三卷了。

「小妹！你已經掌握了《易經》的精髓，正好可以幫我完成《易傳》第三卷的撰寫。由我講，你記錄整理，最後由我刪定。」

蘇小妹高興萬分：

「爹！女兒一定盡心盡意。你這第三卷標題是什麼？你開始講，我開始記。」

蘇小妹說完，飛快準備好了紙筆墨硯。

蘇洵有條不紊地講著第三卷的內容。

蘇小妹飛快而熟練地作著記錄……

易傳．卷之三．錯綜發微

一、錯卦者，陰陽爻相反之兩卦也。如「乾」卦六個陽爻，排列如圖（䷀）；「坤」卦六個陰爻，排列如圖（䷁）：故乾、坤兩卦互為錯卦。

二、綜卦者，上下兩單卦相反之兩卦也。如「比」卦，如圖（䷇）與「師」卦，如圖（䷆），兩卦之上、下各三爻兩個單卦完全相反，故此，比、師兩卦互為綜卦。

三、本卷之宗旨，乃將全部六十四卦，分成或錯卦、或綜卦共三十二組，探究其間之深刻含義，發掘其對齊家、治國、平天下之借鑒作用，所謂發之微末，用之輝煌者也。

右列者，為本卷所以稱之為《錯綜發微》之題旨。

左列者，乃本卷發微之實例也。

乾卦　六個陽爻（☰），代表剛正，創業。象辭曰：天行健，君子以自強不息。

坤卦　六個陰爻（☷），代表柔順，承受。象辭曰：地勢坤，君子以厚德載物。

此二卦對比觀之，十分明顯，乾卦之天，代表創業；坤卦之地，代表德載，所謂天業地德也。

其基本含義，乃互為依存，互為補充。即相反相成也。

夫世界之大，物眾之廣，莫能脫其囯定也。

若夫旱與雨者，無雨，稻菽何以滋生，無旱，穀物何能成熟；若果全雨無旱，澇無收也，若果全旱無雨，枯亦無收也：故旱與雨相反相成。

若夫男與女組成家庭者，無女主內，則男外何所依，無男主外，則女內何所存。故男與女相反相成也。

天耶，地耶，人耶，物耶，誰能舉出無須相反相成之所在……

蘇洵講著講著興奮起來，聲音異樣地高大，節奏反常地急速，字句卻漸漸不清了……

作記錄的女兒蘇小妹，猛覺詫異，停筆抬頭，原來父親高興得邊走邊說了……忽然間一晃，蘇洵「啊」地一聲，往下倒去。

幸好，蘇小妹早已擲筆趕來，將父親牢牢抱住。但老父親已經昏迷了。

蘇小妹尖聲大叫：

「爹爹！爹爹——」

內房裏的小妾黃姨聞聲快步趕來，「哇」地哭出聲來：

「老爺！老爺——」

二人把人事不省的蘇洵抬到了房內床上。

飛快請來了醫生，診斷後說：

「急性中風。」

飛馬上朝，喊回了兒子蘇軾、蘇轍和女婿秦觀。一齊叫著喊著。

蘇洵已在彌留之際，眼光四處搜尋。終於發現大兒子蘇軾已跪在床前，難怪朝高處找他不著。

蘇洵看著蘇軾微微動了動嘴巴，聲音已聽不清晰。

蘇軾把耳朵貼近父親嘴前。

蘇洵一時不知哪來的神力，大聲說：

「子續《易傳》天業地德……」

一語未完，倒頭嚥氣。

蘇軾沒料到父親會猛有一下高聲，當他耳朵貼近父親嘴邊時，「天業地德！」如雷灌耳。

滿屋子是驚天動地的哭聲，無以止歇。

天業地德父偏亡。

有賴易經冥升四品 貫神點主亡魂風光

蘇洵已無回天之力。

家人呼天搶地哭泣。

蘇軾卻飲泣著抽出身來，馬上進行爭取門楣風光的第一件工作：呈父亡表奏。表云：

臣軾言。先父蘇諱洵字明允別號老泉，於今申時不祿，蒙皇恩享年五十有七。先考承蒙先皇聖恩，授秘書省校書郎，編纂《太常因革禮》一百卷，已呈秘書省刪定。該書涉獵史籍治繁，汗牛充棟，積十年之久始成。深感未報皇恩於萬一，乃借聖諭恩准，居家休養之機，不輟筆耕新著《易傳》。乃以弘揚炎黃文化，匡正社會風氣，教化抑惡揚善為宗旨，以期報效皇恩。

《易傳》共為三卷，其卷一《天人之學》、卷二《抑惡揚善》均已由先考親撰完成；唯卷三

《錯綜發微》正待落筆，已感不支。乃抱病口述；令女兒小妹記錄，一則未完，遽爾中風暈厥。回光返照中，囑不孝男軾續完《易傳》，以獻聖上。

臣、不孝男軾定當不負先考囑託，續成《易傳》以報皇恩一二。

現謹呈先考《易傳》已完稿之卷一卷二，其未完稿（記錄）卷三隨本呈奏，以證所奏無虛。乞龍顏詳察。續稿容後再呈……

按照朝制禮儀，蘇軾身穿最隆重的斬服孝衣，即下襬處周邊均不縫紮，散邊粗布麻衣，腰紮麻帶，頭戴孝帽，坐馬車來到他所供職的登聞鼓院，離大門還有三十丈以上，即行下車，步行走到登聞鼓院門口。守門的禁卒早已瞧見自己的長官，步行報喪來了。便也早早出迎。

約離登聞鼓院八丈左右，蘇軾將報喪奏摺交與門禁，囑咐一聲：「請按朝制速呈皇上！」說著，已雙膝跪下。孝子官再大，見狗拜一腿。於是長官蘇軾向門衛下跪。

門衛連忙單膝跪下還禮，接過蘇軾手中的奏摺，安慰說：

「大人節哀！小人即刻飛報！」

蘇軾隨即去駙馬府報喪。

一封私人小札，立即就送到了駙馬內室。駙馬王詵和夫人蜀國公主一起看下去：

拜 駙馬爺晉卿兄勳鑒：

不孝蘇軾，戴罪呈言；先父已於今日申時謝世。罪弟軾有感於兄之屢施惠澤，未敢忘懷，特此具報。

另已先奏聖上。

我朝皇恩浩蕩，聖上體恤微臣，依慣例將有財物賞賜。

兄向知弟淡泊錢財，惟重聲譽。若兄就便，請轉奏聖上，以明軾之心志也。

軾率闔家　再拜公主大安！

罪臣**蘇軾**　頓首

即日

十分明顯，蘇軾請蜀國公主透過母太后的渠道，懇請皇上不賜蘇家財物，改爲追封謚號。蜀國公主立刻進後宮去了。

由於這樣辦還可省去朝廷一筆款項，當然一說就准。

第二天，蘇軾家便接到了聖旨。

詔下：

故秘書省校書郎蘇洵，畢生忠於朝廷。先是家教嚴謹，育才有方，使其子軾、轍同科進士及第；繼而自身效命朝廷；近年又擢婿秦觀進士及第，誠乃貢獻才識於朕，不遺餘力也。

且洵卿本人奉先皇詔命，主修《太常因革禮》，窮竭十年心血，達成修編百卷，為整飾本朝禮儀綱常，殊多貢獻。

當其年邁休閒於家，仍不遺餘力，撰著《易傳》，以倡天人之學，教化抑惡揚善，誠善斯哉！卒於編著桌旁，樹鞠躬盡瘁、死而後已之範本。

朕念其卓著功勳，追諡蘇卿洵為光祿寺丞。准四品喪葬。欽此。

光祿寺丞是個極尊貴的閒官職位，負責掌管皇室人等的起居飲食。亦即這一封號使蘇洵忝列於皇帝親信人物的圈子。四品更非尋常，已入高官大吏之列。雖是死後才享有風光，也是平常人氏所不可企及。

欽賜四品喪葬，給蘇家帶來了無比輝煌的神聖光環。

南園蘇宅門前街上，一排溜立著五十七張通天錢，數目與死者蘇洵年齡一樣。

通天錢全用厚實的縑絹製做，每張高達三丈三尺，象徵升入三十三天；五顏六色相配，煞是異彩紛呈。

通天錢用高達四丈的木柱張掛。每柱相隔一丈零八寸，象徵死者蘇洵為「一」部《易經》之「八」卦闡釋，耗盡了心血。

五十七根四丈大柱間隔一丈零八寸排列，長達半里，從南園門口一直排到宜秋門外大直街的盡頭，使無數過往人等停步肅目，崇敬萬分。風光所及，何止是一座汴梁京都。

所有朝廷命官，及親朋戚友，均收到了一張印製精美的訃告柬帖：

不孝軾等罪孽深重，未及殞滅，禍延顯考蘇公諱洵，慟於是年季秋月下浣之七日申時壽終正寢……不孝軾等隨侍在側，親視含殮，遵禮成服。

蒙浩蕩皇恩，謚號光祿寺丞，賜四品喪葬。即日起七七四十九天之內，跪候吊唁。

叩　在

戚、**友**、**學**、**鄉**、**庚**、**世**鈞前

哀哀此訃

不孝男　**蘇軾**　孫**邁**

轍　**遲**

跪　拜

蘇家著孝之人，除孝子蘇軾、蘇轍，孝媳王弗、史翠雲之外，尚有蘇洵的小妾黃姨。唯長孫蘇邁左肩上綴有一塊紅布，以示他不是孝子，而是孝孫。在黃姨右肩上綴有一塊藍布，以示她是死者的妾而不是髮妻。

女兒蘇小妹因已出嫁，只著半孝服，即頭和上衣著白孝。按規定下身可著除紅色之外的任何顏色。蘇小妹著的是綠褲。她認為綠色最為悠久綿長，猶如山野之草木，長盛不衰。用這紀念父親的恩德，最合適

不過了。

女婿秦觀也著半孝。但與女兒的半孝不同，女婿著的是頭、腳下身爲白。按制式上身可穿除紅色之外的任何顏色。

秦觀深感岳父大人恩重如山，本想著全孝服，但礙於朝制禮儀，不得亂著。於是他挖空心思，著了一件灰撲撲的上衣，而且也故意不縫紮下襬。遠遠看去，白與灰難以分辨，竟和全孝服一般無二了。

祭祀活動最精彩之處是「貫神點主」。

蘇洵的葬禮，實際上便是從這「點主」開始。

蘇軾爲先父亡靈請的點主官，是當朝駙馬王詵。

陪主官是大名鼎鼎的司馬光和王安石。

十年前，司馬光和王安石在南園蘇宅一起出席蘇家「闔家歡」宴會之後，來往更其密切。如今兩人同時被調入群牧司任都監之職。

群牧司是掌管全國畜牧尤其是戰馬事務的署衙，周知國馬之政，察其存耗之數。

這個部門本無足輕重，但近年來西北邊境之元國、西夏等屢屢犯邊得逞，據報乃是敵人戰馬多而雄強，而皇朝國馬少而瘦弱之結果。新登基不久之英宗趙曙，和垂簾聽政的皇太后曹氏，都變爲高度重視群牧司，將素有朝臣典範之稱的司馬光，從翰林院調到了群牧司，當然是聖上認爲養好戰馬比啃好書本更爲重要；又把王安石從常州知府任上調爲京官，也入了群牧司。

這在司馬光和王安石那既是文友又是政敵的複雜關係中，增加了戲劇色彩。請他們當陪主官實在應當。

蘇軾請的「大贊」司儀，是同科進士中的兄長曾鞏。曾鞏已由地方官任上調入京都，在集賢院任校理一職。

點主儀式是一種祭奠儀式，如此高規格的喪葬祭典，簡直神乎其神。

差不多整個汴梁京城的人都不願錯過這個觀摩的機會。

「南園蘇宅」平時可以自由出進，連叫化子來了都恭敬接待。

這次不行了，因爲有朝廷重臣出出入入，還有赫赫威名的駙馬爺王詵，要偕夫人蜀國公主駕臨。皇帝趙曙與垂簾聽政的皇太后曹氏，都看了蘇洵的未完遺稿《易傳》，倍加讚賞。

他們原先也看過《易經》，但只是瀏覽，有一個粗淺印象而已。經過蘇洵的《易傳》發微，才豁然明白，《易經》是一本太好的書，不愧爲群經之首。它的主要內容是「抑惡揚善」和「趨吉避凶」，而蘇洵的《易傳》，又正是抓住了這兩個要點。直白說來，無非是勸作善行善舉，告誡邪惡奸佞。這本書如能付梓出版，廣爲推行，教化民風自有大效。那對朝廷是多大一份功德！

兩位最高當權者格外添恩加寵，著調開封府禁卒一百名，前往南園蘇宅，擔任安全保衛工作，直至七七四十九天祭奠完成。

一百名禁兵在宜秋門外蘇宅前後，五步一崗，十步一哨，便確乎是皇恩八面威風。

只是，想看熱鬧的市民傻了眼。

傻眼人會想傻主意。

在蘇宅外邊的古柳高槐之上，在一些高樓大台之中，到處擠滿了觀摩的人眾。

這遠遠不夠盛下想觀摩的人，於是一門賺錢生意應運而生：

搭台遠眺喪葬風光

這樣的貼紙到處可見。

凡是能瞅見蘇宅內園的任何空地，幾乎一夜之間全被瓜分。用磚石、竹木、鐵杆、鐵板等等，搭起了各式各樣的眺望台。

果然是萬人空巷，爭睹四品喪葬風光。

熱鬧而隆重的場面就要開幕了。

靈堂內外，共有一百零八位道士，各執鐘、磬、鼓等法器（樂器）排列。

另有四人執鑼，在靈柩前三丈處，爲來客預報鳴鑼。

點主桌正中，立著一個三尺三寸高的神主牌子。這牌子暫時還是木料的本色，是檀香木，稍顯泛黃。現時只能是木坯子，不然「點主」點不上去。

木主牌上寫著：

顯考蘇公諱洵之神主

眼下，「神」字沒有那一長豎，「主」字沒有頂上的那一點。

「貫神點主」便是要在儀式中將「一豎」和「一點」添加上去。

神主牌的字是隸書字體，這是爲了使任何人「點主」「貫神」之後，其字不會因筆劃不合而刺眼。

點主桌東西兩頭，各放著一個硯臺。硯臺長一尺，寬五寸，碩大美觀。東頭的那一個研銀朱色即紅色；西邊的那個研墨即黑色。

桌邊還放著兩個裝有白色公雞的雞籠。

桌的外方兩端，各放了三支新毛筆，全是斗碗大筆，筆毛已用水發開；架放在兩個銅筆架上。筆旁，是左右各一大缽清水，叫做「涮筆清水」。

桌的正中前方，擺著兩顆鍍了金的鐵針。稱爲「刺冠金針」。

眼下司儀大贊曾鞏已經就位，他站在靈前東頭，離桌八步遠的地方。先朝外站著。

司馬光和王安石兩位陪主官，也就位了。司馬光站在桌子東頭，王安石站在桌子西頭。離桌二步遠，相對而立。

只等點主官駙馬王爺王詵到場了。

此時偌大一個祭場鴉雀無聲，連小孩的哭聲都聽不見。

只有這短暫的鴉雀無聲，才能烘托出等一下的諸多樂器合奏，造成一個聽覺上的反差奇蹟。這大概是做法事的道士們的初衷。

沒有了聲音，便突出了顏色。於是，那各組樂器的衣服特色，顯露出來了。

執鼓的全身都是淺棕色，簡直和鼓的顏色融爲一體了。

執鐘的全是黑色袍服，也和鐘的顏色一般無二。

執磬的全是深灰色，和磬的顏色接近一致。

執鈴的爲全身淺綠色，和鈴的顏色相差無多。

更有六十四位誦念經文的道士，同穿深灰的袍服，戴鑲黑邊的灰色僧帽，穿灰色芒鞋。

在他們的眼裏，世界、人生、朝政、市井、文壇、戰場、武林、殺戮……全都是一片灰蒙。

蘇軾和王弗，各領一隊男、女孝家，分站大門東、西兩側，等候駙馬爺到來。

遠處傳來了咚咚咚咚的銃聲，這是訊號：尊貴的點主官已經來了。

不大一會，一輛華貴的四乘大馬車轔轔而來，前後是呼擁著的鹵簿（儀仗），共有十二人之多。

馬車在蘇宅大門外八丈開外停下，駙馬和公主先後踏下車來，慢慢走向蘇宅。

蘇軾率領男女孝家跪拜迎出。首先是全部跪倒，碰頭響地。再全部爬起，向前走三步，又通體下跪，碰頭響頭。再爬起，行三步，又磕頭。如此便叫做「三步一拜，五步一請」，一直迎到駙馬公主跟前。

這時孝家通體爬伏地下，不再抬頭。候駙馬與公主向蘇宅門口走去了，孝家才起站跟隨其後。仍保持男、女各一隊的隊形。

從駙馬踏進南園大門的一刻起，靈前執銅鑼的四個人，開始鳴鑼通報。先是東邊二人打兩下：「噹噹！」再是西邊的二人打兩下：「噹噹！」爲此交換反覆，慢慢地敲著。

這分明是告訴祭堂裏的執事：

「來了！」「兩位！」「來了！」「兩位！」……

報信鑼一直敲到駙馬公主走到祭堂前爲止。

來在桌前之後，駙馬在東邊，公主在西邊，臉朝上方站著。

這時，司儀曾鞏高聲唱喏：

「孝家行三拜九叩禮答謝！」

聽到這句唱喏，駙馬和公主轉過身來，朝下方站著。

這三拜九叩禮非同等閒，就是先作三個揖，跪下去磕一個頭；起身而不起立，跪著作三個揖，又磕頭碰地至響……如此反覆三次。便是三拜九叩首之大禮了。

孝家拜謝完畢，司儀曾鞏又大喊：

「獻香燭！」

於是，兩名童男、兩名童女，從早先藏匿的四個角落裏站起來，各人手捧已點燃之大香大燭，分別從四個不同的地方向點主台送去。這象徵天上金童玉女，從四面八方趕來迎接升天亡靈。

曾鞏又大喊一聲：

「點主官就位。」

這時駙馬和公主都同時轉過身來，朝靈桌方向站好。不過再不是二人並排，而是駙馬在前，公主在後。表明眞正的點主官是駙馬，公主已退歸從屬駙馬的地位。

曾鞏又大喊一聲：

「點主官盥洗！」

於是兩個溫柔女子，身穿素色黑衣藍褲，各捧一個銅臉盆而來。東邊來的女子臉盆中有清水，駙馬象徵性洗了一下；西邊來的女子臉盆中有白手巾，駙馬象徵性抹了一下。兩個女子端盆退走。

曾鞏連喊兩聲：

「典禮開始！奏動鼓樂——」

於是，在場的鼓樂，一齊鳴奏起來。奏的是遠古淒惋調子，節奏舒緩平和，很像是瓊瑤仙閣，等待亡靈的到來。

鼓樂一止，又是四支笙和四支直簫，緩緩地吹起。好像從幽深的山谷，飄過尋求亡靈的呼喚，哀怨、淒涼，但又別無他法。這招魂樂曲愈來愈加大了聲響，原來一支又一支的笙簫，逐步加入到合奏中去。直到加至八支笙八支簫爲止。這招魂樂器彷彿登上了高山之巓，在向四下張望，一邊不停地呼叫：

「魂兮你在哪裡？」

「魂兮快快歸來！」……

似乎那亡靈眞的上了天國，一時間鼓樂又一起奏響，同時加進了四支嘹亮、哀痛、幽深的嗩吶聲音，使氣氛達到了一個頂點。而後，樂器一件件的退出，聲音一點點縮小，似乎亡魂已經安坐下來……終於全場再一次肅靜。

曾鞏換一種幽長的聲音高喊：

「點——銀——朱——」

於是，站在東頭的陪主官司馬光，把硯臺裏已有的銀朱（紅色），象徵性斗動幾下，便操起一支斗碗大毛筆，在硯臺中蘸一點銀朱，雙手捧著遞給駙馬。

駙馬接過筆來，凝神看看天，吸一口氣，吹向筆端，在神主牌的「主」字上頭輕輕點了一下，又在「神」字那該有一豎的地方輕輕劃了一線。便將蘸有銀朱的筆輕輕放入洗筆水中。

司馬光趕緊把這支筆洗好，取出來，但不是再把筆原樣架好，而是反轉過來，把筆毛朝下方架在筆架上。

曾鞏又喊：

「點——墨——寶——」

於是，站在西頭的陪主官王安石，也是象徵性地把硯臺上的墨研動幾下，便操起一支筆來，蘸一點墨，雙手捧著交給駙馬。

駙馬接過筆來，照樣望天、吸氣、吹筆，在剛才點銀朱的地方點劃，讓墨把銀朱蓋上了。仍將筆放在洗筆水裏。王安石將筆洗淨，反轉筆毛架在銅筆架上。

接著是「二點銀朱」，「二點墨寶」，動作與剛才的完全一樣，只是重複一遍而已。

曾鞏這才大喊：

「金、冠、點、定——」

於是，東西兩頭的司馬光和王安石一同動作，在桌旁籠子裏，提出白公雞，操起鍍金鐵針，在雞冠上刺了一下，用手捏著雞冠，滴出血來，那血滴在未曾點用過的最後一支毛筆上。再把公雞放回籠中。兩人同時雙手捧筆遞給駙馬。

駙馬左右兩手各握一筆，照樣凝神吹氣，分別吹向左右兩支血筆：這才左右開弓，左手點在「主」字上，右手貫在「神」字中。點、貫完畢，擲筆於桌子底下。

司儀曾鞏連喊三聲：

「禮成——奏樂——祭拜——」

於是鼓樂齊鳴，誦經聲起，駙馬和公主還是站在一前一後的位置上，向蘇洵的靈柩雙雙跪拜下去，叩首，起立。

曾鞏早叫引路人把駙馬和公主領到專門備好的上房休息去了。

而後是司馬光、王安石叩拜。

而後是群臣百官依次叩拜。

打從駙馬、公主向靈柩叩拜以起，蘇軾牽男孝家在靈柩東側，王弗率女孝家在靈柩西側，全都匐匍在地，磕頭陪禮。再沒有起立的機會。

直到那四百多官員三三五五全都叩拜完畢，蘇軾等孝家全都跪腫了膝頭，麻木了雙腿。正好，懷念父親、爺爺、丈夫的男女孝家們，傷心難忍，眼淚長流，乾脆就地一滾，全都在靈柩邊哭一個動地驚天。

廚房裏開的是晝夜餐。廳堂裏擺的是流水席。

蘇軾等孝家除了磕頭還是磕頭。喪事由一支龐大的管庫班子負責。這班子由曾鞏管總，下邊有司馬光、王安石、呂惠卿、章惇、姚辟、黃庭堅、晁補之等十多人。其中只有呂惠卿是讀者未曾見過的新名字。他是王安石引薦而來，他對王安石執弟子之禮，對王安石尊稱左一個老師，右一個師長，顯得百依百順，無以復加。

祭典進行到第三天，巳時以後，前來祭拜的官員已漸稀落。蘇軾心裏明白，在朝的京官，開封府的地方官，總之凡在京城的官員，全都來祭拜過了；有些老邁之人，或是位高三品以上的權貴，本人不便來，不宜來，不必來者，也全都派親屬來祭拜過了。

於是，當天下午起，改爲民間親友和黎庶百姓祭拜。

上午巳時至午時休祭，各位樂師和念經道士全都休息。等待未時過後，再開祭堂。

一時間，祭堂清靜下來。

連續兩天半的奏樂、念誦，都已十分疲倦，道士們四下散開，各尋休息處所去了。偌大的南園，可去可看的地方很多。

祭堂裏只留鑼、鼓、笙、簫、嗩吶等各種樂器各一人值守。

孝家們也暫時回到自己的住處休息片刻，幾天來不停的磕頭，骨頭架都快散了。

蘇軾走進自己的臥房，三幾下脫掉已泥灰滿身的孝服，再也支持不住了，一頭倒在床上，只覺舒服極了。

不多久，便覺幾天來的疲勞一掃而光。

忽然來了一對金童玉女，他一看正是頭天點主祭典上獻香燭的兩個小童，便問他們：

「有什麼事嗎？」

金童玉女回答：

「有人請你去呢！」

蘇軾便跟著金童玉女一道，來到了一個晶瑩的宮殿。抬頭一看，竟是：

光祿寺丞府

爹爹媽媽對自己大加責罵：

「軾兒你好不收斂！怎麼把喪事搞成這樣大的排場！難道把蜀僧去塵大師的告誡全忘記了？你的前途實在坎坷異常！」

蘇軾甚覺奇怪：怎麼回事？蜀僧去塵的信我從沒給爹爹看過，爹怎麼會知道了？

正在狐疑之際，忽聽有人高喊：

「老爺！老爺！文老太師來了！」

蘇軾猛地醒來，原是南柯一夢。

眼下正是李敬在叫自己。忙問：

「是哪一個文老太師？」

李敬說：「就是文彥博文老太師！」

蘇軾抽身而起說：「是他老人家來了？」這可是個意外的喜訊。

文彥博官居一品，是三朝元老宰相，在三朝中斷斷續續當宰相十多年。年紀比已故去的父親還大五歲，已經六十三了。如今同平章事（宰相）頭銜致仕（退休）。他前天不是派他兒子來吊唁過父親了嗎？怎麼今天又親自來了！莫非有什麼急事麼！

蘇軾一邊想著，一邊往外跑。…李敬叫住他：「老爺！」自蘇洵逝世，蘇軾已成蘇家的家長，地位也由「大相公」上升爲「老爺」了。

蘇軾還不太習慣這個叫法，一下沒反應過來。還是往外走。李敬又叫一聲：「大相公！孝衣！」指指蘇軾脫在地上的泥灰白衣又補充一句：「老爺竟忘記了！」蘇軾這才意識到自己地位果然變了。急急忙忙穿好孝服，戴好孝帽，手持竹節孝棍，飛快來到了靈堂。

只見文彥博在總管庫曾鞏陪同下，快走到爹爹靈桌前面了。

整個靈堂顯得十分冷清，鑼、鼓、鈸、鈴、鐘、磬等樂器都只有值守的一件在演奏。雖然什麼都不缺，但蘇軾總覺得太簡慢了文彥博這當朝一品。怎麼能在這種冷冷清清的場合，接受老太師的吊唁呢？

蘇軾高喊一聲：「老太師——」

文彥博停步回頭。

蘇軾幾步跑攏，撲通跪下說：

「不孝蘇軾向老太師請安！老太師移駕敝宅，是我闔家的榮幸。怎好讓老太師在如此冷清的場合弔唁先父呢？還是容晚生把樂師請回來再說吧！」

曾鞏搶先回答說：

「子瞻！要是老太師同意，愚兄我早把樂師聚齊了。」

文彥博攙起蘇軾說：

「子瞻！是我不讓子固召集你那浩大的樂師隊伍。本來就該這樣簡約一些嘛！」

蘇軾內心一驚：「本該這樣簡約？不就是罵我太糜費了麼！文老太師的話，和夢裏爹爹的教誨，怎麼如出一轍？」

就在這簡約的哀樂氣氛中，文彥博向蘇洵亡靈拜唁。

跪在靈柩旁陪禮的蘇軾，心裏七上八下地想，只怕是我眞的錯了，太張揚了……莫非蜀僧去塵的告誡眞要應驗麼？我眞要為自己所喜好和追求的聲名所累倒麼？……

蘇軾只覺得有點渾身顫抖了。他已有了後悔的感覺：萬不該貪圖這四品喪葬的如此風光啊！

太師巧撥人傑爭吵
乞兒大鬧指點迷津

文彥博拜唁完後起身說：「子瞻！君實、介甫在哪裡？一起說說話去。」
曾鞏說：「老太師請隨我來。」
文彥博被領到陪客官員休息室，司馬光、王安石、章惇、呂惠卿等一齊迎了上來，爭相說：
「文老太師駕到，未及遠迎，當面謝罪。」
一齊拱手作揖致禮。
文彥博卻笑瞇瞇只對準司馬光一人說：
「君實！老朽已是一介閑人，哪還有這麼一大套的禮性？」
司馬光再次拱手敬禮說：
「老太師是考核下官了。想我中華乃禮儀之邦，敬老尊賢是道德本質所在，也是老祖宗朝制所在，豈能擅改？」

文彥博是有備而來，有感而發。他落坐品茶之後，仍然只盯准司馬光，故意反問說：

「君實！依你之言，漢代如果拘守著蕭何制定的法度，一絲不作變更，倒會更好些？」

司馬光字正詞嚴，毫不苟且：

「那是當然！不獨漢代是如此，就是遠古三代夏、商、周，如果一直恪守著禹、湯、文、武賢君的法度，只怕不會滅亡。」

「漢武帝（劉徹）變更了高祖（劉邦）的法度，結果是盜賊半天下；漢元帝（劉奭）變更了宣帝（劉詢）的法度，漢朝便衰亡了。從這些事例可以看出，祖宗之法是萬萬變不得的。」

司馬光是歷史上少有的幾個大史學家之一，他對歷史的陳述總是有理有據，錚錚直言。

文彥博對他的議論未置可否，卻暗暗地瞟向四周，發現在座十多位人中，只有兩個人表現神情異樣，一個是王安石，一個是呂惠卿。正是這師長與弟子的一對，表現出不屑的神情，對司馬光的議論在鼻子裏嗤笑。

對王安石自稱學生的呂惠卿，此時在集賢院任編修一職，年輕輕的已春風得意了。

文彥博決定要拿他來作個投石問路，便倚老賣老，叫著呂惠卿的字說：

「吉甫！老朽已思慮遲鈍，分不出曲直是非，對君實剛才的高論難以分辨正確與否。吉甫你年輕腦子靈，你以為君實之言妥是不妥？」

呂惠卿在德高望重的文彥博面前十分謙虛，他先拱手敬一禮說：

「承老太師問話，下官以為司馬大人之言甚為不妥。自古先王之法，有一年一變者，有五年一變者，有三十年一變者，如古時諸侯禮易樂改，歷朝歷代刑典輕重不同。殊何先王之法變更不得？」

司馬光有點生氣了，反駁說：

「呂大人所言差矣！那些只是些小的變更，權宜的處置，怎說是變更法度呢？」

呂惠卿毫不示弱，司馬光才比王安石大兩歲，未入老臣之流，且與王安石官職同等，都是群牧司都監，並非重臣上輩，呂惠卿便放肆說話了：

「司馬大人所言謬矣！自古有云：防微杜漸。反而言之，不防微便不杜漸，則積三年之小變為五年之中變，積十年之大變為三十年之巨變。些微的更改，權宜的處置，數十年後已面目全非，何言先王之法度未曾變更也？」

司馬光一時語塞，訥訥地說：

「狡辯。不足為辯。」

呂惠卿占了上風，豈肯放過，乘勝追擊說：

「司馬大人既不狡辯，自然甚好。那下官有一事不明，敢祈當面賜教。既然司馬大人認為，若是古代三賢君之後裔，不變更先王法度，則先賢古代之國政至今猶存。那麼請問：司馬大人將大宋皇朝置於何地？將當今聖上置於何地？那不是連大宋皇朝都根本沒有了嗎！」

司馬光簡直要氣炸了肺，搖頭扭臉，不再理會，喃喃說：

「此更詭辯，何須掛齒！」

在座諸位，無不吃驚。

王安石好不歡喜：

「呂惠卿眞好辯才也！雖是詭辯，無與倫比。」

曾鞏好不疑惑：

「文彥博老太師何以挑起這個爭端？」他擰緊了自己的眉毛在四處掃視。

章惇只覺痛快：

「呂惠卿好一張利嘴，他或許會有當政的一天。」章惇便是當年的商洛縣令，在商州幸會黃庭堅、秦觀、晁補之這蘇門三學士爭誦《惜春》詩時獨唱反調的人。「春有何可惜……盛夏正荷開。」這便是他的人生哲學。可眼下他覺得還不到急於表態的時候，便含蓄而從容，朝爭論雙方都笑一笑。

曾鞏的弟弟曾布表情謹愼：此爭論才是發端，不宜急於表態。便輕輕鬆鬆端起茶杯，若無其事品飲。和蘇洵同編《太常因革禮》的姚辟，因兒子姚蓬狀元夭折，萬念俱灰，置之度外，眼睛看著窗外的遠方。

蘇門三學士中的黃庭堅和晁補之，初入仕途，從未經歷過如此激烈的官場爭鬥，覺得既有趣又危險。他兩人是小輩子，顧忌小些，兩人咬耳朵不知說些什麼，臉上嬉皮涎口。當然這場合沒有他們發言的餘地。

只有主人蘇軾，覺得萬分尷尬，心想朋友們都是我所請來，在我家裏爭得面紅耳赤多不光彩！

蘇軾覺得總該想個法子消除這場爭論才好。沉思片刻，故意大聲對總管庫曾鞏說：

「子固兄，請去催廚下趕緊上午席吧！」

萬沒想到文彥博喊住說：

「子固別走！子瞻休怕！房間悶了要開窗，我腦筋懵了盼開竅。多時沒聽到如此有趣的爭論了，老朽還要聽聽。」

說著說著，文彥博把眼光又轉向司馬光：

「君實！別氣餒！我聽說，曾經有這樣一群小孩子，看見一個小同學掉進一個大水缸，驚慌失措，跑的跑，哭的哭。唯獨有一個孩子，不慌不忙，撿起一塊大石頭，乒乓幾下，把水缸砸爛，水全漏光，小孩得救。那個拿石頭砸水缸的學生也叫司馬光，君實！該不是你吧？」

司馬光微微笑出聲來：

「嘿嘿，老太師取笑學生兒時趣事了。」

文彥博正色說：

「不！君實，老朽並非取笑，而是實言：既然小時候司馬光就如此有膽有識，長大來豈會臨陣脫逃？老朽還有話問，君實你準備好再作辯論吧！」

蘇軾猜不透文彥博有何用心了，但一定有所指陳。不然，老太師不會無緣無故挑起這場爭論。只好靜心再看再聽了。

只聽司馬光向文彥博告罪說：

「文老太師既刻意啓迪在下，在下未能領悟，可見愚鈍如斯。眼下老太師還想於學生有所教益，那晚輩當洗耳恭聽。」

文彥博轉對大家說：

「諸位皆知，老朽曾數度以朝官身分出知大名府（如今河北包括北京在內的一大片地帶），故對彼處更寄關心。近因黃河以北，河朔數千里乾旱肆虐，尤以大名府轄地爲甚。未知君實你聞聽與否？」

司馬光謹愼地說：

「略有耳聞。據傳赤地千里。」

文彥博緊緊追問：

「既如此，朝廷又當如何才好！」

司馬光說：「理當救災。然近來國用已顯不足。故爾，應節省經費，度入爲出。』朝廷在郊野禮儀活動中，動輒數以十萬計發下賞賜。然對受賞者權貴來說，有其不多，無其不少。何如省下賞賜，用於救災，豈不雪中送炭也？」

文彥博又是不置可否，反而轉對王安石說：

「介甫我已聲明在先，老邁難辨眞僞。介甫以爲君實之法，是解救災荒之上策麼？」

王安石一直未正面參與爭論，那是因爲他認爲事情未到核心本質部分，不必插言。眼下不同了，文彥博指名自己說，司馬光又說非所理，自己再不出頭說話便不行了。

於是，王安石頗似輕鬆地開口了：

「非也！君實救災之法，絕非上策。倒正如他剛才所言，只是一個權宜之計。不惟不能從根本上解除災荒，反而會導致最後之民窮財盡。國用不足癥結非在此也。」

司馬光嚴肅反詰：

「介甫認爲國用不足之癥結又是什麼？」

王安石板臉回答：

「國用不足的癥結，不是災荒，不是獎賞糜費，而在於國家缺乏一個善理財政之人掌管。」

司馬光立即反駁：

「何謂善理財政？無非是擅長搜刮而已。」

王安石從從容容回答：

「設若不加搜刮，善理財者，不加稅賦，而使國庫充足，又當如何？」

司馬光言詞犀利：

「癡人說夢而已！天地間所有的百貨財物，不在民，便在官。如果不用增加稅賦的辦法奪取民間錢財，當用其他途徑斂取財物，其對百姓的危害，則更甚也。」

王安石絕不退讓：

「君實所言，乃固有之財貨也。誠言如斯，天下之財貨總計十成者，若民占七，官只占三，官要富足、奪民財之二，加己財之三，始成民財官財各五，仍爲總計十成也。此乃君實所說之搜刮民財也。

「然而，若有善理國財者，使總計財貨增加，由原十成增加二成，此二成即使全歸官府，則官財增至五成，民財仍爲七成。敢問君實：此爲搜刮民財耶？」

司馬光連連搖頭：

「介甫此言，非兒即戲，何足道哉？」

呂惠卿再憋不住了，他豈能讓師長王安石受此奚落？既然大聲陳述：

「介甫大人所論極是！司馬大人何故總是強詞奪理？」

司馬光反唇相譏：

「你理何來？我焉何要奪？」

呂惠卿正面出擊：

「司馬大人豈能不知，天下財貨，皆非固而有之，必是產而生之。既然能生足十成者，焉知不能多產二成，達到十二成耶？介甫大人之理即在此也。」

司馬光面露一絲訕笑：

「哼！紙上將兵，談何容易？縱使能多產二成，又須增加多少關節，支出多少消耗？只恐入不敷出，妄談增加二成！」

章惇坐不住了。他見王安石與呂惠卿已在結成實際的聯盟，並且明顯佔據了優勢，決心與他們爲伍，豈會放棄表現的良機。於是他陡地站起來，對著司馬光挑戰說：

「司馬大人！在下愚鈍，有一事求教大人：大人所說新增二成之財貨，耗損支出彌多，倘或入不敷出。然則，天下既有之十成財貨，便是無一耗損而自然生成耶？誠然也是扣除耗損之後的剩餘財貨。那麼，既能在扣除耗損之後仍留下十成財貨，又豈不能在扣掉耗損之後再多增二成耶！」

司馬光豈把這無名小輩章惇放在眼裏，他在鼻子裏哼哼了好幾聲，斬釘截鐵說：

「天下者非一日之天下，財貨者非一時之財貨也！

「須知今日之十成財貨，乃千百年積存之結果。所耗者長期也，所積者些微也。

「今人之當世，七十而古來稀也。幼兒需哺乳，壯年需求學，老而靠反哺，眞能產而生之財貨者，幾許年華？

「今介甫立言之意，乃是靠可見的短短幾載，抑或十幾載增加新財。須知對歷史長河來說，幾十載不過一瞬間耳。今欲以一瞬之間增千百年積聚財貨十成之二，豈非癡人說夢耶！……」

好嚴謹的推理！好犀利的談鋒！薑是老的辣！章惇再說不出反駁之理來了。但他心裏甚感滿足：這已經夠了，表明自己和王安石、呂惠卿站在一起，就已經夠了。就眼下根基而言，要想在任何方面與朝臣典範司馬光抗衡，那才是眞正的癡人說夢。

蘇軾愈加坐不住了。當代之人傑朋友，全爲吊唁亡父而來，如何能讓他們去爭鬥口舌呢？於是，蘇軾趁章惇坐下不再反駁之機，趕緊插話說：

「諸位大人！請聽不孝蘇軾有所表白。

「幸蒙皇上聖恩，先父以四品喪葬，諸位大人賜步敝舍，已使蓬蓽生輝。只怪在下戴罪之軀，思慮有失全面，未能給各位大人安排更好的消閒，以至各位大人牙舌相爭，逗趣戲耍。但願諸位大人，此說此止，過後即忘。罪臣蘇軾向各位謝罪了！」

說完，蘇軾又撲通跪下地去，以盡孝心，消弭隔閡。

文彥博沒想到蘇軾會來這一手，趕緊跑來攙起蘇軾說：

「子瞻不必如此記掛心間，老夫自有道理。茲分三點告慰諸位大人。

「其一，今日莫衷一是之爭端，乃老夫故意挑釁引起。目的為何？乃讓後生晚輩更多領略一下人間之至愛眞情。君實和介甫，向來交友甚密，勝如弟兄；如今又恰恰同在群牧司任職，可謂朝夕相伴，友誼日深。他二人與老夫更是忘年之交，情同莫逆。

「君實、介甫之間，向無藏匿，直掏肺腑，往往因見仁見智，大爭一場，面紅耳紅，互不讓謙。然過後倒更加深了情誼。

「綜觀天下之世情，是口無遮攔、叮噹碰響、常常爭吵打鬧的兄弟情誼深些？還是見面哈腰、客客氣氣、禮尙往來的生人之間過從更密？答案無須多說：兄弟勝過生人。

「古語有云：兄弟鬩於牆而禦於外。老夫今天有意挑起君實與介甫之論爭，實乃為了讓後輩諸君領略一下兄弟鬩牆之風采。我管保君實、介甫過後任事皆無，各位均無須存有介蒂。」

蘇軾和全場的官員都覺得鬆了一口大氣。都在心中欽佩文彥博胸懷丘壑，實難企及。

文彥博喝了一口茶，又繼續往下說：

「老夫要告慰諸位之第二點，是老夫還不是木頭人，也有自己的看法。

「比較起來，我更贊成君實的某些見解。比如，君實極力主張權貴們少糜費、多節儉，朝廷減少賞賜；老夫也是極力贊成。

「節儉乃中華文明之美德。若然有人以爲不貪不占，糜費張揚些也無不可。則老夫不解了，爾既未貪占枉法，何來許多錢財糜費？朝俸供不起奢糜，而只能養家活口。則糜費造成之虧空，必用或商或農之收入補齊。

「然而，讓他業收入來彌補官業糜費之不足，此又是爲官之道耶？

「反而言之，官業所留於民間者，乃勤政愛民之業績也，非浮華一現之糜費聲名耳。奉勸晚輩諸君，勤政愛民爲上，切忌糜費張揚。」

文彥博說到這裏，又端起茶去品嘗潤喉。實際上他是要讓後輩諸人，有一個思索回味的餘地。

蘇軾分明覺得，文老太師這話正是在責罵自己：單講這次喪祭之禮，就是多麼嚴重的糜費與張揚。老太師委婉批評責罵，眞該永生永世記取。

文彥博又繼續說：

「告慰諸位之第三點：老夫今天所來，一爲誠心拜祭亡者，故光祿寺丞蘇洵大人，貢獻兒、婿才俊於皇上，自己也效命朝廷，鞠躬盡瘁，死而後已。老夫來祝禱他早登仙界。

「老夫此來第二個目的，是有事相托登聞鼓院主事蘇軾大人：大名府現任太守親到舍下，述赤地千里之乾旱淒狀，爲嗷嗷待哺之黎民上奏求取救濟之表章，按朝制當由登聞鼓院簽署上達。老夫本可另請上奏或面呈聖上，但越俎代庖非老夫所願。

「若以蘇軾大人孝服在身，要登聞鼓院另行上達，當然固無不可，但少卻蘇軾蘇大入主管簽署，便覺份量減輕。故爾，老夫今日帶來大名府之求賑表奏，望蘇軾蘇大人秉公辦理。」

文彥博說著，交給蘇軾一紙呈文，完全是公事公辦的樣子。

蘇軾接過呈文，又跪了下去，聲音都已哽咽了：

「罪臣蘇軾，銘感老太師教誨之恩！老太師所斥糜費張揚之輩，正是罪臣。本欲從明天起退掉鼓樂，從儉辦喪，又恐世人不解，疑我前三天對官員接待隆重，後四十六天對黎庶接待簡慢，故只有錯此一回，下不爲例。

「如若蘇軾今後再有二次糜費之舉，則天地不容。乞老太師和諸位同仁鑒察！」

文彥博扶蘇軾起來說：

「世侄言重了。知錯能改，善莫大焉……」

呂惠卿悄悄走攏司馬光，討好地說：

「司馬大人且莫見怪，適才爭論，在下絕非誠心與大人作難。不過戲言耳。」

司馬光假裝什麼也沒聽見，不答理呂惠卿，只在心裏說：

「哼！市儈小人！」

七七四十九天祭禮，今天結束。

蘇洵在世時，本無許多積蓄。購置南園時，鉅款支出，已是捉襟見肘，虧空許多。十年以來，家裏開支再不敢大手大腳，慢慢還清了債務。剛要輕鬆一點，卻又遇四品喪葬之大哀。到祭禮第四十三天時，蘇軾心中有數，除自家原有一千多兩銀錢用完之外，又已借同事銀兩達六千多兩。祭禮還有六天，……全盤算起來，此次葬禮非花上萬兩銀子不可。

這鉅額的虧空，將不知要多少年才還得清爽。蘇軾已後悔莫及，當初怎麼不記得蜀僧去塵的勸告？現在，什麼都晚了。花的花了，欠的欠了，張揚的張揚了……後半生將功補過吧！

已過了午牌時分，祭客已極稀少。人們該來的早已來過。四十九天的祭禮今天已經到期，人們都曉得，下午再不會有客人來了。

大約未牌時分，蘇軾交代曾鞏說：

「子固兄，請叫僕役們拆除祭堂吧，眼看太陽快落山了，四十九天也算到頭了。

「拆了祭堂讓老管家楊威安排打點，靈柩移上馬車，明天拉到碼頭下船，扶靈回四川安葬，讓先父入土爲安。」

曾鞏說：「賢弟這樣安排很好，功德圓滿。明天賢弟啓程護靈返川，愚兄我就不來相送了。盼早日見你回來，三年日子一晃就過。」

祭堂場面雖大，背不住拆卸人多，太陽還差一竹竿高時，全部拆完了。靈柩也已搬上了馬車。一百零八個做功德的道人，也已收撿好了法器（樂器），準備早點吃完晚飯各自返回寺觀。

突然，前門傳來一陣雜亂的喧嘩。

先是李敬大嗓門高喊：

「各位師父！對不起對不起！老大人四十九天祭禮已經完結了！」

「什麼？太陽還有一竹竿高，這第四十九天怎麼就完了？乞友們！一齊往裏進！未必給蘇洵老大人磕個頭也不許了？四品喪葬的光祿寺丞，也太瞧不起人了……」

七嘴八舌，你推我擠，湧進來一百多個衣衫襤褸的乞兒。

爲首一個是五十多歲的老者，蓬頭垢面，氣勢洶洶，揚起一根打狗棍，唱著往前衝：

打狗棍，打狗棍，
打狗也打混。
四十九天祭父靈，
祭不到頭孝子混。
孝子孝子快出來，
受我乞老三百棍！

蘇軾哪敢怠慢，慌忙跑到前邊，撲通跪下，雙手趴地磕了三個響頭，抬起頭說：

「乞老在上，孝子跪稟：願受乞老三百棍責罰。而後恢復靈堂，跪陪諸乞兄吊唁先父亡靈！」

乞老厲聲說：

「趴下受打！」

蘇軾眞的直挺挺趴在地上了。

乞老高舉打狗棍，邊喊邊打：

「一百棍！二百棍！三百棍！」

三棍就是三百棍。

撲在地上的蘇軾好不驚奇：這三棍哪裡是在打人？分明是給自己施行按摩點穴療法，三棍下去，分別平撲在腳板下、膝彎裏和下腰間。撲一下，鬆快一下，三下撲完，全身傷痛全然消去。

四十九天磕頭的酸楚，經三棍治療，全都跑到九天雲外去了。

蘇軾心裏明白，又跪著對乞老熱淚雙流：

「不孝罪人蘇軾，感謝大師療傷之恩！」起來仍在哭泣不止，忙對曾鞏說：

「乞請子固兄再通知恢復靈堂，不孝罪人將跪謝各位之反覆勞作；而後接請眾乞兄向先父吊唁。」

曾鞏點點頭：

「好！立刻就辦！」

乞老卻阻止說：

「曾大總管！不必了！我們景仰蘇公一家之仁慈，各位乞兒連同老朽都早拜祭過蘇公了。

「今天來是要給蘇軾一個告誡：說話要守信任！說了舉祭四十九天，少半個時辰也不許可。好！我們這就走了，晚飯也不再吃，我們都早吃過許多次了。」

說著扭轉頭，對蘇軾說：

「孝子跪下聽歌！」

蘇軾又趴地跪下了。

乞老把手中打狗棍一揚，一百多名乞兒整整齊齊唱了起來：

乞兒眼裏沒有官！
乞兒口裏不怕官！
乞兒只分善與惡，
你家是善不是惡！
乞兒願你作好官，
勤政愛民永不貪！……

伏地的蘇軾爬了起來，一百多乞兒早都不見了蹤影。

蘇軾只覺銘心刻骨，難忘乞兒情深。

大約又過了小半個時辰，太陽終於全落下去了。

蘇軾等一行孝子、孝孫、孝媳、孝妾，這才鬆了一口氣，四十九天祭禮眞正結束了。

雜役們吃過飯了。

道眾們吃過飯了。

蘇軾等孝家才感到眞的也餓了，便一齊去坐桌吃飯。

突然，李敬奔了進來，一路大喊：

「老爺！又出事了！又出事了！」

蘇軾驚起忙問：

「又出什麼事？」

李敬說：「我們一路去收街上的通天錢。收到最後那第五十七根，才發現那大柱早已斷了。四丈高的大木柱，不知爲何偏斷在三丈三尺的地方。斷頭地方還貼有這一張詩句。」

蘇軾接過一看：

藥到不除病，
應恐是癡人。

一場四品葬，
萬兩白花銀。
通天錢有斷，
落地藕無根。
荷天少從政，
飾地多為文。

知名不具

蘇軾慨歎說：

「唉！蜀僧去塵大師！原來我此次忘記了你的告誡教誨。你，你這又是在對我示警麼？難道我前面又有凶災麼？」

站在一邊的曾鞏說：「子瞻！這位蜀僧去塵大師是誰？」

蘇軾說：「是我發蒙老師的師父！一個不願見我的神秘大師不知他又在告誡我什麼了。」

曾鞏說：「子瞻！其他的先不管，單從末尾兩句來看，你依荷著皇天從政的前途不大，多做你的錦繡文章吧！你的文名肯定大過你的官名！愚兄祝賀你了：爲官留名僅只一生一世，爲文留名卻能貫穿千古！」

效蘇樓旁再收高足 蓮塘藕斷嬌妻歸天

蘇軾、蘇轍兩兄弟回四川眉山老家，爲父親守孝已經七個多月。父親蘇洵的靈柩，早已葬在蘇氏族墓中一股老泉水旁，和母親程夫人合葬在一起。老泉葬於老泉，眞正的葉落歸根了。

七個多月，已越過一個漫長的冬季，和一個多雨的春天，眼下已到了初夏的天氣。暖和、愜意，人也似乎精神了許多。

喪父之痛楚，過分張揚糜費之自責，已經慢慢撫平。兄弟倆決心到外邊散散心去。

蘇軾想到樂山大佛頂上凌雲山的「效范樓」去看看。上次回家爲母親守孝期間，原打算到哪裏去。因自己的老師張簡易和劉徽之，都格外熱情地把現今學生的詩文作業，交給這兩位中了進士的學兄幫忙修改，以期獎掖後進。蘇軾、蘇轍也覺得卻之不恭，便接承下來。連舊地重遊的機會都放棄了，樂山大佛沒有去看成。

這次，再也忍耐不住渴望的升騰，非到「效范樓」去看看不可。

按照朝制，官員爲父親守孝，可以著官便服，以示官不棄祖；也可以著民服，以示官從民來。蘇軾屢屢受到不要過分張揚的教誨，所以此次爲父親守孝，無論居家還是外出，都不穿官服了。夏天的凌雲山郁郁蔥蔥，花香撲鼻，鳥語可人。蘇軾、蘇轍兩兄弟尤其喜歡在大佛頂上觀瞻東方日出之美麗景象：已經有十多年不曾領略了，這次應該再觀賞一番。

從家鄉到樂山大佛所在地之凌雲山，有一百多里地。兄弟兩個徒步走遊，看看多年不見的川西風光景色。

兩兄弟此次行走的印象，是行人更多了，農人和商人都更忙了；但穿著打扮、吃食習慣等尙無改變。兩人花了兩天多時間，來到樂山城裏，住在了一間簡易的客棧。

第二天三更半夜，便起身洗漱，出門向凌雲山方向走去，爬上樂山大佛頂上時，才剛剛黎明報曉。可已經有七八個人更早就到了，坐在石頭上等東方日出，享受夏日早晨的舒心清涼。

坐著無事聊閑天，先到的幾個人忽然有人說：

「俗話不假，一個好主意，當得三石田。如今這後山的『效蘇樓』讀書亭，熱鬧得不得了。每天來參觀遊覽的人，總不止二百個。煙啊水啊吃食啊，生意好紅火。都說李家員外這個主意想絕了，把蘇軾、蘇轍的名字拿來做了個聚寶盆！」

馬上有人附和說：

「可不是嘛，一家人三個進士四個官，這名聲還不抵價？」

有人不解：「蘇洵只有蘇軾、蘇轍兩個兒子，加他自己才三個官，還有一個官是誰？」

「啷格這事都不曉得？蘇洵女婿秦少游嘛！他也中了進士爲官，就住在蘇家一起。蘇洵女兒蘇小妹，幾多乖巧聰明。洞房花燭晚上，蘇小妹三難新郎，秦少游答題不出，罰在外邊凍了三天三夜呢！」

「喲，哥子你那時在京城看見了？」

「嗨！你哥子少見多怪嘛！蘇家的什麼新老故事，不全都在『效蘇樓』裏寫著嘛！去年秋天蘇洵死了，皇上親自爲蘇洵主祭，還欽賜四品厚葬呢……」

坐在一旁的蘇軾納悶：怎麼好端端一座「效范樓」，卻變成了「效蘇樓」？怎麼我家的一些事添油加醋全都變了樣？

突然，有人高喊：

「看！太陽出來了，咦？怎麼太陽缺了一溜溜？」

蘇軾看時，果然紅彤彤的太陽下方，少了一線，原是巧遇日偏食了。

有人驚呼：「唉呀！這是天狗食日，只怕又有什麼天災要下來了。」

蘇軾連忙對大家說：「天狗食日，人看了不吉利，我們一起叫吧！要叫『天狗放開，太陽出來』一直叫到天狗把太陽吐出來爲止，就化解災難了。」

眾人豈有不依之理，馬上齊刷刷地站成一排，面對東方的太陽，由蘇軾發一個口令，一齊開叫：

天狗放開，

太陽出來！
天狗放開，
太陽出來！……

果然天狗被眾人叫怕了，被群山回蕩的喊聲嚇怕了，把那鮮紅太陽的被食部分，慢慢吐了出來。約一個時辰之後，太陽完全復原了。

於是眾人回頭，去找有學問的人道謝，可剛才說話的絡腮鬍壯年人已經不見了。

蘇軾、蘇轍兩兄弟已悄悄走了。他們要去揭破「效范樓」變作「效蘇樓」的秘密。更主要的，他不願意再有張揚，不願人家知道剛才說話的人，提議喊叫驅走天狗的人，正就是蘇軾。所以早早地悄悄溜走了。

時間還早，山野冷冷清清。

蘇氏兩兄弟走攏早先的「效范樓」，不覺又驚又喜：「效范樓」已完全不是原先的簡陋模樣；已由木樓改建成了磚樓，四周八角飛揚，屋頂綠色琉璃瓦：高高的尖頂上還有黃燦燦的一顆金色琉璃珠，顯得十分氣派，無比輝煌。正中原先的匾牌「效范樓」已經不見，換上了一個新牌匾：「效蘇樓」。

時間還早，門還鎖著。兩兄弟在四周轉著，仔細觀察，發現新建樓亭雖保持原來樣式，規模卻已大了許多，看樣子有原先亭樓的三個那麼大。

正門兩邊，還做了兩副泥塑裱金對聯，用「鶴頂格」嵌入了「效蘇」兩個字：

效學士　中進士　以詩文入仕
蘇門生　訓後生　願報國犧牲

看來，這個冒牌的蘇門學士，並非歹惡之徒，很有一番獎掖後進的心志。

再往遠處看去，在東邊的側坡上，新建有一溜矮平房。反正時間還早，兩兄弟便向那相隔約二百步的矮平房走去，一去就愣了：三間房子正中，竟掛著「蘇子學堂」的牌匾。同時在門前栽有四株梅樹。每株梅樹上掛著一個漆制的木牌子；漆黑的牌上漆著紅字詩句，奇怪，竟是蘇軾、蘇轍幾年前為母守孝時、在天慶觀北極院給小同學講課作的那四首《詠梅》詩。

第一首：「一枝風物便清和，看盡千林未覺多、青果猶酸終須老，梅黃子落豈蹉跎！」

第二首：「天教桃李作輿台，故遣寒梅第一開。春來百花爭鬥豔，唯獨梅果掩綠懷。」

第三首：「洗淨鉛華見雪肌，何似塵俗艷獵奇。檀心已作龍涎吐，聞酸止渴豈有疑。」

第四首：「北客南來竟是家，醉看新月半橫斜。他年欲晤恩師面，秉燭三更憶此花。」

蘇軾、蘇轍兩人仔細看過，竟然一字無差。看來這位辦「蘇子學堂」的人是個有心人，也肯定是那座新建「效蘇樓」的主人了。

蘇軾記得很清楚，自己離開這個亭樓去京都求取功名時，這個亭樓是賣給一個性柳的秀才了。當時蘇軾說：「既然柳秀才看得上，我就相送好了，談什麼買賣呢？」

柳秀才說：「相送不能要。俗話說：人家的東西不心疼。送的我不要，好歹作個價我給錢。」於是以不知現在這亭樓房子與那個柳秀才有何關係？怎麼剛才看日出時有人說：這裏辦「效蘇樓」是什麼「李員外」的主意呢？

三十兩銀子成交。

突然，矮平房靠西邊那間的門打開了，走出一個約五十歲的老者，慈眉善目；背部稍駝。

蘇軾上前問道：「老丈！借問一件事情：那邊那個亭樓的主人，是不是姓柳？」

老人說：「柳秀才早三年就死了。如今這亭樓，是我家老爺買了舊樓拆了，又新建的。」

「你家老爺貴姓？」

「我家老爺你們都沒聽說過？」老人很驚喜，「二位是外地來的吧？」

蘇軾說：「正是！我們是外地人，什麼都不知道。」

老人越更喜歡說：

「你們什麼都不知道，才更好！」

蘇軾驚了，急問：

「我們什麼都不知道，怎麼反而好呢？」

老人自覺失言：「呃，呃，」想了想，轉一個彎說：「那我就好把什麼事情都告訴你們。」

蘇軾知道他隱藏了一些什麼，也不去計較，便說：

「正好，我們什麼都想知道：你叫什麼？你老爺叫什麼？住在這裏幹什麼？」

老人說：「我姓趙，天下第一姓，你就叫我趙老丈吧。我家老爺姓張，前年還是考中州考的張秀才，今年考中府考叫張舉人，過兩年他考中廷考就成張進士了。」

蘇軾問：「趙老丈對你家老爺的才學有這麼大的把握？」

趙老丈說：「當然！我家老爺是蘇進士兩兄弟的得意門生啊！」

蘇軾問：「哪兩個蘇進士兩兄弟？」

趙老丈很驚詫，也很氣憤：

「什麼？你們連這個都不曉得？你們太沒有學問了！就是我們眉州府眉山縣的蘇軾、蘇轍兩個進士兄弟！」

蘇軾問：「趙老丈你見過蘇軾他們兩兄弟？」

「沒有。我哪有那麼大的福分？他倆兄弟如今都在京城做大官。」趙老丈顯得很謙恭。

「趙老丈，我們也正是想做蘇軾兩兄弟的學生呢，你家老爺能幫忙嗎？」蘇軾也是謙恭發問。

趙老丈可高興了：

「那當然！我家老爺常常見到蘇進士，他是蘇家得意門生嘛，他一定能幫你們的忙。」忽然歡叫：

「晦！我差點忘記了，我跟你們把『效蘇樓』打開看看吧！你們一看就什麼都相信了。」

蘇軾、蘇轍當然求之不得，忙忙道謝。

趙老丈很快把「效蘇樓」打開了。

蘇軾、蘇轍一進去就覺得格外親切，屋中四壁牆上，全是蘇家三父子的詩作。《南行集》是蘇洵、蘇軾、蘇轍三父子的第一本詩集，記述的是三父子進京求取功名途中的所見所聞，幾十首詩作留下恍如昨日的感覺。是啊！《郭綸》是《南行集》的第一首詩，也是蘇軾一生公開發表的第一首詩。

蘇軾記得很清楚，當時隨父親進京去趕考，生怕不被賞識而考不上，心境淒涼。這淒涼心境便正和當年的郭綸一般。郭綸是本朝河西走廊弓箭手，屢有戰功，卻不被賞識嘉獎，成了落泊英雄。連回河西走廊老家的路費都沒有，得了個嘉州監稅的低下職務以度殘生，誰人憐憫？

蘇軾害怕自己也會落到這步田地，《郭綸》詩開首四句就很傷感：

河西猛士無人識，
日暮津亭閱過船。
路人但覺驄馬瘦，
不知鐵槊大如椽……

這是蘇軾一生無比豐富詩文詞賦作品的總開篇，在前途未卜的時刻，就擔心會遭到郭綸那樣不被賞識的命運，怕落得一個日暮途窮，站在關津亭口，看那船來船往的結局；於是埋怨路人，只看見出征者騎著可憐的瘦馬，而根本想不到，他還有粗壯如椽如檁的大槊長矛……

現在兄弟雙雙進士及第。回想當初，便有隔世新生的感覺。

蘇軾一首首看下去。《初發嘉州》、《夜泊牛口》、《江上看山》、《仙都山鹿》、《屈原塔》、《黃牛廟》，等等等等，無一不勾起此際對初下京都趕考時的複雜心情：是留戀當時的激越？還是訕笑彼時的憂傷？

眞是奇怪得很，如今功成名就了，反倒覺得當時的憂傷十分可笑了。

但不管是多麼可笑，那眞眞實實的感情記載，都足以使成功後的自己深感自豪。

除開這些詩作之外，便是許許多多的《蘇門趣聞》，什麼《詠梅詩的講解》、《鷺鷥詩的修改》，這是講蘇氏兄弟第一次返鄉為母守孝之時，在兩所母校的活動紀實，寫得繪聲繪色，出入無多。

還有《十里木筏送蘇公》，寫蘇軾從陝西鳳翔簽判任上返京之時，寶雞縣龍老大劉大水，領導筏工紮排十里送蘇軾之情景。

更有《秦少游化緣相女，蘇小妹三難新郎》，寫蘇小妹與秦少游相親和結婚的軼聞趣事。

尤有《蘇老泉命赴黃泉，蒙聖上親自主祭》等等，許多事實，出入太多。但寫的人似都親眼得見……

在相當於原先「效范樓」舊址的正中間，擺著一張很大的圓桌，桌上擺好了紙筆墨硯文房四寶，以供遊客題詩作畫之用。四壁牆上也果然貼了好幾幅遊人題寫的詩句條幅：

不見三蘇在身邊，原是三蘇入心間……

三皇五帝到而今，四官五傑只蘇門……

等等等等，不一而足。

在亭子的八個角，每角擺有二張條桌，二把椅子，顯然是供學子們讀書和寫作詩文的地方，當然也可供遊人坐下休息。總共有十六套桌椅。

蘇軾聽了趙老丈添油加醋的介紹之後，便問：

「趙老丈！既然這裏已備好攻讀詩書的案桌，那邊還辦一個『蘇子學堂』幹什麼？」

趙老丈解釋說：

「這個亭樓裏桌凳，是專供成年人學習詩文用的；那個『蘇子學堂』全是小學生。」忽又想起補充說：「二位客官，要當蘇門學士，就該在這亭樓裏攻讀詩書了。」

蘇軾裝做很急切的樣子問：

「看到這裏條件這麼好，我們眞恨不得馬上來學習。趙老丈，你們張老爺會同意嗎？」

趙老丈一拍胸脯說：

「包在我身上，每人每期五兩銀子學費，不貴的。吃的東西也全都齊備。外邊三間房子只一間是學堂，一間住人，還有一間就賣吃食。」

蘇軾問：「你們張老爺不住這裏嗎？」

趙老丈答：「他怎麼會住在山上？他在山下有一個莊園。」

蘇軾說：「我們今天想去拜會一下張老爺，請趙老丈引見一下好不好？」

「今天不行。」

「爲什麼？」

「我們張老爺不在家。」
「到哪裡去了？」
「參拜蘇進士去了！」
蘇軾故意驚詫道：
「喲，你不說兩位蘇進士都在京城嗎？你家張老爺到京裏會他們去了？」
趙老丈脫口而出：「不……」馬上停止，隨又轉口：「是，是，是，到京城去了。」
「那他一走又由哪個來授課？」
「張老爺在家也不是自己授課。他只是隔一段時間來授一、兩堂課，平常還請了老師的。不過有了好的詩文，最後總要交給張老爺幫忙修刪。平時他自己在花園裏攻書寫字。」
蘇軾說：「既然你家張老爺不在家，我們改天再來拜訪吧！今天我們就走了。」
說完和蘇轍眞的走了。
趙老丈高聲叮囑：「你們一定要來哦！來了就找我……」
蘇軾、蘇轍趁著清涼，慢慢往山下走。
才走了十多丈，迎面遇見一個瘦小但十分精神的青年人，偕同一位十分美麗的小娘子往山上走。蘇軾猜他們是一對遊客，心裏說：

「想不到我蘇家一門，還有這麼大的吸引力，居然有年青學子偕夫人趁早來遊。」

那位上山青年看見蘇軾、蘇轍，似乎吃了一驚，看他們往下走，便搭訕問：

「天還早呢，二位不多遊一會了！」

蘇軾說：「我們改天再來。」腳下並未停步。

上山青年不知爲何朝山上大喊起來：

「趙老丈——趙老丈——」

趙老丈早已進了廚房，聞聲奔出來說：

「啊？老爺回來了？怎麼這麼早就上了山？哦？夫人也來了？是不是把兩位蘇進士請到了！」

下山的蘇軾聽了一驚：

「怎麼？這個小青年就是張老爺？他是請我們去了嗎？」但他裝做沒聽見趙老丈的話，並未回頭，繼續在走，並俏聲對弟弟說：

「子由，我們慢慢走，聽聽他們都說些什麼。」

蘇轍說：「慢慢遊，裝做看兩邊的山景吧！」

只聽青年張老爺發急問：

「趙老丈！剛才兩位客官報了姓名沒有？」

「沒有。」

「他們這麼早就上山幹什麼？」

「他們也是想到這裏來讀書，想當蘇進士的門生啊！」

年青張老爺猛一跺腳說：

「哎呀呀！趙老丈你可能又吹牛皮，壞我大事了。這兩位正就是蘇家兄弟兩進士啊！」話還未了，已向山下飛奔。蘇軾、蘇轍故意慢慢行走，當然沒走多遠。

年青人很快追上二人，攔住下山去路，撲通跪下說，

「學生張來，拜見二位尊師蘇進士！」

蘇軾站下，笑笑說：

「這位張老爺弄錯了吧？剛才趙老丈說，張老爺是蘇家得意門生，常常見得到蘇軾、蘇轍；倘若我兩個就是蘇軾、蘇轍，剛才碰面相遇，怎麼張老爺會認不出來呢？」

張來乃仆地未起，誠摯地回答：

「兩位尊師不要耍笑學生。趙老丈亂吹，我早就勸誡過他了。學生剛從眉山貴府上回來，二位師母介紹了尊師的行狀，我猜得絕不會錯了。倘若二位不是蘇進士本人，剛才怎會把蘇進士兩兄弟名諱隨口而出？豈不犯了文人之大忌麼？」

蘇軾恍然大悟，連忙攙著張來說：

「好個聰明的張來！一句話就堵了我蘇軾的口。快起來說話，起來說話。」用力拉扯張來。

張來卻不肯起來，反而說：

「兩位尊師如不接收我這個弟子，弟子絕不起來！」

蘇軾說：「張舉人如此抬舉蘇某，已使蘇某汗顏。好好，我們答應了，答應了，快起來，快起來！」

張來這才站了起來，一看自己夫人和趙老丈也到了身邊，忙說：

「請趙老丈快去準備酒菜。夫人！這二位就是我日夜思念的蘇進士，已答應收在下爲門生。夫人也快來謝過。」

小娘子也撲地跪下去說：

「小女子李香春，謝過二位尊師！二位尊師願收夫君爲弟子，小女子對九泉之下老父母，也算有個交代了！」

自古女子都是斂衽萬福，哪曾料到這個李香春，竟也行起了跪拜大禮。蘇軾、蘇轍一時慌了，伸手去扶吧，男女授受不清；只好連連說：

「快快請起！快快請起！如此大禮，實不敢當。我們都到亭樓裏，從長計議吧！」

李香春這才起來，相跟著一起又向山上走去。

張來一邊走，一邊把事情來龍去脈講清楚：

「兩位尊師容學生呈稟：在下張來，字文潛，自取別號繼李。本非此地人氏。現年十七歲。因爲從小父母雙亡，在下便寄居在這遠親李員外家裏。蒙李員外錯愛，將獨生女香春小姐許佩在下。

「李員外向來仰慕二位師長之才華，也教誨我努力精進。

「當年柳秀才在尊師手裏購下『效范樓』，李員外花了重金將其購到名下，囑在下開辦『蘇子學堂』教誨小孩，又將『效范樓』改為『效蘇樓』並加擴建，作為遊學之士攻書講習之所。

「去年，李員外夫婦二人先後去世。去世前已命在下與小姐圓房成親，共持一家基業。如今，說李員外是岳丈固無不可，但叫做父親還更恰當些，故在文潛字外。新加『繼李』為別號。

「遵從岳翁先父意願，在下早立志拜在二位師長門下。只因年紀尚小，而二位尊長又在京師，未及拜見。

「去年秋天，聞得二位尊師已扶師祖靈柩返家安葬，在下又因準備府考而未及拜師。心裏想，不取得舉人資格，在下有何臉面拜見尊師？所以一直拖下來了。

「前不久，在下參加府考，已中舉人。兩年之後當可參加廷考殿試，這當是拜謁尊師、以求精進的大好時機……殊不知此次我偕內子到眉山尊府上去拜見，二位尊師反而先到敝處了。」

蘇軾很高興：「文潛！如此說來，我等師生緣份非淺！」

說著早已進了「效蘇樓」亭樓之內。

趙老丈手腳很快，食品也都現成，很快就擺好了一桌便宴。

趙老丈十分羞愧說：

「二位蘇進士大人莫要見怪，在下吹牛皮是多了點，但是吹的是好事，不是吹壞事。不過吹到眞神菩薩面前，就太冒犯了。」

張來一邊勸蘇軾、蘇轍飲宴，一邊說：

「二位尊師有所不知，這個地方每天來的遊客不少，都是仰慕二位的名聲。山上的茶水吃食，又全是歸趙老丈管。他想多吹一些牛皮，多吸引一些客人，他也多賺幾兩銀子。所以社會上添油加醋的蘇門新聞，很多很多，越傳越變樣。

「趙老丈，你今後再不要這樣吹了。你要知道。商人吹牛皮和文人高雅是風馬牛不相及的兩回事。」

蘇軾說：「張來！有許多事情還不僅僅是文人與商人志趣分野的問題。有些牛皮大話，還暗藏著很多兇險。你如此張揚我們蘇家，可這樣張揚對我們很是不利。比方說：我原先的『效范樓』，是學習漢朝的先賢范滂，這對今人已無任何掛礙。你一改爲『效蘇樓』，問題就來了，朝廷事務難免會有政爭，一旦被人誣我爲拉幫結派，藉名營私，我怎麼擔當得起？

「更有甚者，你捕風捉影，以訛傳訛，把駙馬爺爲先父主祭，忝改爲皇上親自主祭。倘若是追究起來，輕則我嘩眾取寵，重則可誣我欺君罔上，那我受得住麼？其實我遠在京城，做夢也沒有想到這回事。」

張來惶恐起來，滿臉嚴肅，鄭重地說：「學生知罪了！知錯必改。

「其一，『蘇子學堂』立即更名。更何名字，請恩師定奪。

「其二，『效蘇樓』也立即更名，更回原來之『效范樓』。

「其三，樓內不實之傳聞花絮，一律撤下；

「恩師以爲此三點如何？」

蘇軾說：「甚好。」

張來說：「那請恩師給學堂取個新名字。」

蘇軾說：「這個地方叫凌雲山，就叫做『凌雲學堂』吧！祝願每一個學子都壯志凌雲！」

張來說：「好！原來的樓聯是鶴頂格嵌『效蘇』二字，現在仍改名爲『效范樓』，還請恩師賜一副嵌『效范』二字之鶴頂格樓聯。」

蘇軾說：「這事我另有說法。現在，我根據聯對作法的常規，解析一下你原來那副樓聯。你的對聯是：『效學士，中進士，以詩文入仕；蘇門生，訓後生，願報國犧牲。』

「這副對聯，撇開內容學我蘇家這一點不說，單講對仗，還是相當不錯的。上聯學士之『士』，進士之『士』，兩個『士』之後再來一個加單人邊的入仕之『仕』，是很高妙的，叫做同字同音筆劃加減組合；下聯剛好對上門生之『生』，後生之『生』，兩個『生』之後又一個犧牲之『牲』。這和上聯對得恰到好處。

「然而，美中不足，聽我解析一下。看上聯末句『以詩文入仕』，其中『詩』『文』是兩種不同的東西，合起來是二者的昇華意義，即廣義的文化。而你的下聯呢，『願報國犧牲』，其中『報』與『國』不是不同的兩種東西，而必須把『報國』二字聯在一起方有意義，就是『報效國家』，這是動作性的詞了，所以與上聯『詩文』二字並不相對。

「我們且來改改，將『報國』二字改為『血肉』二字，情況就完全不同了。『血』和『肉』是兩種不同的東西，合起來又有其昇華意義，即人的靈魂或說精神。這樣，『血肉』兩字對『詩文』兩字就恰到好處了。

「現在將改過來的對聯寫下來看看。」於是提筆寫出：

「效學士，中進士，以詩文入仕；蘇門生，訓後生，願血肉犧牲。」

張來從桌席上站起，再一次撲通跪下說：

「恩師點撥，醍醐灌頂。學生沒齒不忘！」

蘇軾又趕忙扶起他來說：

「張來！為師已講了第一課了。下面，你就按我講的聯對規則，作一副『效范』樓鶴頂格門聯吧！」

張來沉思少頃，即已作出：

效學士　中進士　以詩文入仕

范先生　訓後生　願血肉犧牲

蘇轍高讚一聲：「對得好！張生可教也！」

兩天以後，「凌雲學堂」、「效范樓」匾額與對聯全部換新，學堂辦得更熱鬧了。

蘇軾、蘇轍被張來夫婦苦留了三天，二蘇並對學生和遊客作了諸多有趣的講學，糾正了許多以訛傳訛的趣聞。

這幾天，整個凌雲山沸騰了。遊學之士紛至沓來，都想一睹二蘇進士的風采。

這才師生分手，預約二年後張來赴京參加廷考時，三師生在京師晤面。

這次在家鄉再收門生，成了蘇軾返家守孝期間的一大喜劇。

蘇軾萬萬沒有想到，五天後，他從樂山大佛頂上凌雲山回到眉山老家，遇到了一場新的災難：結婚十年稍多的妻子王弗病了。病況非輕。

王弗美麗而賢淑，是蘇軾的家鄉人。結婚十年，感情彌篤，相敬如賓。

也是該當有難。那天天氣晴和，夏天總免不了有些暑熱。王弗突然看到家門前百步之遙的大池塘裏，明顯地分成兩格水域。一格是蓮蓬已熟，一格是菱角收花。俗話說：「菱角收花熟，蓮子並荷開。」是說菱角的花是整齊的，要開都開，要熟都熟。而蓮蓬則不然；因爲荷花花期很長，往往前邊開的花已結子成熟，後邊的花還在盛期。

這當然是蓮藕生活習性造成的結果。試想，蓮藕在地底下鑽泥而行，幾乎是越硬的泥越要鑽。鑽過一節，便發一芽，芽抽出水面，便是青荷。而兩三青荷之間，也就可能成活一支荷花，直至最後結蓬孕子。藕向四處亂鑽，土質有瘦有肥，藕節自是有長有短。於是花期果期也就難趨一致了。

王弗看那菱蓮混雜，煞是有趣。再加她慣來愛吃蓮蓬菱角，一看已有熟蓮熟菱，便邀約蘇轍夫人史翠雲，一同去採蓮採菱。史翠雲更年輕，更愛玩耍，豈有不同意之理？二人便吩咐家丁抬去一葉扁舟，放在池塘裏面。

妯娌倆有說有笑，嬉嬉哈哈坐小舟下了池塘。王弗那九歲的兒子蘇邁，在岸上拍著手兒歡叫「媽媽！採這一顆！媽媽！採那一顆……」

沒料到一下子沒協調好，兩妯娌一個要採東邊的，一個要摘西邊的，伸著手，努著身，儘量向遠方採去，小舟左右一顛簸，翻了……

兩個女人掉到水裏，首先便是驚嚇。接著便是著慌。當時女人誰會游泳？不會游水的人天生有恐水症，水一壓到胸脯，便喘不過氣來。其實那塘雖大，並不很深，一般也就齊頸脖子深吧。按理只要站立起來，絕不會嗆水。可她們一時慌了，哪還記得站著自救這一條？

岸上家丁大喊：「站著！站著！快站著——」

她們哪裡還聽得見？早已嗆水入肺了。

等岸上家丁游水過去救她們起來，兩人都已被水嗆昏了，鼻子裏都嗆出血來。

史翠雲年輕壯實得多，挺住了。三天就已脫離了危險。

王弗本就苗條弱小些，挺不住，三天中昏迷不醒。家裏本打算派人去找蘇軾回來，又不知道他到底在哪裡。只好乾著急。

第五天，王弗已醒轉，但還十分衰弱，連呼吸也十分緩慢。乖巧的小兒子蘇邁偎在她身邊，恰似一隻溫柔的小貓接受主人的撫摸寵愛，主人和貓都在享受溫馨。王弗和小兒子也正是這樣雙雙閉著眼睛在享受天倫之樂……

蘇軾剛踏進屋門，顧不得男子漢大丈夫的尊嚴了，哭號著奔進自己的臥房，一見妻子和兒子都閉著眼，以為雙雙昏迷……使他一時失去了理智，猛地撲向躺床的妻兒，又拍又打，哭號連天。……喧鬧不止。

眞是好心人辦壞事的典範，王弗經丈夫這樣一折騰，倒眞的又昏迷過去了。這當然是難以描述的悲哀。

又是札銀針，又是灌湯藥，第二天王弗終於又醒了。

蘇軾跪在她床頭說：

「夫人！是子瞻又害你昏厥了一天，子瞻有罪，子瞻有罪啊！」夫妻同輩份，同心思，誰跪誰本就沒有定制。

王弗勉強擠出一點笑容說：

「子瞻！別說傻話，許多女人想得到丈夫這樣的熾烈疼愛都得不到呢。你快起來吧！你這個樣子我心裏能好受嗎？」

蘇軾應聲起來，坐在床邊說：

「夫人！子瞻一時半刻也不離開你了……」

就這樣，蘇軾守護在妻子床邊，照料三個多月。

但王弗終因體質不好，不但沒能恢復過來，而且在逐漸衰敗下去。身上越更瘦了，臉上更沒了幾兩肉，吃飯也沒有任何口味。每天只由蘇軾灌幾小口銀耳湯，以維持生命。

轉眼年關將近。寒冷的冬季，是病人的鬼門關。

王弗父母早已不在，一個哥哥和一個弟弟，帶著孩子輪著班不時來看她。但只是看看而已，誰也沒有回天之力。

這天是臘月二十一日，王弗的哥哥王昌，帶著十一歲的小兒子狗兒來看王弗。

這天王弗精神好些，坐在床頭，把緊蹙著的雙眉舒展幾下。

站在一旁的蘇軾好高興啊！幾個月來，這是他第一次看見妻子有了一點舒眉快慰，忙說：

「夫人今天氣色好多了。」

王弗說：「是啊！哥今天帶狗兒來了，我好高興呢。」隨即叫著小侄兒說：「狗兒，過來，讓姑姑看看你。」

狗兒順從地走過來，和站在媽媽床邊的九歲蘇邁站在一起。王弗伸出雙手摸著兩個孩子的頭說：

「你兄弟倆出去玩玩吧，今天外邊天氣很好啊……子瞻你也出去散散心吧！你倜在我這裏都幾個月了，從沒到外邊去散心呢。今天有哥陪我說一會話。」

蘇軾揣想妻子有什麼私房話要跟她哥哥說，便領著邁兒和狗兒一起出去了。

一等蘇軾出去，王弗就問王昌：

「哥！滿叔家的閏之走親戚還沒回來嗎？幾個月來就不見她來看我。」

王弗說的滿叔，是族間的堂叔。王閏之是滿叔的女兒，是王弗的堂妹，比王弗小整十歲。

王昌說：「弗妹你原來還不曉得，閏之掛名是走親戚，其實一個十七歲的女孩子，走誰家親戚能走這麼久？他是在省城一個刺繡作坊學刺繡去了。滿叔家裏窮些，還指望閏之賺一點錢貼補家用呢！」

王弗微微點點頭：

「哦！原是這樣。這樣說，閏之她過年都不回來嗎？」

王昌說：「昨下午閏之已經回來了，只怕會在家過年吧！弗妹你想她，明天我叫她來看你。」

王昌還沒說完，忽聽門外正傳來王閏之的聲音：

「弗姐！弗姐！」風風火火撲到了床邊：「唉喲！瞧弗姐病可不輕，都把一個美人胚子瘦不成形了。」

王弗好不高興：

「閏之！我和昌哥還正好在念叨你呢，趕巧你就來了。你怕是有耳報神！」

王閏之說：「要真有耳報神就好了，那我早就從省城回來看弗姐了。」

王弗說：「謝謝閏之記得我這個大姐。哥，你也出去走走吧！我和閏之聊聊，我都有八九年沒看見閏之了。這不，小姑娘閏之長成大美人了。」

王昌應聲走了出去。女兒家們見面有說不完的話，一個大男人在中間反而不好。

王閏之是個直心腸姑娘，又在省城見過世面，心裏想到的話就敢說：

「弗姐！就算小妹長得不比弗姐差多少，可命就比不得。弗姐嫁一個多好的姐夫，如今她名聲都震破耳朵了。昨天一回家，又聽我娘說，子瞻姐夫變成了弗姐你的巴兒狗，陪你床邊都好幾個月了。小妹要有弗姐一半的命就好了！」

王弗說：「閏之！這話可是你說的！」

王閏之說：「弗姐！我的話你信不過？」

王弗嫣然一笑說：「嗬！弗姐信得過，信得過。」突然，重重地咳嗽了幾聲：「咳！咳咳！」臉色馬上變白，剛才那短暫的嫣笑，已去得無影無蹤，頭也無力地垂下來了。

王閏之嚇一大跳，忙喊：

「弗姐！弗姐！你怎麼了？怎麼了？」

王弗勉強睜開眼睛說：

「弗姐是高興得又暈厥了一小會。弗姐已不久於人世，我的子瞻，有你好好照顧他的下半生，我還能不高興？」

王閏之說：「不不不！弗姐，弗姐！你會好的，你會好的。蘇進士是你的！子瞻是你的！你不要胡思亂想了。」

王弗知道自己已堅持不了多久，忙說：

「閏之，快叫他們都來，都來……」

王閏之緊緊抱著已軟癱下去的王弗，一邊對外高喊：

「快來人哪！快來人哪！」

一下子人們全進來了。蘇軾一見妻子已面無血色，馬上從王閏之手中接過來，抱住妻子的頭說：

「夫人，夫人！你睜眼看看，睜眼看看！我是子瞻啊！」

王弗已神魂飄渺，聽見了丈夫蘇軾的叫喚，還聽見哥哥王昌的叫喚：「妹妹！妹妹！」更聽見兒子蘇邁的哭聲：「媽媽！媽媽！」她拼著最後一點力氣，睜開眼來，看見丈夫蘇軾、哥哥王昌、兒子蘇邁、侄兒狗兒、堂妹王閏之，小叔蘇轍、弟媳婦史翠雲……全都在場。心裏甚感滿意，勉強擠出最後一點笑容說：

「子瞻，我，我，對不起你……侍候不了你到頭……閏之她已說了，她，她會接替我，侍候你……閏之，你一定要好好待我的邁兒……邁兒，邁兒，別哭，別哭，小姨會心疼你，你，你……」再也沒了力氣，倒頭去了。

蘇軾哪裡肯信愛妻已經死去，抱著她又哭又叫又親又撫，終至自己也聲嘶力竭，只好承認已無力回天。結婚未滿十一年，愛妻死時才二十七歲。

眉山紗縠行哀守父孝的日子還沒過完，又添了一份新的喪葬。舉家上下，又忙活了七七四十九天，爲王弗那僅僅二十七歲的人生，做足了超度升天的道場。

王弗被安埋在蘇家族墓墳地裏，緊挨著蘇洵和程夫人的墓穴，只在他們合葬的下一個墓位，表示她是下一輩的人。

眼淚早已哭乾的蘇軾，被人拖著離開了王弗的墓地。他緊緊摟著兒子蘇邁，蘇邁已經長得很高，九歲已經快平齊爹爹的肩脅了。兩父子互相攙攙扶扶，慢慢地向家裏走去。

經過大門對面一百步遠的大池塘，池塘裏荷葉早已枯凋，光禿禿的荷桿立在水面，零零散散，一片淒涼……蘇軾猛然想起：愛妻犯病的起因，不就是在池塘裏掐摘蓮蓬麼？……蓮蓬的根便是藕，藕，藕……「偶」，「偶」……他又記起來了，扶父靈離京前，蜀僧去塵留在斷掉的通天錢樹桿上的偈詩：

……通天錢有斷，

落地藕無根……

難道，去塵大師早已預見到我要中年喪偶，故意用諧音「藕」來預示我麼？去塵大師眞乃神人也！不幸又被他言中了。

但是，但是，命運好像並不要我眞正的「無偶」，不是愛妻臨終之時親自作媒，把她的堂妹王閏之許給我了嗎？閏之本人及她全家不也早表示同意了嗎？……

蘇軾親自動手，在葬了愛妻的蘇家祖墳地上，栽種了二十畝松樹。使之成爲一片短短松樹之崗，藉以寄託對亡妻的愛戀。

一年多以後，蘇軾守父孝滿了朝制規定的二十七個月。他和王閏之又結合在一起，率領弟弟、弟媳、兒子、侄兒女等，又一路北上，重返京師。

從此，蘇軾那波雲譎雨的人生，又掀開了新的一頁。

（《蘇東坡之把酒謝天》　完）

蘇東坡之把酒謝天

著　　者／易照峰
出 版 者／生智文化事業有限公司
發 行 人／林新倫
責任編輯／賴筱彌
執行編輯／范維君
登 記 證／局版北市業字第 677 號
地　　址／台北市新生南路三段 88 號 5 樓之六
電　　話／886-2-23660309　886-2-23660313
傳　　真／886-2-23660310
印　　刷／科樂印刷事業股份有限公司
法律顧問／北辰著作權事務所　蕭雄淋律師
初版一刷／2001 年 6 月
定　　價／新台幣 250 元
ISBN／957-818-261-9
郵政劃撥／14534976
帳　　戶／揚智文化事業股份有限公司
網　　址／http://www.ycrc.com.tw
E-mail／tn605547@ms6.tisnet.net.tw

國家圖書館出版品預行編目資料

蘇東坡之把酒謝天／易照峰著. -- 初版. -- 台北市：生智，2001 [民 90]
面；　公分.

ISBN　957-818-261-9（平裝）

857.7　　　　90002822